刘心武作品

恕

刘心武

著

東方出版中心

图书在版编目(CIP)数据

恕／刘心武著．—上海：东方出版中心，2018.8
ISBN 978－7－5473－1290－2

Ⅰ．①恕…　Ⅱ．①刘…　Ⅲ．①中国文学－当代文学－作品综合集　Ⅳ．①I217.2

中国版本图书馆 CIP 数据核字(2018)第 102734 号

恕

刘心武 著

策 划 人　郑纳新
责任编辑　沈　敏
封面制作　钟　颖

出版发行：东方出版中心
地　　址：上海市仙霞路 345 号
电　　话：021－62417400
邮政编码：200336
经　　销：全国新华书店
印　　刷：江苏苏中印刷有限公司
开　　本：890mm×1240mm　1/32
字　　数：230 千字
印　　张：11.125
插　　页：4
版　　次：2018 年 8 月第 1 版第 1 次印刷
ISBN 978－7－5473－1290－2
定　　价：48.00 元

目录

辑二

辑三

—— 序 ——

恕

一位外地的朋友听说在北京金融街，出现了一间“刘心武书屋”，有些吃惊：“北京金融街？听说地价比纽约曼哈顿还昂贵，你敢在那儿开书店？”我告诉他，书店不是我开的，是字里行间书店，它是连锁店，在北京和外地已经有十几家，其中位于北京金融街购物中心地下一层那家，我和书店老板签了协议，冠名为“刘心武书屋”，主要陈列出售我出的书，每隔一两个月，我会去书店和读者见面，每次集中一个话题，除了推广我的新书，搞签售，也有别的话题，比如谈林斤澜短篇小说的艺术特色，与建筑大师马国馨就城市建筑对话，向读者倾诉对我影响最大的十位中外作家，等等。我2012年出版的《刘心武文存》，2016年出版的《刘心武文粹》，以及延续《文存》收集2013年至2015年所发表的文字构成的《润》，在书屋里都有陈列销售。书店里有一面照片墙，把我从1958年到2016年的照片列成几排，上面一行大字是:“文学写作的马拉松长跑者——刘心武”。小小的书屋,搞活动时,只能容纳约三十个座席,但几乎每次坐满后,还会有二三十位站立着听我发言、参与互动。有位张先生,每次活动必来,而且往往提前到,坐到第一排,有回来晚了,他也就站在人丛里,直到活动结束。每次活动后,张先生都会跟我交谈,有回我问他:“我并非热门作家,你为什么总要来?”他说:“你有一个稳定的读者群,不是很好吗?”想想也是,我这文学写作的马拉松长跑,如果只是有自我的韧性,没有看客的鼓励,恐怕也难坚持到今天。正是在我的相对稳定的读者群的鼓励下,我决心把自己文学写作马拉松长跑的轨迹稳定地延续下去,就是每隔一两年,便将散发的文字辑为一册。继《润》之后,东方出版中心又接纳了这册收集2016年至2017年文字的《恕》。

为什么将这本集子命名为《恕》?相信立刻有人会想到,鲁迅先生曾在写于1936年9月的文章《死》中宣布:“欧洲人临死时,往往有一种仪式,是请别人宽恕,自己也宽恕了别人。我的怨敌可谓多矣,倘有新式的人问起我来,怎么回答呢?想了一想,决定的是:让他们怨恨去,我也一个都不宽恕。”

鲁迅这“一个都不宽恕”的誓词,掷地有金石声,我自然记得。

这个集子里,收有一篇才写成不久的文章《恕字终身可行》。冰心为女婿陈恕题写过“谦卦六爻皆吉,恕字终身可行"的诫语。

鲁迅"横眉冷对千夫指",教会我们恨。

冰心"从白茫茫的地上,找出同情来罢",教会我们爱。

两位老前辈,都是我们的老师。相对而言,鲁迅是冷峻的伟大,冰心是美丽的平凡。最好能把二者的精神融合起来。

就我个人而言,自知难达伟大,因之对接近美丽的平凡,觉得比较靠谱。其实鲁迅那"一个都不宽恕",所针对的,也只限于"怨敌",他"横眉冷对千夫指"的同时,也就"俯首甘为孺子牛"。读他的小说,对闰土,对孔乙己,对阿 Q,对《在酒楼上》《孤独者》里失落了理想堕入凡庸的知识分子,特别是对《伤逝》里的子君,在揭示他们的人性弱点的同时,难道不是也充溢着大悲悯的情怀吗?那不就是最深沉的宽恕吗?

我们传统文化里,孔夫子那"己所不欲,勿施于人",就是"恕"的精髓,值得全人类遵循。这个集子里,有篇很短的《蹬布》,算是小小说吧,很能体现出我的情怀。我也正是在蹬布般的努力中,继续我的写作之旅。刘心武书屋协议到期后,或许不一定续签,但我与读者的交流,只要一息尚存,绝不终止。

刘心武

2017 年岁末

辑一

失画忆西行

2013年6月10日《笔会》上刊出了宗璞大姐《云在青天》一文,记叙了她迁离居住了六十年的北京大学燕南园的情况和心情。我读后即致电乔迁新居的她,感叹一番。顺便告诉她,我1981年为庆祝她生日所绘的水彩画,今年4月出现在北京的一个拍卖会上。她说已经有人先我报告她了。她觉得非常遗憾。她说一直允诺我要终生保留那幅小画,但迁居时她一个几近失明的老人,只能是被动地由年轻人扶持转移,哪有清点所有物件的能力?而年轻人对那三松堂中大量的字纸,又哪有心思和时间逐一地鉴别?据说现在专有一种搞收藏的达人,盯住文化名人居所,以略高于废品的价格从收垃圾的人那里打包买下所有弃物,然后细心检视,多会大有收获。往往一处文化名人迁居不久,北京潘家园旧货市场就会有其便笺售卖,而有的拍卖会上,也就会出现相关的字画手稿函件,网上也会出现拍卖的讯息。从三松堂流失出现于拍卖中的,不只是我那幅水彩画,还有宗璞自己的手稿,甚至还有宗璞父亲冯友兰先生写给一位名广州人士的亲笔信。宗璞大姐在《云在青天》一文最后写道:“我离开了,离开了这承载着

刘心武贺宗璞生辰的水彩画(1981 年)

我大部分生命的地方;我没有回头,也没有哭。”我们通电话时,她感叹之后依然是旷达淡定。我也说,那幅三十多年前给她庆生的水彩画,有人收藏也好,我就再画一幅给她吧。

那幅水彩画上写明了绘制的时间和地点,是 1981 年 7 月 26 日在兰州。怎么会是在兰州?原来,那年夏天,应甘肃方面邀请,冯牧带着公刘、宗璞、谌容和我一起先到兰州,然后顺河西走廊一直游到敦煌采风。冯牧(1919—1995)那时在中国作家协会主事,是杰出的文学创作组织者、文学评论家和散文家。上世纪初，他在云南昆明军区任职，培养扶植了一批在全国产生影响的军旅诗人、小说家，公刘(1927—2003)就是其中的一位。宗璞比公刘小一岁。谌容是1936年出生的，我是1942年出生的。我们这一行，是个由二十世纪“10后”、“20后”、“30后”、“40后”组成的梯队，正是改革开放初期文坛新老汇聚、文人相亲的一个缩影。

冯牧

西行列车上，大家随意闲聊，我淘气，用一张四开白纸临时绘制了一幅西行游戏图，轮流翻书，以所显现的页码最后一位数，来用硬币走步，所停留的位置，可能是勒令后退几步，也可能是获准跃进几步，有时还会附加条件，如“念佛三声可再进三步，若拒绝则退回原位”，宗璞曾到达此位，她双手合十念三遍阿弥陀佛，乐得跃进，但冯牧对我发起的游戏很不以为然，总得我一再敦促他才勉强应付，但说来也怪，大家只玩了一次，却是冯牧最先抵达终点敦煌。一路上也讨论文学，那时候西方现代派文学的信息涌进国门，朦胧诗、小说中的意识流、时空交错、荒诞变形、黑色幽默，都引起创作者很大的兴趣，王蒙带头在其小说里实验，我和谌容等也有所尝试，但冯牧却对热衷借鉴西方现代派手法“不感冒”。有的老作家，我总觉得是因为长期闭塞，所以排拒相对新颖的事物，他们的反对声音，我只当耳旁风。但冯牧却是在青年时期就接触到西方现代派文化，他父母曾在法国巴黎生活，父亲是翻译家，他自己具有英文阅读能力，涉猎过乔依斯《尤利西斯》、伍尔芙《海浪》、艾略特《荒原》等的原版著作，他对当代作家过分迷恋西方现代派给予降温劝告，是建立在“知己知彼”的理性基础上的，因此，对于他的意见和建议，我就非常重视。他对我说过，西方古典主义追求精准描摹，现代派则崇尚主观印象，其实中国传统艺术的大写意，也是很重要的美学资源。我知道冯牧和京剧“四大名旦”之一的程砚秋关系很不一般，有说在冯牧投奔延安之前，程是收过他为弟子的，程去世前，冯牧虽然供职于文学界，也还是常去与程探讨京剧表演艺术的。就在我认识冯牧以后，还发现如今当红的程派表演艺术家张火丁，出入冯家向他讨教如何突破《锁麟囊》唱腔中的难点。冯牧的审美趣味是高尚的，他对人类文明中的新事物是抱积极了解、乐于消化的态度的。1987 年秋天我访问美国七十天返京，到他家拜访，他知我在美国特意参观了一些体现后现代“同一空间中不同时间拼贴”的建筑，比如位于圣迭戈的购物中心和萨尔克生物研究所建筑群，便让我详细形容，他听得非常仔细，还和我讨论了这种“平面拼贴化”的手法如果运用到小说结构里会产生什么正面或负面的效应。我很感激在同他相识的十几年里，他点点滴滴给予我的熏陶滋养。我们当然也有分歧。西行后的几年，他对我的长篇小说《钟鼓楼》是肯定的，对中篇小说《立体交叉桥》就认为不够明亮，而我自己却始终自信《立体交叉桥》相对而言，是我小说中最圆熟的一部佳构。在兰州我也为冯牧画了一幅铅笔素描，画完还扭着他非要他签名，谌容看了说：“人家是个美男子。你画成个平庸男了。”这幅画现在还在。曾在整理旧画作时又端详过，并且心头飘过一个疑问：何以有那么多女子喜欢甚至不避嫌疑地公开追求冯牧？而冯牧为什么始终一个也不接纳？冯牧作为美男子，并非柔媚型，他中学时夺得过仰泳冠军，我结识他时他已年近花甲，既阳刚也儒雅，确实有魅力。可惜他走得早了些。他仙逝后，我到他家，送去一幅水彩画以为祭奠，大哭一场。

那次西行，公刘给我的印象是非常之端庄、整洁、理性。我总以为诗人应该都是把浪漫形于外的，不修边幅，思维跳跃，言谈无忌，公刘却大异其趣。我和他谈《阿诗玛》，那部撒尼族民间长诗，最早的采风及整理他都是参与的。一听要谈《阿诗玛》，他立刻郑重申明，大家看到的那部拍摄于1964年的《阿诗玛》电影，和他一点关系也没有。他确实遇到过太多的那种询问："电影《阿诗玛》的剧本是你写的吧？"他必得费番唇舌才能解释清楚。但是对于我来说，他不用解释。我读过他于1956年写出并刊发在《人民文

诗人公刘水彩写生(1981年)

学》杂志上的电影文学剧本《阿诗玛》,真是云霞满纸,诗意盎然,而且极富视觉效应。读时甚至有种冲动:“我要能当导演把它拍出来该多过瘾!”又放诞坦言:“1964 年上海电影制片厂拍成的那个《阿诗玛》,只是有两首歌还好听,反面人物极度夸张,场面不小却诗意缺席,我是不喜欢的! 现在创作环境大好,应该把你那个剧本拍出来,让观众不是被说教而是沉浸在人性善美的诗意里!”公刘听了先是惊讶,后来觉得我确实不是庸俗恭维,而是真心激赏他那个只刊登于杂志未拍成电影的文学剧本,又很高兴。他说:“二十五年后得一知音也是人生幸事。”我说要给他画像,画出诗人气质,他微笑,那微笑是觉得我狂妄但可宽恕吧。画成后,我要他在我的画上签名,他依然微笑,那微笑是坚定的拒绝。后来他的同代人告诉我,公刘很早就形成了一个习惯,绝不轻易留下自己的笔迹,而且总是及时销毁不必存留的字纸。西行后我们多次见面交流。2003 年他在合肥去世。画公刘的那幅《诗潮》,我一直保留至今。

谌容虽然比我大几岁,但我从未对她以姊相称,因为就步入文坛而言,我们算是一茬的。谌容于我,有值得大感谢处。我发表《班主任》以后暴得大名,在各种场合出现时,多有人责怪我骄傲自满,我也确实有志满意得的流露吧,检讨、收敛都是必修的功课,但有时也深感惶恐,不知该如何待人接物才算得体,颇为狼狈,有次当时的业余作者聚会,谌容为我辩解:“我写小说的,看得出人的内心,心武不能主动跟人握手,生人跟他说话,他一时不知该怎么应答,种种表现,其实,都不过是面嫩,不好意思罢了!”她的这个解围,也真还缓解了一些人对我的误解。我呢,也有值得谌容小感谢之处。谌容始终把自己的姓氏定音为“甚”,但若查字典，这个姓氏的发音必须是“陈”，某位著名的文学评论家就坚持称她为“陈容”，并且劝说她不要再自称“甚容”，而谌容绝不改其自我定音，我就在一次聚会时说，我们四川人就把姓谌的说成姓“甚”的，我有个亲戚姓谌，我就一直唤她“甚娘娘”，后来都在北京，还是唤她“甚娘娘”，应该是字典上在“谌”字后补上也发“甚”的音，而不应该让谌容自己改变她姓氏的发音。字典大概在“谌”字注音上始终无变化，但后来在文坛上，绝大多数人提起她发音都是“甚容”，再无人站出来去“纠正”了，如今从网络上查“谌”字，则已经注明作为姓氏发音为“甚”。谌容走上文坛的经历十分曲折，但自从 1979 年她的中篇小说《人到中年》在《收获》刊发，并于 1980 年获得全国优秀中篇小说奖项后，一路顺风，有人戏称她是“得奖专业户”。那次西行，我俩也言谈甚欢。记得我偶然聊起，说“鼻酸”这个词不错，她的反应是：“什么鼻酸？依我看，要么坚决不悲伤，要么就号啕大哭！”我想这应该是她天性的流露。十四年前，她在恩爱夫君范荣康去世后不久，又遭遇大儿子梁左猝死的打击。从此不见她有作品面世，也不见有信息出现于传媒。她淡出了文坛。也许，她是大彻大悟，把文学啊名利啊什么全看破，在过一种“雪满山中高士卧”的神仙般生活；也许，她竟是在埋头撰写流溢自内心深处的篇章，将给予我们一个“月明林下美人来”的惊喜。

人生就是外在物件不断失去的一个流程。我给宗璞大姐的那幅贺生画的流失实在算不得什么。但人生也是努力维系宝贵忆念的一个心路历程。失画忆西行，我心甚愉悦。

2015 年 11 月 13 日　绿叶居

听郁风聊画

我二十啷当岁的时候，每到周末，总爱到王府井去闲逛。不是去逛百货大楼和东安市场。我对那条街上的书店特别感兴趣。当时的新华书店总店就在南口路东，国际书店总店就在北口路西，那是我转悠停留最久的两大空间。那时候新华书店还在那条街开设了若干专题门店，比如少儿读物、音乐、美术、科普……都有自己的空间。有一天我去美术门店，那里面不但展售各种美术书籍，也兼售画纸画具，忽然我发现还有一幅小画标价出售，是郁风的作品，画面上是几株向日葵，铅笔淡彩，本也无奇，不寻常的是，那构图把向日葵作为主体后，却又以特殊的透视法，画出向日葵后方的一处房角及带坡顶的院门，被画得小小的，这样一来，平凡的植物显得高大出彩，重要的人居倒成了渺小的陪衬。我顿时眼睛一亮。郁风小小的画作，对我有种启蒙作用，使我悟出，作画者可以通过自己的心理尺度，来表现所面对的描摹对象，达到特殊的审美愉悦。我注意到画旁标出的售价，一百二十元，相当于那时候我两个多月的工资。我也曾在琉璃厂荣宝斋见到过所展售的字画，跟那里比，郁风这画算便宜的了，我就想，现在没钱买，过些时，省吃俭用攒下的钱，加上给报纸副刊投稿成功，每篇能获得的十元左右的稿费，一定能把这幅画拿下！但是等我攒够钱，再去时，则“黄鹤一去不复返”，“此地空余黄鹤楼”了。

郁风

四十多岁的时候，我也算文艺界一分子了，有天法国驻华使馆文化参赞在绒线胡同四川饭店请一些文艺界人士聚餐，我得到邀请去了，席位正好跟郁风挨着。我就把二十多年前攒钱想买她那幅画的事讲给她听了。她有些意外，相当高兴，不禁感叹：“我的画还有你这么个知音！”我问：“您大概都把那幅画忘记了吧？”她耸起一边眉毛说：“哪能哩！我兴致来了才画，产量很少，画过的，几乎每幅都记得！”又告诉我：“我爱画向日葵。我江南老家那边，总有许多的向日葵，不仅有大片的向日葵田，路边宅旁，也会有些向日葵，葵心丰满以后，真惹人爱。你注意到我构图的特点，总爱把平凡的树木花草画在前景，当作审美的主体，而房屋啦，石桥啦，牌坊啦，总在远景里显得小小的，是陪衬，也是点染……”我就告诉她我的理解：“您是想把自然之美，放在人类的生活背景上去表达，有些个奉劝俗众珍惜家门前小风景的意味吧。我还在美术杂志上看到过您一幅画，是把鸡冠花画在前景作为主体……”她点头："鸡冠花也是我之所爱！"

席面上毕竟还都要兼顾与主方及其他客人的应酬，郁风和我虽然一见如故，都感觉未谈畅快，席散后，她邀我去她家接着聊画，我欣然前往。

她把我带到团结湖一栋普通的居民楼里，进入一个普通的单元，一间不小的书房，朴素的书橱并不整齐划一，有的似乎也没有玻璃护扇，书橱里各种书籍画册大都竖放，也不求尺寸划一，大小厚薄平装精装中文外文混合插放，书橱顶上到天花板也全是书。拐角一个敦实的可移动的踩梯，令我知道他们如何取放高处的东西。进入到那个空间，我就感觉自己被一种高雅的文化气息所包围。

虽然四围书籍的书脊会有色泽艳丽的，但正如一个具有各种颜色的陀螺旋转起来一样，呈现的总色调却是接近灰色的。郁风请我坐到沙发上，沙发的套布是米灰色的，与总体环境十分搭配。茶几和地板上散放着若干大大小小的书籍画册，有的翻开并以书签作为记号。

我那时候当然已经知道，在我出生的那个年代，也就是抗日战争的相持阶段，重庆有一伙进步文化人常聚的空间，被戏称为"二流堂"。"二流堂"的那所房屋，后来见到描绘，墙壁不过是用竹子斜编在一起，然后糊上泥巴，再刷层白粉，属于简陋的建筑，我童年住过那样的房屋，见到的更多。改革开放以后，我和当年"二流堂"的一些人士很快相熟，相处甚欢，比如吴祖光，他写的《风雪夜归人》那出戏，在我人生道路上，有过他和我都意想不到的"戏剧效果"；再比如丁聪，他通读了我第一部长篇小说

《钟鼓楼》原稿(当时没有电脑,完全手写),表示喜欢,画了七幅插图,还为第一版的书承担了装帧设计;又比如冯亦代,他的散文随笔集《龙套集》出版,点名要我给此书写书评,我就写了篇《池塘生春草》,在《人民日报》副刊发表出来。但是也属于“二流堂”成员的黄苗子、郁风夫妇,在那天以前并无接触。苗子那天没有跟郁风一起赴宴,我和郁风聊天时也都没有提到苗子。

那天我就是跟郁风聊画。郁风谈兴很浓。她告诉我,其实她算不上专业画家。她曾长期在中国美术馆工作,主要的工作内容是布展。她说实在喜欢那份工作,因为展出的画她总能先睹为快,从国外借展的世界名画,到国内的农民画,布展都能让她激动好一阵子。布展其实也是一种创作,属于行为艺术,里面有许多玄机。她自己的画作很少参展。她的画尺寸大都比较小,而且她画的油画和宣纸画也不多,主要的爱好,还是水彩,特别是素描基础上的淡彩画。她的画没有宏大叙事,画风景也很少取材奇山怪水,她说我的概括很好,她常画的是“家门前的风景”。她对中国书画市场以平尺为定价标准十分鄙夷,笑说是“刘姥姥的价值观”。她听说我喜欢画水彩写生,也尝试铅笔淡彩,鼓励我说:“画出性情就好。”

她告诉我,她虽然也写生,但速写、素描的写生多只作为素材,回到家里再利用这些素材,揉进想象,画出成品。比如我曾看到过的那幅向日葵,就是那样创作出来的。我说我写生完了画就不能再描补了,也曾回到家觉得不满意,补笔补色,最后总是弄巧成拙,甚至只好将画撕掉。她说遵从写生时的感受很好,

郁风的画

无论田野写生还是在家里画静物,画出你觉得是最后的一笔,事后觉得有缺陷,也坚决不去描补,这个原则要坚守,但她又鼓励我还是应该利用积累的印象,尝试凭借想象作画,“把你的心象画出来”。

聊到兴浓处,她忽然顽皮地一笑,告诉我:“其实我也画大尺寸的。虽然少,也有。”说着站起身,到隔壁屋子,拿出一张大约一平米见方的画来,在地板上放平,让我看。画的是德国的一座古堡。显然,是利用访德的速写素描,回来揉进想象,画成的。不是向日葵那种构图,有些个中国画的那种散点透视的味道。说实在的,这幅大画对我的冲击力有限,只觉得色彩的把握上,总体趋灰,雅致到极点。

后来知道，郁风和苗子在北京有新居了，而且他们像候鸟一样，定期飞动在澳大利亚布里斯班和北京之间。

我最后一次见到郁风，是十五年前，在日坛的羲和雅居，我的文友李黎在那里大宴宾客，请到的都是珍稀文化老人。李黎出生一年后被养父母从上海带到台湾，从台湾大学毕业后，到美国留学，并在那里定居。她的青少年时代，台湾全面封锁大陆文化资讯，但到美国以后，她发现图书馆里有丰富的中国现当代作家的作品，如饥似渴地阅读后，萌生出“何不趁其仍健在当面求教”的意愿，大陆改革开放后，李黎是最早进入大陆的华裔美籍作家之一，她如愿以偿地拜见了茅盾、艾青，又陆续结交了众多的老文化人，那天在羲和雅居，我记得到场的除了郁风（1916—2007）黄苗子（1913—2012）伉俪，还有黄宗江（1921—2010）阮若琳（1929—2010）伉俪、丁聪（1916—2009）沈峻（1927—2014）伉俪、王世襄（1914—2009）袁荃猷（1920—2003）伉俪，以及吴祖光（1917—2003）、杨宪益（1915—2009）、范用（1923—2010）等。那天已经八十五岁的郁风，穿一袭咖啡色衣裙，戴一串粗犷的黑色项链，头发不算稀薄，大概染过，很随意地披散脑后，人们都知道她已经动过多次大手术，但她谈笑风生，挥洒自如，李黎悄悄对我说：“看郁风，尽管从来不是美女，如今皱纹难掩，却是那么优雅！如此风度，是怎么养成的啊！”我在忆

李黎

及那次雅集时，特别将提到的文化老人生卒年一一标出，风流云散，雅气长存！

2016 年 7 月 13 日　温榆斋中

听新凤霞说戏

我对凤霞老师，很早就有印象。我的初中，是在北京 21 中上的，那本是个教会学校，有两栋洋楼，后来成为公立，1953 年我上初一的时候，国家拨款新建一栋教学楼，竣工后，为慰劳建筑工人们，在学校对门的大院里，搭了个临时戏台，晚上演出评剧《刘巧儿》，未曾开演，台下已经挤得水泄不通。一些学生，也去凑热闹，我是其中之一。戏开演后不久，许多学生欣赏不来，就跑开捉迷藏去了，我却一直坐在课椅上看到闭幕。那天出演刘巧儿的，就是新凤霞。回到家里跟父母讲起，父亲就说多是京津冀的建筑工人，最喜欢评剧，其次河北梆子，京剧大概只有部分工友喜欢，安排这样的慰问演出应该是最合理的。母亲就问我究竟看不看得懂剧情，我坦白，真是稀里糊涂，不过，唱腔真好听。这不奇怪。我父母对子女一贯有戏曲方面的熏陶，打小就带子女进剧场听戏。在家里，常常是父亲操琴，兄姊开唱，京剧里的“一马离了西凉界”、“苏三离了洪洞县”之类，早就耳熟能详，也能跟着哼出几句，何尝懂得那剧情及唱词含义。父亲曾带我到天桥小剧场看过的评剧《三看御妹》，不知剧情所云，但某些优美的唱腔，却令我愉悦。那次看过《刘巧儿》以后，又从“匣子”（收音机）里听到，在家里写作业之余，竟不禁也“巧儿我自幼儿许配赵家，我和柱儿不认识怎能嫁他”地哼唱起来，还把过门伴奏也认真地模仿，对此，有的邻居讶怪，父母却十分淡定。

改革开放以后，一天接到吴祖光先生打来的电话，邀我带爱人去他家做客。我激动，首先是因为祖光先生；爱人晓歌激动，却首先是能与凤霞师亲近。晓歌是评剧迷，而且特别钟情新派。她的一位同事，原来就是评剧院的，自称曾在新凤霞的戏里跑过龙套，后来被剧团精简。这位马姓同事，带动起晓歌和一批女同事成为评剧迷。上世纪六十年代上半期，新凤霞主演的新编剧目如《会计姑娘》《向阳商店》《金沙江畔》等，她们都扎堆买票去看，看完就哼唱其中的选段。那时每晚演出，剧场会把主要演员便装照贴在前堂玻璃橱里，就有拉破玻璃偷走新凤霞和当红小生马泰照片的事情发生，她们一群听说，就互相打趣：“是不是你偷的呀？”那时没有“粉丝”一词，但追星行为，一样存在。

去吴祖光新凤霞家路上，我提醒晓歌：可以主动跟凤霞师谈画画、写文章，千万不要谈戏，听说自从她 1975 年偏瘫不能登台以后，她就绝少跟一般访客谈戏。到了他们家，见到早去的客人，一位著名作家，一位洋人。两口子对我们十分热情。凤霞师见晓歌有些拘束，就让晓歌坐她轮椅边，用她那尚能自如的右手，握住晓歌的左手，两个人竟絮絮地聊起家常来了。我则跟祖光先生讲起上高中时看北京人艺演出《风雪夜归人》的印象。

后来开饭，大家围坐，继续闲聊。那位洋人，吴先生开始介绍时，没听清叫什么，中文口语很好，是位汉学家，席上凤霞师不断称他乃瑞，才知他的汉学研究把评剧也当作一个项目。乃瑞说，他个人认为，评剧剧目里，“最评剧”的，当属《杨三姐告状》，“最乡土”，“最鲜灵”，“最过瘾”，吴先生就笑，说乃瑞“最内行”，凤霞师来了精神，就聊起这出戏来，说她当年最喜欢演的就是杨三姐，有年春节下乡露天演出，场场火爆，飘起雪花，观众不散，台上台下，热气蒸腾，后

吴祖光与新凤霞

来知道有个老太太，八十三了，他们村演完，还想看，就让孙子拿小推车推着，连去了另外三个村，一连看了四场！我也就想起来，上初三的时候，爱到报亭买《新观察》杂志，有期封面是凤霞师扮演的杨三姐剧照，梳条大辫，侧身扭过头来，美丽而倔强。晓歌就叹息，等她进剧场看评剧的时候，古装的，民国装的，全停演了。席上那位著名作家就问吴先生凤霞师：你们大儿子吴钢，不是专拍戏曲演出照的吗？拍没拍过张杨三姐？乃瑞代答，妈妈当红的时候还不会拍照，喜欢拍戏曲照片的时候，妈妈已经不登台了。2000年我和晓歌游法国，旅居巴黎的吴钢曾开车从巴黎市区送我们去远郊的枫丹白露，此是后话。

那天回到家里，晓歌兴奋不已，说在凤霞师面前，终于喉咙痒，忍不住要聊戏，那几年新凤霞主演的电影《刘巧儿》《花为媒》

新凤霞演刘巧儿

重见天日，晓歌百看不厌，其中的唱段少不得咿呀唱来自娱，但总觉唱不顺畅，大胆求教，凤霞师竟蔼然可亲地加以点拨，比如告诉她“巧儿我自幼儿许配赵家”的唱段，连续多句都结束在“呀”上，这“呀”可有学问……还轻声示范了两句“呀”的处理，让她觉得如聆仙音。

新凤霞因偏瘫不得不告别舞台，那时还不到五十岁。1988年评剧演员赵丽蓉五十八岁初登中央电视台春节晚会表演小品，此后八次在春晚露面，成为老少皆知的耀眼笑星，更在电视剧和电影中扮演角色，1991年凭《过年》中的“母亲”一角获该年度东京国际电影节影后。有次饭局包间里的电视上正放赵丽蓉参演的小品，新凤霞忍不住感叹：“她原来是傍我的呀！”“傍”是陪衬的意思，我们会立即想到1963年拍成彩色电影的《花为媒》，新凤霞饰演的张五可是大主角，赵丽蓉饰演的阮妈是配戏的彩旦，新凤霞这句脱口而出的感叹，是对赵丽蓉晚年艺术地位升腾的艳羡祝贺，更是对自己中年就不得不息演的痛心疾首。好在新凤霞晚年在绘画和写作上的辛勤劳作，结出了丰硕成果，也足够辉煌。

现在我知道那天一起到吴祖光新凤霞家做客的乃瑞，就是秦乃瑞，这当然是他的汉名，真名 John Derry Chinnery，是英国著名

1988年与吴祖光先生在一起

汉学家，曾任爱丁堡大学教授、中文系主任、苏格兰中国友好协会负责人，已于2010年去世，由他的儿子秦思源安葬在无锡陈氏墓园。原来秦乃瑞娶了陈小滢为妻，而陈小滢是中国现代文学史上著名作家陈西滢凌叔华的女儿。真是凑巧，就在我写这篇文章的时候，从网络上发现，北京新世纪出版社2016年9月刚刚出版了一本新书《中国乡村的莎士比亚：英国汉学家眼中的评剧》，正是秦乃瑞所撰，目前还只有英文版。真盼能早日看到中译本，并且相信，书中一定会有不少涉及新凤霞的内容。

2016年11月2日　温榆斋

请启功题字

这个题目有问题。但又确实该是这么个题目。怎么回事?听我絮絮道来。

我虽然出生在成都,祖籍却是四川省安岳县。安岳这个地方知名度不高。一位同乡夸张地说,历史上安岳属于“兵家必弃之地”,烽烟在远处,那里还很安静,却已改朝换代,大局定鼎,新政权派人去接收就是。前些年有人问我究竟祖籍哪里,怕说安岳他耳生,就说是内江,但近年来同乡告知我,安岳已不再属于内江,改辖资阳,一处地方行政归属变来变去,可见总如舞台上的配角。有人问我是否回过祖籍,四十多年前回过,印象最深的,是在县城理发馆理发,大热天,没有电扇,理发师一边给我理发,一边踩动座椅下的机关,那机关以绳索滑轮牵动,将座椅背后墙面上用十几把蒲扇缝在一起构成的巨扇,于张合之中,形成习习凉风。这情形我至少跟两位影视导演讲过,都说绝妙,大可摄入剧中,但至今也还没见他们采用。改革开放以后,安岳随全国一起进步,有从意大利归来的安岳人,先引进了西西里柠檬,后来又培植出从美国引进的尤力克品种,所产柠檬品质超越原产地,如今安岳已是知名的柠檬之乡，有天在超市听一顾客问布货员："这柠檬肯定是安岳的吗？"回答："那当然。"我就忍不住插嘴："我家乡的。比进口的还好。"

启功

二十几年前，一天忽然有安岳县政府的人士来北京找到我家，老乡见老乡，虽没泪汪汪，确也热衷肠。我问家乡变化，他们细说端详。最后告诉我，县里要盖第一个宾馆，想请北京的书法大家启功题写"安岳宾馆"四个字，他们觉得，我笃定能够面见启功，为家乡实现这一心愿。我令他们深深失望了。我坦言与启功先生并无交往，而且就我所知，启功八十满寿前宣布不再为人题字，虽然我亟欲为家乡效劳，但此事真真爱莫能助。

家乡人来是一盆火，去是一桶冰。但生活还要继续，我在强烈的内疚煎熬下，依然写作，那时我开始把自己阅读思考《红楼梦》的心得，写成一些短文，投给杂志和报纸副刊，《大观园的帐幔帘子》一文被某杂志退回，又投到《团结报》副刊一试，没想到编辑韩宗燕不仅容纳，还约我开一个《红楼边角》的专栏，给我从"边角"入手阐释《红楼梦》的机会。韩宗燕到我家来，我问她怎么会容纳别处的退稿，她就告诉我，他父亲曾是天津《新港》杂志的编辑，有天收到一篇来稿，是王蒙的短篇小说《组织部来了个年轻人》，读后未觉达标，便退稿，没曾想王蒙的小说没多久就在《人民文学》刊出，题目调整为《组织部新来的青年人》，轰动了全国，后来更成为文学史上必录、大学课堂上必讲的里程碑作品。韩宗燕女承父业后，父亲就总以此事告诫她，做编辑一定要突破“既定标准”，对“不规范”而“眼生”的文字格外重视，否则必有遗珠之恨。那时周汝昌先生从《团结报》上看到我《红楼边角》的短文，竟大为赞赏，除著文公开表扬，还开始跟我通信，我走上研红之路，正是周先生引领。而另一位学者张中行，红学虽非他主业，也涉猎不浅，看过我的《红楼边角》，竟表示愿与我面谈，韩宗燕便出面约我与中行先生在北海仿膳小酌闲聊。

跑题了吗？没跑。我和中行先生闲聊中，报出心中郁闷，就是家乡来人想请启功先生题字，而我竟无能为力。中行先生就笑：“你怎么不早说？请他题字，求我就好！”我喜出望外：“真的？启功先生不是声明，他再不题字了吗？”中行先生就说：“声明有效！不过偶有例外。我让他题，他必定题！”我端起酒杯敬他，自己一饮而尽。

与行公畅饮后，我立即与安岳方面联系，他们说还是联络不到启功先生，我就告诉他们我有线索了，他们欣喜若狂，我说一旦得到启功先生墨宝，第一时间通知他们，双手奉献亲爱的故乡。

张中行

那时行公的忘年交靳飞也跟我交往，他和日本波多野真矢喜结良缘，波多野真矢祖父波多野乾一著有中国京剧史，她不仅一口京片子，还把中国昆曲、京剧剧本翻译到日本，自己也能登台演唱，他们在东四宾馆完全按中国传统形式办婚事，新娘子乘花轿到场，靳飞长袍马褂，来宾里三联书店的范用也穿长衫，我近前祝贺，靳飞笑问我愿不愿穿长衫，新娘子说我穿长衫再围长围巾会“非常来劲儿”，打趣中，瘦高的行公到了，是来主婚的，他呢，却是一身西服革履，斜戴顶猩红的法兰西帽，笑嘻嘻地跟我握手，问：“还认得出吗?”呀！这才看出，他拉双眼皮了！那年他已逾八十，竟风流倜傥宛若翩翩少年。婚宴中我插空问行公，启功先生真能题写“安岳宾馆”吗？他告诉我：“启功慢性子，不过，慢工可是出细活呀!”我就心想，究竟得等到多久，才能让故乡引颈以待的人士笑逐颜开呢?

没想到只过数日，靳飞飘然而至，说行公让他给我送启功墨宝来了！“安岳宾馆”四个字和签名一望就是启功独有的风格。靳飞也是来道别，他要跟媳妇去日本，为中日文化交流做实事。送走靳飞，我立马给安岳方面打电话，他们有仍在京城的，说当天就来取墨宝。傍晚故乡的人士到了，往我单元里搬进三箱十八瓶茅台酒，说两箱是给启功的酬谢，一箱是奖赏我的，我把墨宝交付他们，告诉他们三箱美酒都应送给启功先生。但是我自己并不知道启功先生住在哪里，可如何转

安岳宾馆

交？只好致电尚未动身的靳飞，他正好跟行公在一起，转达行公的话："启功不会喝酒，给他干什么？都给我搬来，我留着喝！"靳飞后来果然来把三箱酒搬去交付了行公，行公则让他送来签名盖章的赠书《负暄琐话》《禅外说禅》，于我是茅台酒不可相比的珍品。靳飞就告诉我，行公与启功非一般交情，在人生最艰难的日子里，他们相濡以沫，如今生正逢时，更嘤鸣相应，若非行公代我求字，那是哪怕天皇老子去索，启功也是懒得搭理的啊。

说了归齐，我直到启功先生 2005 年九十三岁驾鹤西去，仍未见到过他。这篇文章题目中的大主角竟无从亮相。但文中的流年碎影，读来或可破闷。读者诸君都可从网络上查到三星级安岳宾馆的照片，那镌在楼墙上的启功题字，确确实实是经我手递交给故乡的呀。

2017 年元旦　温榆斋

叶君健与韩素音

上世纪八十年代初，有天我去北京恭俭胡同叶君健先生的三合院去拜望他，院内花木扶疏，正房客厅宽敞明亮，我与叶先生正交谈，忽听门铃响，一定是院门外有人按门铃键，大概是住厢房的儿子或儿媳去开了门，迎进了客人，和《红楼梦》里王熙凤出场一样，尚未见人，先闻其声，风风火火迈进屋，见了叶先生，又连声呼唤，我只听那女士“马耳”“马耳”的，叶夫人苑茵从里屋出来，她抢

韩素音(左)与叶君健苑茵夫妇

步过去抱住，英语问好，再中文问好，放过叶夫人，又转身面对叶先生，这回她唤的是“君健”，满面亲热的笑容，浑身故人重逢的激动……

待来客坐定，叶先生把我和她互相介绍，听到我的名字，来客笑着点头：“啊，班主任嘛！”我听到她的名字韩素音，只觉如雷贯耳，一时竟说不出话来。

我知道韩素音，最早大概是1968年。某天的《人民日报》上忽然有条跳眼的消息，标题大概是英籍作家韩素音在京会见中国作家，消息里出现了一串包括冰心在内的名单，“啊，冰心他们解放了！”以这样的形式，摘掉一些“牛鬼蛇神”的帽子，确实很别致。再后来，就发现韩素音的名字会出现在《人民日报》头版，而且往往还配上照片，是党和国家领导人接见她，毛泽东、周恩来、邓小平……呀，真了不起！但此人何以英籍，有何著述，为什么如此被领导人重视，则全然不知。

改革开放以后，有在外事部门工作的朋友告诉我，韩素音原来姓周，韩素音是笔名，谐“汉属英”的音，表明她后来虽然取得了英国籍，却不忘华汉的根，开始我颇不以为然，因为“音”与“英”在现代汉语里是不同的发声，若要谐出“英国”来，不愿直露地用“英”字，也还可以用“樱”“莺”嘛，但朋友再细讲她的情况，说她祖籍四川，在重庆长住过，四川人对汉语拼音里的in、ing分不清，她认为“音”“英”同声，笔名含“我乃华汉人加入英籍”之意，这就不奇怪了。但她出生地是河南信阳。父亲是中国人，母亲是比利时贵族后裔。她虽是英国籍，中年后却定居瑞士。她结过三次婚，最后一任夫君陆文星是印度人。她用英语写作，但那位介绍她的朋友告诉我，那时候她的一本新书，却是在阿根廷首发。我这才知道，有这么一种“国际文化人”的存在。我1983年第一次去法国，在法中友好协会的人士家里作客，主人和来客都是些普通的法国人，职业为小学教师、邮局职员、超市收银员等，我能说出许多法国作家的名字，他们却连鲁迅也不知道，让他们仔细想想，他们也确实愿意说出个中国作家名字让我高兴，但到头来，其中有两位想出来的中国作家，就是韩素音。韩素音因为能以英语写出与中国有关的文字，而且她的书又由英语转译为其他西方语言，中国改革开放以前，对于西方人来说，她是极少数能传递出当代中国信息的作家，而且她有中国血统，西方一般读者把她视为中国作家，就像更早的美国赛珍珠因为写《大地》等中国题材小说，而被混沌地视为中国作家一样，也就不必奇怪了。

那天韩素音飘然而至后，我告辞，叶先生和韩女士都对我说不必，无妨大家一起聊聊。我就又告座。叶先生和夫人苑茵跟韩素音又叙旧又议新，欢声笑语，我一旁听来，才悟出叶、韩是极熟稔的老朋友，互相知根知底。那时不少中国人都知道，韩素音是一位被党和国家领导人看重的外国作家，而叶先生，那时在一般中国人眼中，似乎只是一位儿童文学作家和《安徒生童话》的翻译者罢了。我听出来，叶先生和韩素音应该是抗日战争后期在英国伦敦相熟的。他们忆及若干当时在伦敦交往的人士，“访旧半为鬼，惊呼热衷肠”，忽然又提

韩素音

到他们共同经历过的某些生活片断，畅怀大笑。那年叶先生已经临近七十大寿，韩素音也早过花甲，两人脸上的皱纹清晰可见，可那神情，却仿佛青春犹在，皱纹抖开如春花绽放。那天他们的谈笑，后来我听叶先生讲到更多事情以后，在自己家里反刍，才懂得，叶先生虽然只比韩素音大三岁，但在韩素音还只能算个文学女青年、只是向往能成为一个作家的时候，叶先生却早以世界语和英语写作的小说而蜚声西方了，他署名马耳的世界语小说集出版于 1937 年，英语写成的长篇小说《山村》在 1946 年推出后赢得广泛好评，那天韩素音就笑说："你要一直留在英国，你早就是英国的大作家啦!"韩素音是直到 1954 年才以《瑰宝》这部自传性的小说出道，后经美国好莱坞改编拍摄为电影《生死恋》，方名声大噪的。把韩素音看得很重要固然不错，把叶君健看轻，可就大谬了。

因为跟叶先生有了交往，我就不再只把他视为一个儿童文学作家、一个翻译安徒生童话的翻译家，或者只是一个发起及编辑英语《中国文学》的"外宣人士"，其实他首先是个杰出的小说家啊！他在不能公开发表作品的困境中，完成了百万字的三部曲史诗长篇小说《土地三部曲》(《火花》《自由》《曙光》)，我在北京出版社参与创办《十月》的时候，他拿给我看，我被他那叙事的调式惊呆了。我写比如说《班主任》《醒来吧，弟弟》那类"伤痕文学"小说的时候，醉心于振臂疾呼或苦口呼唤的调式，那绝非叙事的善策啊！叶先生的长篇小说，写的是中国底层农民如何在大时代的狂飙中走出山野，投入革命，乃至远赴重洋，寻找真理，历经劫难，初心依旧，那是多么惊心动魄的故事啊，但是，他却不动声色，冷静

叶君健

叙事,重白描而拒雕饰,求质朴而抑抒情。我从三部曲中选出《自由》,建议《十月》刊登,虽然刊发后响动不大,却也有若干作家读后表示大受启发,“冷静叙述,不动声色”的叙事策略,成为某些作家的文本亮点,有位以这种格调写出的长篇小说,获得了诺贝尔文学奖。我自己从《我爱每一片绿叶》开始,也告别了“激情澎湃”的叙事方式,开始追求“冷中出热”的美学效果。

叶先生出生在湖北红安,那个县不仅出了董必武、李先念等政治名人,竟先后有两百位被评为将军,叶先生跟我说,有的将军是家乡的“发小”,那么多年过去,见面还能叫出对方的小名,回忆出一起放牛遇雨的情形,那样的童年玩伴知道他写小说,鼓励他“把我们走过的路写出来”,这也成为他后来将《山村》再续上《旷野》《远程》,构成《寂静的群山》三部曲的动力。

那天韩素音怕冷落了我不好，虽然跟叶先生还有说不完的话，也特意问我有什么新的作品，我就告诉前些时发表了一个中篇小说《如意》，写一个中学里扫地的校工，和一个清代贵族小姐格格隐秘的暮年恋的故事。《如意》就发表在《十月》上，每期《十月》编辑部都赠叶先生，叶先生就对韩素音说："写得很不错。比以前他那些短篇节制。"我就表示会寄赠给韩素音，她说："没必要。寄是很贵的。我能自己找到。"她那爽快甚至可以说是有些泼辣的性格，在叶家展示得淋漓尽致。她环顾叶家客厅保留下来的那些红木家具，喜欢得不得了，笑道："君健，你让我都带走好吧！"当然，那只是玩笑话。

过了几年，我在家里忽然接到韩素音打来的电话，她说是叶君健把我家的电话号码告诉她的，她说住在北京饭店，问我能不能去饭店聊聊。我很高兴地去了。她请我在北京饭店里的谭家菜吃餐。她先随便跟我聊。告诉我抗战时期在重庆的时候，有一天在路上遇到邓颖超，她还记得那一刻周遭的景象，乃至从小餐馆飘来的麻辣烫气息，她原来只是在某些社交场合见到过周恩来和邓颖超，并不怎么熟，但是那天遇上邓，邓蔼然可亲地跟她讲话，建议她把自己的故事写出来，令她非常感动。1949 年以后，她在燕京大学的同学龚澎给她写信，约她到北京一晤。她到了北京，龚引她见到了周和邓，她觉得他们很开明，虽然她在写作上并不一定要为中国作报道，但她愿起到一些中国和西方沟通的作用。她在上世纪六十年代末才出版了《伤残的树》《凋谢的花朵》《无鸟的夏天》自传三部曲。吃完餐我们又去咖啡吧喝咖啡。这时候她才说到约我见面的正题。她说读了我的《如意》，比她想象的好很多，打动了她。她说产生了把《如意》翻译成英语的冲动，问我是否已经有了英译本。我颇吃惊。因为像她那样的作家，是不揽中译英这种“瓷器活”的。我说：“您哪儿抽得出时间呢？”她一脸认真：“我想做的事情，总能抽出工夫来的。”我听叶先生说过，她的英语小说被认为是文笔优美且有个人风格的，《如意》若真由她翻译，西方读者的接受度肯定是高的。我就告诉她非常感谢。聊天中她环顾饭店内景，说这北京饭店她在几个时代都进入过，现在的格局乃至某些细节依然如故，令她无限感慨。我就建议她以北京饭店的变迁为线索写部长篇，她笑：“那等于给这家饭店做广告了，他们会付我广告费吗？”

叶君健是改革开放以后最早出国访问的作家之一。先是世界语方面的文化机构邀请他去开会，他们没有忘记他是以世界语写小说的大师，那回主要是去几个东欧国家。韩素音请叶君健顺便到她在瑞士洛桑的住地一聚。叶先生后来告诉我，韩素音请他到一家高档餐厅吃海鲜，回到韩家后韩的夫君在厨房看着账单跟韩素音嘟囔，用的是瑞士味的法语，以为叶听不懂，意思是你怎么点那么贵的东西，韩就十分爽气地回应：“马耳是我难得一见的老朋友，多贵我也要请他！怎么，你吃醋啦？”那陆文星反倒扑哧笑了。陆文星不清楚，叶君健不仅精通英语、世界语、丹麦语，也通法语、意大利语。1988 年，丹麦女王玛格丽特二世授予叶君健“丹麦国旗勋章”，表彰他把安徒生的全部童话介绍给有十多亿人口的中国人民。有意思的是，安徒生在世时，也曾因童话创作而获得过“丹麦国旗勋章”。1999 年叶先生与世长辞。他在文学审美方面给予我的熏陶启迪，是我没齿难忘的。

我最后一次见到韩素音，是 1989 年在前驻美大使章文晋家里。章大使夫人张颖——她最后的职务是中国文联书记处书记——亲自动手烹制出海鲜火锅，大家围坐品尝。2012 年底传来韩素音在瑞士溘然长逝的消息，她寿数高过叶君健十一年。她虽然到头来并没有翻译我的《如意》，但她对我作品的真诚赞赏，仍是我继续写作的托举力之一。

2017 年 5 月 2 日　温榆斋

他来拜望刘三姐

时间：上世纪八十年代初春日近午

地点：成都某大学宿舍区传达室外

人物：来客，年近花甲

传达室师傅，五十岁上下

其他

（来客走来，师傅在传达室门外迎上。）

——你找哪个？

——刘三姐。

——啥子？

——来拜望刘三姐嘛！

——刘三姐？你开啥子玩笑！那头街上去！

——啷个？

——电影院在那头街上！要看《刘三姐》往那头！

——我来拜望你们宿舍里头的刘三姐嘛！

——我们宿舍里头？我做这儿门房三年了，哪个住户不晓得？没有刘三姐！

（二人争执中，有从里面来传达室取报纸信件的，师傅就跟他们发牢骚。）

——看嘛，有来找刘三姐的！

（取报纸信件的就端详来客，并发议论。）

——刘三姐不是电影里的人物吗？

——传说人物，广西的，不是我们四川的。

（来客并不与住户对视，却仿佛另有一人在旁，与其对话。）

——是撒，那电影《刘三姐》《阿诗玛》，那阵子不都给打成毒草了吗？怎么？你脸色这般难看！啊，明白了，你当年冲锋在前，大批判主力啊！

（又有进出的住户路过传达室，不禁驻足围观，来客又仿佛面对一个小姑娘。）

——妹崽，看没看《刘三姐》呀？《阿诗玛》也要看啊！香花啊！看了心灵美！

（又仿佛跟另一出门的人打招呼。）

——忙啥子啊？去开会？好撒！多开好会啊？哪个会最好？现而今，最好的会是哪个？

（仿佛指挥一些人笑着应答。）

——当然是：十一届三中全会哟！

（围观的人增加很多，师傅急了。）

——你扯啥子啊！你究竟来做啥？

——我来拜望刘三姐啊！

（人们发出笑声，有一人恍然大悟。）

哎呀！你莫是王永梭啊？

——行不改名，坐不改姓，在下正是。

（那人向大家介绍。）

——他是谐剧大师王永梭啊！这两年到处鲜花重放，《刘三姐》《阿诗玛》这些老电影重现银幕，我们四川的各种曲艺，像道情、清音、金钱板、荷叶……都又恢复了，王永梭他发明的谐剧，又回到舞台了！

（人们鼓掌，笑，传达室师傅也笑。）

——原来你是个名演员！啷个不早说撒！

（却又迷惑。）

——你跑到我们这儿演谐剧？你啷个回事啊！

（来客坦然。）

——就是来拜望刘三姐嘛！

（围观者议论纷纷，忽然，来客朝正挽菜篮要进门的一位胖妇人大声招呼。）

——刘三姐！

（那满头白发的妇人驻足，细端详，认出，喜出望外。）

——永梭啊！哪阵风把你吹来啰！

师傅与其他人才明白，果然里面住着刘三姐，而谐剧大师确实是来拜望这个刘三姐的。

王永梭在表演谐剧

被王永梭唤作刘三姐的，

王永梭

就是我的母亲王永桃。那天以后，传达室师傅不知把那天的故事跟多少人讲了多少遍。母亲那时跟我在成都一所大学任教的四哥一起住，后来我接她来北京住，她讲起这一段，总忍不住地笑。

我的父母祖籍都是四川安岳龙台场，那里刘和王都是大姓，两姓婚配习以为常。母亲在王家永字辈的女性里，大排行第三，不仅同辈人都唤她三姐，一些长辈，也这样唤她，她嫁我父亲后，人们就都把她唤作刘三姐。1961 年长春电影制片厂拍摄的彩色电影一公映，我就是热心观众之一，也曾跟母亲开玩笑："快去电影院看你自己呀！"她也笑道真该去看，却总"驾不起事"，改革开放以后才在电视上看到。

王永梭这个堂舅，比我母亲小十来岁，从小就有表演欲，抗日战争时期，国立戏剧专科学校从南京迁往四川江安，王永梭赶去报考，在考官们面前，他表演了一个自编的《卖膏药》，那时报考戏专的考生云集，竞争十分激烈，王永梭说不好"官话"，有些考官不知他所云，他很紧张，表演不能松弛，效果更大打折扣，初选落榜。但考官们最后综合评估，觉得那个表演《卖膏药》的后生还是有潜力的，最后才补录了他。入学以后，他消化所学到的戏剧知识后，凭悟性，发明了谐剧。不需特别的舞台，任何空间皆可演出，演员仅他一人。有别于四川单簧那种曲艺表演，更不是北方的单口相声。虽一人表演，却又不同于独角戏。独角戏或仅塑造一个人物，或一人换演几个人物，谐剧却是以一个化装好的固定身份性格的角色,通过巧妙的表演,不仅塑造出一个特定的令人笑中有悟的人物,又通过这个角色和若干虚拟的角色的互动,辐射出世道人心,引出观众更多的笑声与联想。

最初王永梭发明的这种表演形式,他自己定名为"拉杂剧"。在一次欢迎新学员的联欢会上,他把一再打磨的"拉杂剧"《卖膏药》拿出来献演,这次不说"官话",就用乡音,也不再紧张,尺度把握十分得体,演出中笑声掌声不断,演完更赢得持久的热烈掌声。那时的江安戏专大师云集,校长是余上沅,教务主任曹禺,校长助理吴祖光,授课的有洪深、黄佐临、焦菊隐、陈白尘、应云卫等,这些大师对王永梭的创造大为赞赏,曹禺说:"其实这就是白描。"白描在文学、绘画中都是最难最需要工力的,在戏剧中更不简单。洪深说:"这戏幽默诙谐,很好地反映了社会现实。但叫做'拉杂剧'不雅。"后来在恩师们的启发下,他把自己开创的这一品种正式命名为"谐剧"。

那以后,他创作热情一路高涨,先后创作演出了《扒手》《黄巡官》《赶汽车》《开会》《喝酒》等一大批谐剧,赢得大批观众,有的媒体赞誉他为"东方卓别林"。上世纪五十年代及改革开放后,他又创作演出了《在火车上》《打百分》《结婚》《自来水龙头》等剧目,并培养出弟子沈伐、凌宗魁、涂太中、景雯等人,使谐剧成为能绵延流传的独特剧种。

母亲提起他来感叹:"出夔门晚啊。"早年四川人出川闯世界,多从水路,过三峡,出夔门,是跨出盆地拥抱开阔的标志。上世纪八十年代初,国门大开,八面来风,那时北京的文化圈,津津乐道的是西方现代派、后现代主义,文学界的时髦风气是引入意识流、时空交错、魔幻现实，戏剧界呢，有了小剧场演出，我的一个朋友翻译了荒诞派戏剧《秃头歌女》，另一个在艺术院校执教的人士就立刻拿去让学生排演，那以前他们已经排演过《等待戈多》。中国青年艺术剧院上演布莱希特的《伽利略传》，饰演女主角的演员那时跟我很熟，说她还是倾心于俄罗斯的斯坦尼斯拉夫斯基的体验派，对于强调间离效果的布莱希特的表现派无论如何还是觉得别扭，我们也谈到梅兰芳所代表的，除体验派、表现派以外的世界第三大表演体系——写意派，梅兰芳上世纪三十年代曾到苏联访问演出，那时体验派的戏剧大师斯坦尼斯拉夫斯基、丹钦柯，以及电影大师爱森斯坦、普多夫金都还健在，正巧那时候开创表现派戏剧体系的布莱希特也在苏联，据说他们看了梅兰芳的表演，全都惊呆了，山外青山楼外楼，原来在中国早有一种他们没见识过也不曾想象到的戏剧表演体系奇峰高耸！那时京城文化圈近乎狂热地希图获得各种新奇的艺术营养，我和一些人士几乎天天要进行相关的沟通，就在那种氛围里，有天那指导学生排演《秃头歌女》的人士惊惊咋咋地跑来问我："你能弄到票吗？"什么票？我一头雾水，原来是，戏剧家协会请来了演谐剧的王永梭，内部观摩，开始不怎么引人注意，一场之后，大为轰动，几个顶尖级的剧院和艺术院校，都抢着请王永梭去演谐剧，那人士曾听我提起过有个成都的堂舅是演谐剧的，所以找上门来，其实王永梭来京并没联系到我，我还想倒腾到一张票呢。因为那时候我正好要到日本访问，也来不及去联系王永梭，等我从日本归国，他已经返川，但他的谐剧在京城戏剧界引出的轰动，余音还频频灌入我的耳朵，那位指导学生排演《秃头歌女》的人士，正辅导一位学生排演王永梭的《自来水龙头》，他对我说："谐剧把体验派、表现派、写意派熔为一炉啦！"我不知道王永梭的戏剧意识是否达到那样的高度，而且这位人士一贯惊惊咋咋，到日本看过能剧、狂言演出，又说发现了世界第四大表演体系，艺术家惊惊咋咋是常态，语不惊人死不休正是艺术评论的妙谛。不管世人对王永梭的褒贬如何，母亲对他的评价我以为是最中肯的："他演得好，是因为他脚底板总踩到泥巴上。"最近看到一个资料，相声大师侯宝林生前让侯耀文专程到成都去拜王永梭为师学谐剧，侯耀文学回后在北京表演过《自来水龙头》等剧目，也充实了他自己的相声表演功力。现在深受观众欢迎的北京德云社班主郭德纲，所拜之师中，侯耀文是重要的一位，不知郭德纲是否从侯师傅那里间接获得过王永梭谐剧的滋养。

母亲 1988 年去世，永梭堂舅 1990 年谢幕，他会到天堂去拜望他的刘三姐吗？弹指间又过了二十多年，四哥前几年也走了，四哥刘心化作为票友在舞台上演出过梅派折子戏《二进宫》《大登殿》《二堂舍子》，他和永梭堂舅共同语言最多，惟愿他们在天堂里仍能拥有戏剧之乐。二十多年过去了，在四哥住过的小区传达室出现的"有人要拜望刘三姐"那"美丽的误会"一幕，仍有人偶尔提起，并忍俊不禁。

2017 年 7 月 28 日　温榆斋

那一晚她心里很难过
——忆念苏予大姐

那年母亲还在世，跟我住在一起。

一天我外出了，下午忽然有人敲我家门。母亲开了门，门外站着个戴眼镜的大高个儿。母亲告诉他我不在家，什么时候回来说不清。他说是我的朋友，问能不能进去等等我，母亲就请他进屋了。

来人叫章仲锷，是我们在北京出版社好几年的同事。我刚调到北京市文联当专业作家，他仍留在出版社。出版社在1978年创办了《十月丛书》，1979年获得刊号，双月刊。我和章仲锷都参与了《十月》的创办。我去当专业作家了，他仍是《十月》抓稿子的能人。他跟母亲说，他来，是跟我约稿。母亲听说他是编《十月》的，便格外热情。我得到的《十月》，每期母亲都精读。她常常坐在藤椅上，读到兴浓处，抬起眼，跟一旁伏案写作的我叹道："好生动啊！"我便会问她读的是谁的作品，有一回她就说是林斤澜的《膏药医生》，我惊讶，林大哥的小说，我打趣称为"怪味豆"，好多人觉得朦胧难懂，没想到母亲却是林大哥的知音。那一天，章仲锷来，母亲就跟他夸赞《十月》，章仲锷没想到寻找作者，竟遭逢热

1993 年刘心武与章仲锷

心读者，两个人就没有了陌生感。

章仲锷问母亲，心武又在写什么呢？母亲笑眯眯告诉他："可不是又在'鸡啄米'，好像刚写完个中篇小说哩！"我那时候，还是用笔在稿纸上写作，母亲把我的书写，形容为"鸡啄米"。章仲锷竟等不及我回家，问母亲："他那新小说放在哪儿呢？"母亲诚实地告诉他："就在书桌抽屉里。"章仲锷就问："我能取出来看看吗？"母亲点头，他就打开抽屉，很容易地取出了我写出的一摞稿子。他说，他就一边读稿子，一边等我回家。

那时候我居住的单元非常小，是个没有厅的小两居。作为书房的小间只有六平方米。刚够放一张书桌、一把写作木椅、母亲的单人床、床边一把藤椅。大间有十五平方米，既是我们夫妇和儿子的卧室，也兼饭堂和客厅。不过在那个年代，我三十几岁的人，能分配到那样的单元房，已经很心满意足了。大间里有长沙发，一侧有落地灯，章仲锷就坐在沙发上，看我那新写成的中篇小说。作为老辣编辑，他看稿子既快又细，既跟着审美感觉走，又不时有理性的专业判断。那个中篇小说有七万五千字，那样的篇幅，若翻译为拉丁系的外文，足能印成一本书脊不瘦的单行本，实际上西方的某些长篇小说也就是那样的规模。章仲锷静悄无声，时间不断推移，我却仍未回家。母亲过去观察，章仲锷打开了落地灯，在光圈里全神贯注地看稿。母亲不禁唤他："我要做晚饭了，你吃了再看吧。"章仲锷刚好看完最后一页，站起来说："伯母，谢谢你，我这就告辞了。心武回来你告诉他一声，这稿子我拿走了！"母亲紧张起来："那不行啊！心武好像还不打算投出去呢，要不你就再等等。"章仲锷竟把那摞稿子装进了他的包里，跟母亲说："心武回来您跟他细说端详，他不会怪罪的。"那一天，章仲锷竟如此这般地飘然而来，又飘然而去。

那一天我在外面吃晚饭，天黑透才回家。母亲把章仲锷擅自拿走稿子的事告诉我，开头我有些气急败坏。面对奔八十的母亲，怎忍向她发作，责怪她没把稿子留住？就不免腹诽章仲锷一番，你为《十月》抓稿，也不能"王老虎抢亲"般粗暴啊！那时候妻子经常要去北城照看我的岳母，儿子也还在那边上学，那晚她带着儿子比我回家还晚，听了我的抱怨，她倒有句明白话："一定是老章觉得你写得好，所以要拿去《十月》发，怕你再投别处。"

那时候一般文化人家里也都没有安装座机，打电话一般都是使用公用电话。我想下楼到自行车存车棚的公用电话那里，打电话给章仲锷家那边的公用电话，跟他兴师问罪，但一时又找不到他家那边公用传呼电话的号码。

那一晚有些失眠。那个中篇小说虽然确已完稿，自我感觉不错，但总觉得拿出去未必合宜，是写北京闹市区杂院居民因居住空间狭隘而引发的家庭矛盾，立意还不在提出社会问题，而是想探索人性。想放一放，或者加进点亮色，投出去才比较能讨好、讨巧。但是每次复读自己写下的文字，又总觉得现在这个文本已经形成了"一棵菜"，往上再"刷漆"，会导致败坏。

那一晚就想，即使仲锷老兄觉得写得不错，担任《十月》主编的苏予大姐能支持这个文本吗？会不会提出让我"刷漆"的修改意见？

苏予大姐比我长十六岁，确有大姐风范。修长的身材，秀丽的面容，朴素的装束，一接触便令人觉得气度不凡，尤其是那文雅的谈吐，精辟的见解，宽容的精神，更足令我佩服，而特别令我感动的，是她能以睿智的眼力，瞬间窥透你心中的繁难，而且能迅疾为你排忧解难。我是在《十月》上任分配到那个小单元的，那时候许多比我工作年限更长的兄姊辈同事，都还没有住进单元房，我却得到特殊照顾，这当然是大喜事，但我在搬迁前跟苏予大姐叹了口气："要是我还在中学教书就好了！"她立刻懂得我在叹息什么，就是我搬家缺乏劳动力，我教过的那些学生，那一年大多数还在农村插队或在生产建设兵团当军垦战士，还没有回城，那时候还没有搬家公司，出版社的人士多数比我年纪要大，靠我自己和弱妻幼子，喜迁新居竟有些困难，她便立刻对我说："心武你别发

苏予

愁，我儿子正好能帮忙，他很强壮，他再招呼他几个哥儿们，你那点家当，他们保证给你一一搬动到位！”

搬家那天，果然是苏大姐的儿子招呼上几个哥儿们，给包了圆，当他们把大立柜摆放在我指定的位置后，我问："累了吧？”苏予儿子抹着额上的汗，坦率地说:“当然累啊！这楼没电梯，您在最高层五楼，楼梯拐弯又不好过……”不过他把整个单元看了看以后，笑道:“累得值啊！羡慕您呀！我家什么时候也能搬进有卫生间和厨房的单元房啊！”我这才知道，那时候苏大姐一家也还住在平房杂院里。

那晚我辗转反侧，不断揣想，如果过几天章仲锷将那稿子送审，苏予大姐能容纳吗？她若提出若干修改意见，我能遵照修改吗？

过几天？章仲锷他才不要过几天呢，后来知道，他当晚从我家出去，没有回自己家，顾不上吃晚饭，就直接骑车去了苏大姐家，进去就说:“心武这篇比《如意》还好。建议马上发稿。把已经编好的弱一点的稿子抽下来，发头题！”他要苏予当晚就审稿，因为，实际上第二天，那期《十月》就要下厂了。

《如意》是我发表的第一个中篇小说，责任编辑正是章仲锷。那一期的《十月》还刊发了宗璞的《三生石》和刘绍棠的《蒲柳人家》。这三个中篇小说在中国作家协会的优秀中篇小说评奖中都被提名，最后《三生石》《蒲柳人家》获奖，《如意》落榜，有权威评论家指出《如意》弘扬人道主义“站位不高”，因此我写章仲锷拿走的那个中篇时，就总有个“站高位”的压力砸在笔端，但最后我还是决定以良知和良能站位，从容书写。但完稿后犹豫再三，没有马上投出。

后来知道，那一晚，苏予大姐竟接受了章仲锷的建议，在她家住的杂院平房里，连夜通读了我那七万五千字的中篇小说，并且第二天上班就签发了，安排在头题。

那就是我自己珍爱的中篇小说《立体交叉桥》。

苏予任《十月》主编时期，发表出很多受到读者欢迎的作品，获得国家级奖项的作品也很不少，引出争议的作品也很有一些，也有若干效应比较冷寂但从长远看是值得刊发的作品。

我不知道苏大姐在《立体交叉桥》的终审稿笺上写了些什么。我离开《十月》以后和她见面次数并不太多。1984 年我正写自己的第一部长篇小说《钟鼓楼》，期间海军部队作家闵国库为《十月》提供了一次到海军部队参观访问的机会，那次苏予率队去了，我得到邀请也欣然前往。记得那次住进营房，还到潜水艇内部进行了参观。在海边散步时，我和苏大姐有了比较深入的交谈。记得我问起她审读《立体交叉桥》的感受，她告诉我：“那一晚我读完以后，心里很难过。”

那一晚她心里很难过！

多年以后，我写了一篇散文《心里难过》，近来网络上出现了多个声频，录播的有正式的电台，也有自媒体，我今年推出的《刘心武文粹》第二十五卷就以《心里难过》为书名。我在这篇散文里写道：“不是愤世嫉俗。不是愧悔羞赧。不是耿耿于怀。不是悲悲戚戚。是一种平静的难过。”我想，苏大姐在那一晚，她心里难过，不是为她自己，而是为芸芸众生，是一种大悲悯的情怀。那种情怀，是与古人“安得广厦千万间，大庇天下寒士俱欢颜”的吁求相通的。深知“人们到处生活”，“谁也不容易”，“展拓生活空间应与展拓心灵空间同步”，这是现实主义文学作品应有的品格。正是因为《十月》创刊伊始，就确立了它接地气的站位，苏予作为首届主编，怀有对最普通的个体生命的尊重与悲悯，而诸位同仁也达成了共识，齐心合力，才奠定这本双月刊的基本审美追求，一直延续到了今天。

《立体交叉桥》引出了当时主流文学批评家的批评，认为“调子”不明亮。《如意》毕竟还在中国作协的中篇小说评奖中被提名，《立体交叉桥》连提名资格也没有。但也有知音。当时在日本进行学术交流访问的复旦大学美学家蒋孔阳教授，在那边读到了刊有《立体交叉桥》的《十月》，不久也听到了针对这个作品“调子灰暗”的批评，他就写出长文，表达他对《立体交叉桥》的审美感受，为《立体交叉桥》的“调子”辩护，并将他的文章在《上海文学》发表出来，引起注意。2008 年上海文艺出版社请人编选了《中国新文学大系》(1976—2000)，没有获得过奖项的《立体交叉桥》被收入了“中篇小说卷”，蒋先生评论《立体交叉桥》的文章也被收入“文学理论卷”。2011 年出席南国书香节，在一场活动中我正好与陈丹青坐在一起，他说，刊有《立体交叉桥》那期的《十月》出来没多久，他就去美国，当时怕行李超重，携带的物品一再做减法，但是他还是决定带上《立体交叉桥》在飞机上重读，他当时实在喜欢这个作品，他是从那期《十月》上，单把《立体交叉桥》那一部分撕下来带着的。而我最重视的则是林斤澜大哥读完《立体交叉桥》后的简短评语:“这回你写出个纯粹的小说了。”

前些年,章仲锷老兄病故。前些天,又惊悉苏予大姐仙逝。两个支持过我创作《立体交叉桥》的伯乐竟都离世。我现在还在想,苏予大姐为什么没有提出任何修改意见,就直接把我那个作品签发并放在头题呢?很后悔跟她在海边散步时,并没有这样向她提问。

只记得,她对我说,那一晚读完我的手稿,她心里很难过……

2016年5月6日　温榆斋

恕字终身可行

上世纪八十年代初，我忐忑地敲开冰心家的门，来开门的是一位儒雅的男士，后来知道，他是冰心的女婿、吴青的爱人陈恕。我虽然从1960年就尝试散文写作，那一年写成《丁香花开》一文，投给《人民日报》副刊，被刊登了出来，但后来写得最多的还是小说，也以小说创作成名，到那回去敲冰心家的门，对于出版小说，还有自信，检索二十来年的散文，选编成了一个集子，把这些散文拿去付印，多少有些怯阵，于是就想拜访冰心前辈，希望她能抽工夫翻阅一下，给我些指导。冰心非常热情地接待了我。后来我把这个集子命名为《垂柳集》，冰心慨然为我作序。《垂柳集》的出版，特别是冰心为其作序，大大增强了我写散文的兴致与信心。于是我的写作除了栽种小说树，也栽种散文随笔树，近二十几年更增添了《红楼梦》研究树和建筑评论树。

记得那天尽管我怕占用冰心过多时间，考虑到她已过八十高龄，不能让她太累，几次告辞，她却都真心挽留，我们一老一少聊得非常尽兴。不知不觉，窗外天色已经晦暗，我再告辞，她才让吴青送我出门，这时我发现，在不大的门厅里，已经放下一个很大的

1990 年拜望冰心

木盆，里面灌了半盆多冒热气的水，陈恕蹲在盆边，用手试水温，我们目光相接，他解释说："准备给爹洗澡。"我不禁深深内疚，实在告辞得太晚了！吴青送我出门，仿佛看出我的心思，微笑说："娘喜欢你。你再来啊！"

那时候冰心和吴文藻伉俪所居住的，是中央民族学院的一栋旧楼，虽然分配给他们的单元房在那个时代已经算很不错的了，有设有抽水马桶的卫生间，但洗澡仍然不具备现代化条件，我完全可以理解。那时的印象，陈恕真是个贤婿。

后来我一度处境不大好，自觉形秽，很长时间没有去拜望冰心，结果冰心给我写信，说"可惜我不能去你那里，我的电话××××××，有空打一个电话如何？"我当然马上打去电话，在约定的时间，去拜望冰心。那时候旧楼已经改造为新楼，冰心的住处宽敞多了，卫生设备当然也完全现代化了，只可惜吴文藻先生已经去世享受不到了。吴青陈恕在门边迎接我，告诉我老人家那个下午只约了我一个人。冰心和我单独聊天。那天她对我说了许多语重心长的话。她详细询问了我家里的情况，告诉我亲人们要相濡以沫、共渡艰难。后来我知道，冰心和文藻先生他们也曾遭遇困境，一直跟他们住在一起的吴青、陈恕，以坚韧不破的亲情维护，最后迎来乌云散去、晴阳和煦的改革开放。吴青热情直爽，陈恕冷静含蓄，跟他们家交往更多的舒乙告诉我，陈恕在他们家中的作用不啻定海神针。

再一年秋天我去，冰心跟我聊完，唤过陈恕，让他把人家刚送

陈恕、吴青在冰心雕像前

的头等大闸蟹挑六只让我带回家跟亲人分享，那些大闸蟹被暂时放置在卫生间大澡盆里，陈恕去拣，我走过去说："不用给我那么多！"细看，其实一共也就十二只，陈恕的脊背对着我，弯腰拣肥大的，说："娘说给几只就给几只。"

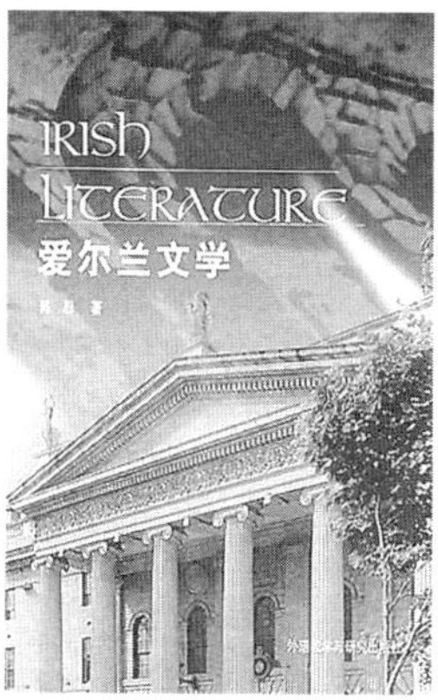

陈恕著《爱尔兰文学》书影

陈恕著《尤利西斯导读》书影

冰心去世五年后，我忽然接到来自爱尔兰驻华大使馆的请柬，是为庆贺陈恕先生与周珏良先生共同主编的《爱尔兰文学名篇选注》出版举行酒会。《选注》共收录有四十五位爱尔兰作家的作品，涵盖了从十七世纪末直至当代的爱尔兰文学发展历程，特别是十九世纪末爱尔兰文艺复兴以来的作品，如叶芝的诗歌，格雷戈里夫人、辛格和奥凯西的戏剧等经典，同时也独具慧眼地收录了希尼、卡尔等当代爱尔兰作家的作品。爱尔兰文化、体育及旅游部部长约翰·奥多诺休先生亲自主持了该书的首发式。酒会上，我见到陈恕，祝贺他学术上的杰出成就。说实在的，我那以前只知道陈恕和吴青都在北京外国语学院（后改名北京外国语大学）任教，并不清楚陈恕原来是中国数一数二的爱尔兰文学的翻译家和研究专家，撰写了十卷本《爱尔兰文学丛书》以及《认识爱尔兰：历史遗产与当代经验》《爱尔兰文学在中国——世纪回眸》《尤利西斯导读》等重要著作和论文，更一直致力于英语教学和英语人才培养，可谓术业有专长、桃李满天下。

前些天忽闻噩耗，陈恕因病去世。冰心曾为这位爱婿写下"谦卦六爻皆吉，恕字终身可行"的诫语。谦和的陈恕，以大悲悯情怀沉浸在学术里、体现于生活中的这位兄长啊，我永远不会忘记你蹲踞在澡盆边试水温、弯腰在澡盆里拣大闸蟹，以及在酒会上举杯微笑的身影。

2017 年 10 月 31 日　温榆斋

吹笛不必到天明

电子邮箱里忽有古尧邮件。别后一年我对他已淡忘于江湖。他不称我老师也不书我名字，直截了当地奉上一首，从宋代词人陈与义《临江仙》那里化来的：

忆伯爵厅[①]厅中饮，坐中师生豪英。长沟流月去无声。杏花疏影里，吹笛到天明。

四十余年如一梦，此身虽在堪惊。闲登小阁看新晴。古今多少事，渔唱起三更。

阅后，轻易不再感动的我，不禁愣神良久。

其实四十年前我在中学任教时，古尧并不是我班上的学生，只是偶然的机缘，我们对上了话，后来我结婚搬到一个小杂院居住，他来聊天方便，成为常客，据他后来说，我跟他的闲聊，形同宝贵的授课，先不说什么灵性开发，仅举小小一例：我告诉他美国西

① 伯爵厅，兰特伯爵西餐厅，厅中饮虽是一年前，师生之份已有四十余年。

海岸的旧金山，其实按音译是圣·弗朗西斯科，为什么许多中国人又称它三藩市呢？因为早期被运到那边修铁路的华工，多是广东人，粤语将圣·弗朗西斯科快读，缩音即如三藩，至于为什么又称旧金山，新金山又在哪里？我也有一番说辞。在当时那种封闭禁锢的社会环境里，古尧那样的学生听了我诸如此类课堂上绝无的杂言碎语，竟如聆梵音。古尧那时常感叹："什么时候，我能到美国看看呢？"

三十年前，古尧的向往竟化为了现实。1978年至1988年，是我、古尧，以及许许多多中国人时来运转的黄金十年。古尧那在他九岁时死去的父亲得到彻底平反。他的母亲先官复原职，后来更升任为正职。古尧上完大学，获得美国方面的奖学金，可以去读硕士。父亲的平反虽然大快家人之心，却并无经济补偿，母亲虽然正局级，那时候薪金应付一家日常开销不成问题，积蓄就还很微薄。古尧来找我。那时候我已经住进挺不错的单元房，是北京市文联专业作家。古尧说去美国留学，万事俱备，只欠东风，东风就是一张飞往美东的单程机票。我和妻子一同招待他。听他这么说，忙问他那机票需要多少钱？他说支援他两千元人民币就行。我和妻子不禁对望一眼，都绽出了微笑。妻子就去另屋取来一个信封，递到他手中，我说："刚领到的，长篇小说《钟鼓楼》获茅盾文学奖的奖金，正好这个数。"古尧接过去，也不道谢，只是笑："巧巧巧！"如今茅奖奖金已经是五十万了，但我不以当年的两千元为少，因为那笔奖金玉成了一个有为青年及时赴美。

古尧飞去美国以后，我们联系很少。他攻读一种很冷僻的学科，叫什么分析物理，和上世纪八十年代他们那一茬改革开放初期的留学生一样，勤工俭学，洗盘子、送外卖、摘苹果、搞搬运……吃尽苦头，终于尝到甜头。他先后获得硕士、博士学位，并谋到一份高端研究的工作。其间他回国几次，一次是和对象成婚并将她接到美国，一次是他母亲去世回来奔丧，都蜻蜓点水般到我住处来小坐，第一次回国时他就将当年的机票钱还给了我，我说正好作为他结婚的礼包，他坚拒。我们重聚的时间虽然短暂，却依旧谈笑风生，他没大没小开玩笑，我没心没肺侃大山。

2006 年我应华美协会和哥伦比亚大学之邀赴美讲《红楼梦》，和定居在休斯敦的古尧取得联系，他热情邀我到得州一游。我从纽约飞到休斯敦，刚走出活动通道，就见他站在通道口迎候我，见面第一句话是："我父母双亡，你来，就是家长的待遇。"他开车接我到他家，他妻子女儿都热情接待。住的是典型的美国中产阶级家庭的两层独栋小楼，后院是游泳池。畅叙种种，泳池嬉戏，又一起到姚明开的餐馆品尝"姚妈红烧肉"。古尧驾车，带我去得克萨斯州首府奥斯汀，我对奥斯汀那酷似华盛顿国会的州府大楼不感兴趣，我热衷的是短篇小说圣手欧·亨利那栋小小的故居，流连多时，浮想联翩。后来我们又去了因肯尼迪被刺而闻名的达拉斯，和有条河流贯穿全城的圣·安东尼奥，我们乘游览船欣赏了两岸旖旎的景色。我们游得非常开心。但是美国那时经济下滑，古尧陪我参观宇航中心，他脖颈上挂有工牌，可以免费，因为他所参与的研究项目，属于宇航中心管辖，但就在他兴致勃勃地给我讲解时，接听到电话，让他立即上交工牌，他匆匆离去，他再回来的时候，已经是购票进入了。见我忐忑不安，他安慰我："我们那个项目被撤销了。谁让经济不景气呢。其实一个月前已经通知了,我没跟你说。没想到恰在这个时候收我工牌。”接着他有句“京骂”,但脸上仍笑嘻嘻的。

送我返纽约,古尧跟我说:“你别惦记我。等我一个‘伊妹儿’吧。”

他的那个“伊妹儿”,一等就是七年。美国经济复苏很慢。古尧到处求职,不断碰壁。妻子难免抱怨。女儿送读名牌大学,需费不菲。尽管宇航局方面赔偿的遣散费不少,毕竟不能坐吃山空。天无绝人之路。终于古尧一个简短的“伊妹儿”告知我:“获得大学物理教授教职。假期将到北京。”于是有 2014 年冬他来京的相聚。他住我家。老伴已逝,我是鳏夫。他是孤儿。鳏夫孤儿,并不落寞。随意挥洒,言谈无忌。约了当年他同班并一起到农村插队的同窗,也是当年就跟我交往的,在一家以慕尼黑啤酒和德式香肠为招徕的西餐厅欢宴。他的几位同窗都对我执弟子礼甚谨,独古尧仍没大没小,跟我逗贫嘴。那晚我喝得也不少。好在餐厅离我居处不远,我和古尧醉中相扶而归。

古尧和我谈到过几年退休的事。我不知不觉也就跟他谈及衰老死亡等事。我们谈及后来的留学生,上世纪九十年代出去的,大体还是他们八十年代出去的那个路数,但是这个世纪去留学的,多有家长陪同,或数家人委派一人陪同,有的刚入学就买好了房,更开上了新车,只有叫外卖的哪有送外卖的,融入那边社会快,失却民族传统也快,我和古尧谨慎置评,却也一同感叹岁月流逝中的人事变迁。

古尧近日发来的电邮(我还是宁愿称电子邮件而不称“伊妹儿”,细微处可见我们毕竟是两代人置身两种社会环境),改宋词咏叹，我觉得未免过于悲凉。我原来把伤感当作提升心灵的助力，现在却很怕伤感。“杏花疏影里，吹笛到天明”，这意境不大能接受，笛声虽好，哪耐持续到天明？月光里有阵笛音，然后就消停，就“长沟流月去无声”，更能稳固我内心的平静。让我们常葆人性中的良善。经历过太多，期望就免奢。

2015 年 11 月 6 日　绿叶居

芍药盈筐满市香

难忘那些美好的日子。杂院里有位大姐在小厨房里操持晚饭，不断地吟唱着当时极为流行的《乡恋》，隔院不知哪家在用四个喇叭的录音机放送着《潜海姑娘》，那电子琴的蛙音随风飘来，我在自己的小屋里收拾东西，心想就要迁往的新楼单元，该不会再一家之音大家皆听、一家烧鱼各家皆闻吧。

忽然窗外有人唤我，是住在不远的什刹海湖畔的张叔，忙迎出去。他听说我就要搬离北边杂院，往南边去住单元楼了，特来送行。他手里提了个藤筐，筐里是满满的芍药花。我见了大吃一惊："这不是把您那屋前花池里的花儿，全剪给我了吗?"他笑："可不是！早告诉过你，当年有人去糟害我那池芍药，手拔脚踹，还拿开水泼根！可是也怪，那宿根竟然不死，隔年又冒嫩芽，也不敢让它长起来呀，十来年里，总是悄悄拿土给封上，以为它再也开不出花来了，没想到，这两年它冒出来，也没怎么施肥拾掇，嘿，它就猛开大花！这不，今年又这么灿烂！"我接过满筐芍药，感动得不行："真是的，您把芍药全给了我，难道不心疼吗?"他笑："今年的花剪了，明年开得更旺呀！"又说："咱们爷俩，七八年的交情了，前六年，还不敢大摇大摆地来往，这两年不才能在什刹海边大说大笑的吗？你搞文学的，你该懂得白居易那诗吧？‘离离原上草’，吟的是什么？今儿个我给你个别解吧，离草，说的就是这芍药，我给你送芍药，就是跟你来惜别呀！”我还真觉得新鲜：“白居易那诗，吟的不是野草，竟是芍药？”他笑解：“可不是！芍药在几千年前，就出现在中华大地上了，有特别栽种的，也有自然野生的，它是宿根植物，可不是‘一岁一枯荣’嘛，当然‘野火烧不尽，春风吹又生’，而且繁殖起来，势不可挡，为什么说‘远芳侵古道’？一般野草有什么芳香？只有大片的芍药才会香满古道城郭嘛！那诗怎么收尾的？‘又送王孙去，萋萋满别情’，离草嘛，送别的时候引出诗情的植物，就是芍药嘛！”他说的时候，一直望着我的眼睛，最后问：“你这一去，还会常回这边来吗？”我别过头，望着那搁在小桌上的满筐芍药，一瞬间，觉得包括那邻里间声音气息的强制性共享，竟也难舍难分。

迁走以后，其实遇上原来邻里的机会还是不少。那一阵社会生活刚开始多样化，热点还是很集中，比如到王府井新华书店去，排队购买恢复出版发行的西方古典文学名著，就会遇到原来胡同里的邻居，他排在前头，很幸运地买到了《欧也妮·葛朗台》，到我头时巴尔扎克的几种傅雷译本都售罄，但我买到了包括《大卫·科波菲尔》等五种书，也非常高兴。跟邻居分手道别，一问，他是要去中国美术馆看展览，特别是要看那幅硕大的油画《父亲》，而我则是看完那巨幅头像才来的新华书店。又一晚，去首都剧场，在前厅与张叔不期而遇，我们都是去观看北京人民艺术剧院复排的话剧《茶馆》，演员还是原来的阵容，看完我们在剧场外路灯下聊了一阵，都痛感“野火烧不尽，春风吹又生”乃人间正道。我说：“您那对白居易《赋得古原草送别》的另解，我现在越来越膺服啦。开水泼不死真善美！我现在年年春天要供满屋的芍药花！我现在住的那地方，离丰台很近，丰台又恢复芍药花的种植啦！”

我迁往的那栋楼里，住进若干富于艺术气息的家庭，跟其中石大爷石大妈一家，有了来往。他们的儿子儿媳妇，跟我大体是同龄人，都是京剧演员，恢复传统剧目以后，儿子忙于《大闹天宫》，儿媳忙于《虹桥赠珠》，我跟他们接触的机会并不多，石大爷寡言，我去串门，主要是跟石大妈聊天。石大妈的祖父富察敦崇，著有《燕京岁时记》，1983 年我第一次去法国，在巴黎塞纳河畔的书摊上，看到过很早就翻译成法文的版本，因为书上有中国原版书影，所以知道是什么书。石大妈深受书香门第熏陶，对北京风俗掌故，随口道来，都令我觉得口齿噙香。说到芍药花，石大妈能背诵出不少相关的竹枝词，比如：“燕京五月好风光，芍药盈筐满市香；试解杖头分数朵，宣窑瓶插砚池旁。”“天坛游去板车牵，岳庙归来草帽偏；买得丰台红芍药，铜瓶留供小堂前。”她告诉我，以往“四月清和芍药开，千红万紫簇丰台”，更有“万顷平田芍药红”之说。虽然那时候听说丰台正努力恢复花乡的地位，但满北京城还是很难找到花店，更难在春四五月得到芍药。我在出版社当编辑的时候，一位同事黎大姐听我想年年有芍药插瓶，便笑道：“我过两年退休，就开个花店，年年春天为你进芍药，你来优惠！”后来她果然开了花店。在能到花店购花、订花以前，每到仲春，我总是骑车去丰台找花农，从他们那里得到可插瓶的芍药，记得有一春返回时遇到潇潇春雨，虽然带了雨披，还是挨了淋，骑回我们那栋楼，先去石大妈家分她一些芍药，她忙递我干毛巾擦拭，又去沏糖姜水给我喝，我发现她家门扇旁挂着个纸剪的人形，她递我热腾腾的糖姜水，告诉我："那是我刚剪的扫晴娘。挂上她，祈愿别老阴天下雨。"她赞我用藤筐盛芍药是雅人雅事，我就想起《红楼梦》里的史湘云，是用鲛帕裹起许多的花瓣，构成了一个芍药裀，那才真是雅入云端啊！其实，用藤筐盛花，本是什刹海畔的张叔的做派啊！回到自己单元，一边用几个质地大小不同的花瓶花钵分插购来的芍药，一边责备自己：怎么就很久没有去看望张叔了呢？

那些年的生活真是"芝麻开花节节高"，各家相继安上了座机电话，虽然没有手机，但是出门带个传呼机，北京人俗称"蛐蛐机"，"蛐蛐"一叫，显示出来电方号码，找部座机回应，也觉得挺有派的。我家是安装座机比较早的，听到自己单元里有电话铃声响，不但不烦，还挺得意。那时接到的电话，多是喜讯，谁谁复出啦。谁谁改正啦。工人体育馆的诗歌朗诵会去不去？美国电影《金色池塘》电影票要不要？但是有天接到个令我悲痛的电话，是张叔家属打来的，报告我张叔仙去。我去吊唁，提去满篮的芍药花，放在他的遗照前。我没有哭，因为我

芍药花（刘心武水彩画）

知道，他晚年赶上了好日子，本属于他私产的那个小院子，又回归到他家名下，院里那池开水泼不死的芍药花，每年仲春繁花似锦。

后来我又搬了几次家。不管迁往何处，春四五月购来大筐芍药，分插在瓶钵之中，摆放在客厅茶几上、书房电脑旁、床头柜一侧、飘窗正中……当年的芍药开放后，会逐渐变成形态优美的干花，依然会氤氲出香气，有的冬日来访者，对芍药干花也发出赞美。今年初春，我照例向花店预订了一百枝芍药，进入仲春，花店按约将芍药送来，分插摆放那些芍药，用去我半天的时间，我忆念告诉我芍药别名离草的张叔，还有也已仙去的剪出扫晴娘的石大妈……我想起许多美好的人、美好的事，现在盛绽的芍药在电脑旁，以它的芳香鼓励我在键盘上敲出这篇文章。

2016 年 4 月 30 日　温榆斋

远去的风琴声

1950年冬，我随父母从四川迁来北京，插班上学成为一个问题，住家附近的公立学校插不进去，只好先上私立小学，先上的那所私立小学就在我们住的胡同里，但是它因陋就简，竟然连风琴也没有。我上学的事情由母亲操办，她经过一番努力，终于把我送进了公立的隆福寺小学，那小学离我家稍远，母亲带我去报到那天，刚进校门，就听见音乐教室里传出风琴的声音，母亲颔首微笑，她认为风琴伴着童声齐唱的地方，才是正经的小学校。

这里所说的风琴，不是手风琴、口琴，当然更不是管风琴，而是指那种立式的踩踏板、用手指按琴键发出音响的管簧乐器，它外形跟钢琴很相似，但钢琴是键盘乐器，虽然也有小踏板，弹奏时是要用手指敲击琴键，发声原理不同，乐感也不同。

那时候学生还不称教课的为老师，而是称先生。有天放学我就随口说起："'小嘴先生'教我们唱《二月里来》啦！"我觉得那首歌很好听："二月里来好风光，家家户户种田忙，只盼着今年收成好，多打些五谷交公粮……"我在城市里长大，想象不出"种田忙"是什么景象，更不懂什么是"交公粮"，正想跟妈妈问个明白，妈妈却先批评我："不许给先生取外号!"我就辩解："又不是我给取的!同学们背地里都这么叫她，她嘴巴就是特别小嘛!"妈妈说："我记得她姓因，你就该当面背地都叫她因先生!"我就笑了："咦吔！妈妈，你也咬不准人家那个姓啊！她姓英，不姓因!"我们四川人，分不清韵母 in 和 ing，一般都只发 in 的音，另外，也分不清声母 l 和 n，一般只发 l 的音。母亲虽然早年曾在北京生活过，但毕竟母语是四川话，我们全家到北京以后在家里也是讲四川话，这就使得我们的普通话虽然都讲得不错，但一遇到有这两个韵母和声母的字眼，还是难免露怯。

"小嘴先生"，现在回忆起来，是一个美丽的女子，她的嘴，是名副其实的樱桃小口，有趣的是她偏偏很会唱歌，唱的时候小嘴张得圆圆的，声音非常嘹亮。她总是踏着踏板、按着风琴教我们唱歌，时时扭过头来望望我们，这时我就特别注意到，她那张小嘴真的很厉害，发出的声音往往会压倒全班同学的合唱。

她有时候会让某个学生站起来独唱，不一定是把整首歌唱全，多半会让你唱几个音节，通过纠正你的唱法，来教会大家把歌唱好。上到六年级的时候，有次她就点我的名，让我唱《快乐的节日》。那首歌第一句是"小鸟在前面带路，风啊吹着我们"。我站起来，闭紧嘴，就是不唱。"小嘴先生"就问："你为什么不唱啊?"我说："要唱我就唱《我们的田野》。""小嘴先生"更惊讶："那又为什么呢?"有个同学就故意学舌："小了在前面带路!"他就知道我发不好"鸟"的音。"小嘴先生"明白了，微笑地看着我，对我说："不要慌。不要怕。要敢张口。要敢咬字。对了，老早我就教过你，叫我英先生，不要叫我因先生，跟着我说：（她吐字用力而且很慢）因为，英雄，印刷，影子……这次，再跟我说：小鸟，了解，列宁，树林……”我心里抗拒，咬嘴唇，一些同学看“小嘴先生”很尴尬，忍不住笑了，“小嘴先生”却一点也不生我的气，对我说：“好的，刘心武同学，欢迎你唱《我们的田野》！”《我们的田野》那首歌的歌词：“我们的田野，美丽的田野，碧绿的河水，流过无边的稻田，无边的稻田，好像起伏的海面……”直到后面才有一句里出现“雄鹰”，绝少 in、ing 和 l、n 的困扰，我就唱得格外舒畅，唱到第三句后，“小嘴老师”就去按风琴伴奏，后来又示意同学们一起合唱，唱完了，她对大家说：“今天刘心武唱得真好，我们都为他鼓掌吧！”同学们就鼓起掌来，有几个男生还故意在大家的掌声结束后，再拍响几声。《我们的田野》成为那时段我最喜欢的歌曲。

1984 年，那时我已经成为一个作家，应邀到联邦德国（西德）访问，我带去了根据自己同名小说改编拍摄的电影《如意》的录影带，我所参加的那个活动允许我另带一部中国电影放映给大家看，我毫不犹豫地从电影局借出了谢飞导演的《我们的田野》，那是部表现中国“知青”命运的电影，以我们童年时代熟悉的歌曲《我们的田野》的旋律贯穿始终。我所带去的两部电影录影带投影放映时，观众不多，但映后反响都不俗。就在放映《我们的田野》过程里，我忽然忆起了忘记很久的“小嘴先生”，耳边响起她循循善诱的声音——“跟着我说：因为，英雄，印刷，影子……再跟我说：小鸟，了解，列宁，树林……”在异国他乡，那幻听勾起我浓酽的乡愁。

直到上世纪八十年代，小学校象征之一，仍是风琴伴奏下童声齐唱的音韵。1985 年我回四川，在一个翠竹掩映的山村留宿了一夜,那个村落在丘陵最高处,村屋大多以石头作础、竹墙糊泥刷粉、茅草作顶,室内就是泥土地面,床边桌下会拱出竹笋,看上去很美,但城里人多住几日就会感到不舒服。我是借住在乡村小学的那排房子里,跟一位什么都教的山村教师同室而眠。那一夜我睡不踏实,是因为不适应,他却为什么也辗转反侧、失眠许久呢?原来,第二天,会有一架风琴运到学校来,而他,兴奋之余,却又惶恐,因为他一直都是吹口琴教学生唱歌,并不会按风琴,他曾来回走一百多里去县城,在那里新华书店里,买到一本教授风琴演奏法的书,书已经几乎被他翻烂,但毕竟还要在实物上实践,才能真地演奏成功啊!那天午前,山下一阵“嘿咗嘿咗”的号子声,我停下水彩写生,忙去观察,只见那老师和队里的几位壮汉,正把用麻袋片裹妥的一架风琴,顺着弯成几折的石梯坎,往上面小学校抬来,那矮黑精壮的老师,满头满身全被汗水打湿,但是一双眼睛里,抑制不住快乐的光芒。不仅是孩子,凡当时在村里的男女,全都迎上去,那架风琴的到来,形成了山村的一次节日!第二天早晨,我随小学校师生,以及围观的村民,在那老师的风琴奏起的国歌旋律中,看学生干部将一面国旗升起在毛竹制成的旗杆上,那老师的演奏还不怎么达标,但其声响却十分庄严。下午我离开的时候,教室里传来老师按着风琴带领学生齐唱《大海啊故乡》,节奏不那么准确,每一句师生耐心地唱过重来,当我走出很远,还能听见他们那质朴的歌声。

1987年,那时候还没有出道的杨阳来找我,说要把我的一个短篇小说《非重点》改编拍摄成电视剧,那年头,单本电视剧是常规的存在,像我的长篇小说《钟鼓楼》改编拍摄成八集的连续剧,就认为是很长的篇幅了。《非重点》的故事讲的是一位家长千辛万苦把自己的儿子转到了重点学校，结果却发现那非重点学校的班主任老师非常优秀，儿子跟那老师难舍难分令他惊诧之余内心震动。杨阳那时候在我眼中还是个小姑娘，她的处女作杀青以后请领导审查，坐在后排的她不禁有些紧张，她后来告诉我，当播放到四分之三时，她发现审查者摘下眼镜，掏出手帕揩眼角，于是她心里一块石头落了地。那以后杨阳的作品接踵推出，斩获许多奖项，现在已经是资深的影视名导了。上个月我们约着见面，聊起来，我就说现在还记得她在那剧里有一段，是老师踏着风琴引领孩子们唱歌，她说正是在那个节点上，当年的审片者眼睛潮湿，她是刻意用风琴伴奏的稚气童声来烘托师德之美。但是杨阳告诉我，现在如果剧里要出现那样的风琴，得让剧务去找专门的道具公司租借了，那种公司出租几乎一切当下已经淘汰掉的旧日物品，包括第一代电视机，第一批被称作“大哥大”的手机，第一拨台式电脑等等。是呀，现在小学校的音乐教室里，钢琴已经取代风琴多年了。

我从2005年到2010年，应邀到央视《百家讲坛》录制播出了《刘心武揭秘〈红楼梦〉》系列讲座共六十一集，到现在其视频和音频不仅可以方便地从电脑上获得，也可以通过手机收看收听，影响还是蛮大的，坦率地说，还是挺有成就感的，但是，就在前些天，我在微博上看到这样一条评论：“听刘老说，绛珠仙草追随神瑛侍者下凡，只修得一个驴体，哇噻，吓了我一跳！”想说的是“女体”却让人听成“驴体”，什么发音啊，见此条微博立即脸热。其实我在讲座里，in、ing不分，l、n不分的地方还有不少，但以此处的错音最为搞笑！蓦地就忆起了英先生，她当年是何等苦口婆心地教诲我啊，我现在能以“毕竟乡音最难改”为自己辩护吗？英先生如果健在，该往百岁去了，岁月会流逝，生命会衰老，立式风琴会式微，远去的风琴声难以复制，但那以真善美熏陶人心灵的师德，却是永恒的光亮。

2015 年教师节前　绿叶居

铁木后传

亲友们不理解，我怎么会大冬天的，跑到远方一处萧条的农家院，一住就是十天半月的。按说，应该春暖开花以后去，要么，就在果园下果子的时候去，那两个时间段，那一带的农家院生意都会兴隆，特别是我熟悉的这家，它的柴锅豆腐焖肉，吸引着许多的回头客。

我最初也是春天去看大片的果树花，夏末去采摘鲜果，偏又好一口豆腐焖肉，选中这个农家院的，后来连冬天也去，却是因为跟院主成为谈伴。院主小徐，在上世纪八十年代也曾卷进文学热，希望自己能跻身文坛，写得勤快，投稿多次，但始终未有斩获。虽然后来他尝试过多种营生，基本上放弃了写作，但对文学的热爱，却仍保持热度。我跟他的头次欢谈，是他告诉我，有次收拾客人离去后的房间，发现遗留下一本薄薄的小说，是孙犁的《铁木前传》，从登记本上查到客人留下的手机号码，打过去，希望提供地址好寄还，对方表示不必，送给他留下看，小徐就读了。他告诉我，惊呆了。他的文学启蒙书，是《艳阳天》，当时觉得文学就该那个样子，读了比《艳阳天》早出多年的《铁木前传》，才懂得，文学固然要写时代，甚至不可避免要写政治、写经济，但到头来，只有写到人的私密情感，挖掘到人性深处，才算抵达文学的本性。他拿出那本意外获得的天津百花文艺出版社印的《铁木前传》给我看，书页发黄，里面的油画插图却还鲜亮，他说因为实在喜欢这本小书，所以他后来用牙刷细细地清除了封面封底上的污垢，修补了书脊上的破损，但他不愿意包上书皮，因为他连那封面装帧也珍惜。恰好我自己也保存有一本同版的书，而且孙犁是我挚爱的前辈作家之一。小徐让我推荐些类似的如今已经不热门或一直遇冷的好书，我给他开列出书目，其中有李劼人的《死水微澜》、叶永蓁的《小小十年》、穗青的《脱缰的马》、端木蕻良的《鹜鹭湖的忧郁》、柳杞的《长城烟尘》、林斤澜的《矮凳桥风情》……慢慢搜寻吧！

今冬我带了四大本改革开放初期重印的傅雷翻译的、法国作家罗曼·罗兰的《约翰·克利斯朵夫》，到小徐那里重温少年时代的阅读乐趣。侃山时涉及中外古今诸多文学作品，免不了又议论到《铁木前传》，孙犁笔下那木匠的儿子六儿、铁匠的女儿九儿，以及那个独特的女子小满儿，是多么生猛鲜活的人物形象啊！可惜后来孙犁那种柔曼的笔触渐渐不被容纳，他计划中的《铁木后传》，也就始终未能面世。叹息后，小徐就说："刘叔，其实，我这后院的两家租户，他们的故事，就可以写成《铁木后传》哩！"

小徐他们那一带，方圆数十里，全是果园，最多的是苹果树。苹果熟了，少量销给采摘客路边客，绝大多数果农是暂存到冷库，有批量采购的，再到冷库去发货，因此，在那边经营冷库的，很是赚钱。冷库又带动了相关的生意，比如装苹果的大果筐，前些年这些果筐全是木条钉成的，里面有专门的厂家生产的塑料袋，来兜住苹果，底部都留有空隙，好用叉车将果筐叠起来存库。就有老远的外省的人士，来这边在镇里租借场地，采购来木料，制作冷库用的果筐，每增加一座冷库，就会需要几千个果筐，生意一度非常火爆。有两户外地人家，作坊设在镇上，住家则租的小徐那幽静的后院，一家就是专门制作木果筐的，显得非常富裕，另一家呢，则是专门处理铁条的，生意一般，吃穿用方面就显得比较节俭，也是木家有个男孩，铁家有个女孩，他们在同一所小学上学，年龄相差不多……那么，到去年，不但木料的来源渐渐枯竭，冷库设备升级换代，淘汰掉木果筐，大量购买铁条果筐，男孩那家的家长想转型，却发现附近钢铁厂产能过剩，早把大批量的铁料以很低廉的价格都卖给女孩那家了，那家接到冷库的大订单，大张旗鼓地生产起铁条果筐，顿时经济情况两家换位！小徐告诉我，今年春节前，男孩那家决定从这里撤走，回家乡那边，据说是想开发兜苹果的塑料袋，再批发到这边冷库来，于是，他看到非常值得写入小说的一幕：那男孩子随父母撤离前，把自己家种出的一个最漂亮的葫芦给了那女孩，而那女孩，则拔下头上的一个蜻蜓造型的铁发夹，给了那男孩……

一粒麦子若是嚼掉，就什么也没有了，若是落到田地里，则会长成一株麦子，结出一串麦粒。获得过孙犁《铁木前传》滋养的我和小徐，谁能写出一篇《铁木后传》来呢？

2017年惊蛰前

夜香花园

楼盘一隅，一排高高的梧桐树后，沿着院墙，出现了一长溜花园，当然不是刻板的布局，花丛中所设的小径弯曲有致，入夏后，墙上的攀缘植物，地上的高矮花木，轮番开出形态、色彩各异的花朵，更令人惊喜的是，香气氤氲，沁人心脾。住户们都赞物业请了位好花工。花工荀师傅五十多岁，高瘦结实，喜欢穿中式扣襻的上衣，夏天就是那种两旁布条连接透气的无袖衫。他把整个楼盘的树木花草都侍弄得很好，但是前几年还没有开发出这么一片，去年他开始经营，不过效果还不那么明显，今年春夏，繁花盛开，成为一大景观。

楼盘里住的两位艺术家，在那花园步入处，奉献了一个石碣，上面朱漆填刻着“曲径通香处”，为什么把唐诗里那句“曲径通幽处”改了？他们解释，因为前方并无禅房，而这片花园的特点，不在幽而在香。

楼盘里居住的，老人孩子虽然不少，但更多的是白天需要去上班工作的中年人，他们回家以后，重视健身养性的，晚饭后会到庭院绿地散步，这个夏天，牵着孩子、陪着老人到这“曲径通香处”

去放松一时的渐渐多起来。楼盘别的区域，花草树木的配置，与其他楼盘雷同，但这片花园，在品种选择上，侧重的是从傍晚到夜里陆续开放，而且大多散发出迷人香气的灌木和草花。紫茉莉又名洗澡花，当人们在家里淋浴的时候，它们就灿烂开放了。往墙上攀的，有月见草，也叫待宵花，顾名思义，应该是当月光初现时纷纷开放，一直开到黎明来临，还有夜来香、剪秋罗、花烟草、夜丁香、夜光花、忘忧草、麦瓶草、玉簪花、丝兰、曼陀罗……

有的人对花香过敏，有的家长强调曼陀罗有毒、儿童不宜，他们不怎么去那里，但也都觉得物业公司做了好事，花工荀师傅劳苦功高。有的业主懂得，这里面许多品种，种活护养都比较麻烦，特别是，要想让花香起来，施肥十分要紧，一般的无机肥，难以催出那么浓酽持久的香味，需得施用有机肥料，说穿了，就是需要经过处理的粪肥，而粪肥又会散发出不雅的气味，“辩证关系啊，肥不臭花难香”，一位大学副教授边散步边议论，于是旁边的人们不禁抖动鼻翼，只有花香啊，可见荀师傅确实是优秀的花把式，他从哪里弄来有机肥，又如何稀释处理得恰到好处，让人们完全不受到不雅气息的困扰？听到业主们纷纷夸赞，问他有何窍门，荀师傅竟然有些害臊似的，说：“我哪有什么窍门？功劳是别人的。不过，我不能说啊。”这话不好懂。不过人们在香径里漫步非常舒畅，谁真要懂得什么窍门呢！

有位女士，即使在炎热的夏日，也总穿着宽松的长襟外衣，在庭院里活动，傍晚，也会到那香径中散步。她会和荀师傅站在一起，柔声细语地说话。没什么人特别注意她，只是有回有个大婶望见了跟他老公说：“这位大妈怕比我还大几岁吧？眉眼还那么清秀，可身子怎么跟怀胎七八个月似的？”那老公就说：“文明人不议论人家体型。”那大婶也就笑笑算了。

那位女士，是个退休的工程师。丧偶后没有再找伴儿。她的女儿女婿对她都很孝顺。女儿女婿带着外孙子住别处。她独居。她是个非常旷达的人。前年查出结肠癌，及时做了切除手术。切除后，给她安装了人工排泄系统。本来，医生要求她在体力恢复后，再把肠子给她接上，她却谢绝了，决心就那么带着人工排泄系统生存。女儿女婿都劝她听医嘱，她心平气和地说：“我是深思熟虑过的。我不要二次手术，更不要化疗、放疗。请你们尊重我自主选择的生存方式。你们只要能招之即来，给我送必要的生活用品，陪我去医院复查并更换这套系统，逢年过节来跟我一起享受天伦之乐，我就很满意了。其他亲友们，第一轮关怀慰问一律深谢，但此后我轻易不会接听电话，更不会参加聚会。我会很愉快地打发属于自己的日子。”她确实每天都活得很愉快。把以前来不及细读的书、没听够的音乐、看不腻的老电影光盘，穿插着一一欣赏。她很快能麻利地处理自己身体的问题，自我保洁，怡然自得。她就发现，自己那人工排泄系统接收的排泄物，会有一种有别于直肠粪便的气息，虽然也不雅，但作为有机肥料，十分有利于花卉的培植，她将其施加在自己阳台的盆栽植物中，叶茂花艳，于是，她在庭院散步时，就向荀师傅提出，栽种营造出夜香花园的建议，所需的有机肥料，完全由她提供，但对于她的参与，必须保密。

月光如水，曲径芬芳，一个腰部显得臃肿的女士，在晚香玉花丛前伫立，深呼吸着。珍惜光阴，余生有香。

蹬 布

那天放学进家，响莲先是高兴，后是惊讶。高兴的是爸爸难得地在家，惊讶的是爸爸脖子上吊着绷带、托着左胳膊。

响莲的爸爸是开长途大货车的。她去摸爸爸受伤的胳膊，爸爸只是说："对方负全责。"妈妈那天特意燉了猪蹄，晚饭吃得很香。

因为爸爸意外工伤，响莲那天没有挨着枕头就入睡。她听见爸爸妈妈在低声商量事儿。妈妈说："陈老板催几次了。欠人家两个月车钱了。这下更艰难了。"爸爸说："再艰难，也得保证响莲。"

在这个城乡结合部的居民区里，尽管家长们的经济状况相差很多，但对孩子们，供应几乎是相同的。响莲上的也是城里一所挺有名的学校。那天老师宣布，今后有的作业要在电脑上完成，问："谁家有电脑？"全班同学齐刷刷举起了手。响莲举手的时候，庆幸自己并不落后，妈妈在加油站小超市打工，用攒了三四个月的工钱，给她置备下一台电脑，安装了宽带，预交了费用，妈妈说，加油站老板娘早给她闺女置下电脑了，那闺女比响莲小一岁，才上四年级，妈妈问响莲："老板娘说的'未雨绸缪'，什么意思？"响莲说老师还没教，妈妈就说，家长们都知道，一上五年级，有的功课就得在电脑上完成，学会了从电脑上搜索，"未雨绸缪"不等老师教，一搜就懂。他们家住的地方，离响莲上的那学校挺远，若坐公交车去，车站离家还有一里多路，要坐六站才能到，家长们几乎没有让孩子乘公交车去的，若自己家没有私车，就跟别的家拼车，不让孩子受苦倒还其次，关键是要保证安全。响莲就跟另外四个孩子，同乘一辆小轿车来回。车主是个搞装修的包工头，也住那片，他为了多挣点钱，就揽了接送孩子的活计，四个男孩坐后座，响莲坐副驾驶座，后头四个男孩每月四百元，响莲是四百五十元，妈妈跟车主陈老板还过价，说后头安全、副驾驶座危险，为什么反倒贵？陈老板就说我会敦促响莲系好安全带，我这车算中档了，车况一直好，我开车赢了个谨慎的美名，你闺女坐前头宽敞不是？响莲乘小轿车上下学，穿的、用的，跟那些富人家的孩子，看不出有什么明显的区别。

但是，前两个月，妈妈被那小超市辞退了。爸爸晚上回到家，妈妈总叨唠，说那小超市老板娘不地道，爸爸淡淡地劝："如今到她那地方加油的车少了。她也有难处。你就再找份别的工吧。"妈妈找来找去，不是没空位，就是时间不合适，这就更觉得失去的那份工可惜，每天四点半下班，回家正好接应响莲，而且，还可以平价甚至大折扣从那超市买回牛奶方便面什么的。本来妈妈那份工资除了日常嚼用，足可应付响莲每月的拼车费、午餐费，现在可就困难了。爸爸再出事故，虽说是对方负全责，医药费不愁，但只剩基本工资，困难就变成艰难了。

第二天响莲起床后，不见爸爸，以为是去医院换药去了，就一边吃早点一边跟妈妈说：“今天我不搭小车了，我去坐公交。”妈妈大声回应：“你老老实实坐上去，系好安全带！安全第一，懂吗？”她懂，还不仅仅是安全，爸爸妈妈一定要她保持一种和别的同学平齐的状态。陈老板的车在她家门外按喇叭，妈妈和她一起出去，妈妈对陈老板说：“响莲她爸一早就蹬布去了，人家同意先预支他一千五百块，明天我就连这个月总共一千三百五十块给你。”陈老板说：“其实再欠着我也不能舍下响莲，你也知道，眼下我的活也少了，跟你开口，我也挺不好意思的。”

车子往城里开。路上，马路边，有排专卖建材的商店，有家店，最近专营再生布。再生布就是用回收的废旧衣服等纺织品，捣烂了再热压成型，那家店从厂里进大批的货，一卷一卷的，宽度从两米到八米，长度从十米到二十米，那些搞大棚养殖的，棚顶上要苫这种东西，他们的大棚往往长达一百米，那就需要把成卷的再生布先在地面上铺展开，再根据买家的需要，将其用手提缝纫机缝合成指定的长度，缝完了，再整体卷起，装车运走。在操作过程中，有个环节，就是蹬布。那家商店为了节约成本，缝合再生布那道工序，都是老板和他儿子自己操作，很辛苦的，需要弯腰，那手提缝纫机很重，宽度八米的缝合下来，累得大喘气。但是他们也还得雇人帮忙，就是为他们蹬布，缝合前，每卷布要搁到地上，用脚蹬展开，那还不算太难，缝合后，如果是八米宽的缝成了一百米，再用脚将其蹬卷起来，那就不仅需要旺健的脚力，更需要平衡的技巧，当然装车卸车的时候可以使用叉车，但是，唯独蹬布这个环节，目前还需完全的人工。这个活很累人，但是又不可能给高工钱，因此都是些最没有办法的人，才一早来干临时工，四个小时，管一顿粗茶淡饭，给五十元。

响莲从车窗，老远就望见了爸爸的背影。爸爸虽然一只胳膊伤了，两腿却仍雄健有力，只见他两腿轮流蹬布，那布卷越蹬越厚，爸爸再蹬，就有点跳动的意味了……车开过去了，蹬布的爸爸从后视镜里消失了。响莲微微咬着嘴唇，心里发誓，一定要报答。那天晚上，她从网络上查到了“未雨绸缪”的解释，她心中浮现出许多的方案。

点翠师大高

他不让我叫他小高，说都过半百了，我就叫他大高，他笑嘻嘻应了。

大高二十几年前，跟女朋友确定关系前，有回郑重其事地说："如果咱俩成事，有个情况，你得将就我。"女朋友原来觉得他样样都好，一听这话，犯嘀咕了。他就把女朋友带到平房院自己那间小屋里，从橱柜里取出好几个大纸盒，打开一个，窗外射进的阳光一照，里头有些东西闪烁出蓝光绿光，女朋友惊了："珠宝呀！"细看，又不是。大高就解释："是翠鸟的毛。祖上传下来的。我爷爷原是京城有名的点翠师。点翠，就是用这些从翠鸟身上取下的羽毛，一点一点地，粘贴到设计好的花样里头，那花样一般有金银丝包边，金属片托底，小型的，多是以前妇女的头饰，大型的，像明、清两代皇后的凤冠，还有巨大的屏风。爷爷把手艺传给了我爸，我爸后来又悄悄传给了我。现在这门手艺，快灭绝了，也该灭绝。就跟象牙雕刻一样。一两百年前，野生动物挺多的，现在大象、翠鸟，所剩无几了，得保护，怎么还能拔大象的牙、采翠鸟的毛呢？北京传统的工艺美术，像景泰蓝、玉雕、漆器……什么的，都还在持续发展,可是象牙雕刻,只能是把库存的老料雕完了事。我爷爷留下的这些翠鸟毛呢,也该把它用完,体现在精美的作品上。所以,咱俩成家以后,我得花费不少业余时间,来完成点翠作品。”女朋友笑了:“原来这么个事儿。没想到你一个办事员,还有这么个稀罕的手艺。这事儿我支持!弄好了,是不是还能挣大钱啊?”大高就说:“财迷了不是?现在点翠的买方哪里去找?原先戏台上的旦角,头面装饰多是点翠的,有些名角个人就拥有非常名贵的点翠头饰,但是剧团和个人现在都不进点翠的了,都买代用品,现在有用鹅毛代替翠鸟毛的,有用丝绸甚至塑料制品去替代的。现在完全做一个点翠师,是没办法养家糊口的。但是我爱这门手艺,又有祖上留下的翠鸟毛,利用业余时间,完成一两件大点的作品,既是对爷爷爸爸在天之灵的安慰,捐献给国家的博物馆,也很有意义,对不对?”女朋友就在他这话音落地之后,跟他敲定了去登记领证的时间。

从女朋友变成媳妇以后,她才知道,对大高理解、宽容,并非一桩容易做到的事。敢情大高一旦进入创作状态,那真是六亲不认,必须一个人关在屋里,闷声点翠。大高节假日也会跟媳妇儿子出游,他最感兴趣的,是植物园一类的地方,到了动物园,媳妇跟儿子热衷看动物,他热衷的,还是各种植物,特别是不同植物的叶型,以及光影中叶色的变化。他们购买了小三居的单元,那最小的一间,成为他的工作室,不让儿子进,儿子不理解,有时哇哇大哭,他把儿子抱进儿童间,讲故事哄,说他那间小屋里埋伏着妖怪,儿子嘟起嘴巴:“妈妈说,根本就没有妖怪。”媳妇打圆场:“你长大了,就明白了!”厨房里传出一种特别的香味,儿子嚷着要吃香香，却只见爸爸把蒸好的香香往那间小屋里端。那是点翠用的胶。原来那胶需要用白芨、鹿胶、蜂蜜制作，选择鹿胶也牵扯到保护野生动物，只好用牛骨替代。偶尔媳妇会往小屋送去给他喝的银耳莲子羹什么的，只见他极其细心地往铺在桌上的作品点翠，使用的工具是一把小铁刀，米粒那么大的羽材，他要先沾上适量的唾液，再移到刀尖，再往涂好胶的画面底子上粘贴。往往是，媳妇并没吱声，他也不扭头，说："求您了。我点的时候不能有人在身边。"媳妇只好退出，再把门掩上。

我偶然结识了大高，他发现我居然能跟他就点翠对话，颇感惊讶，产生好感，一天把我请进他的工作室，让我看那尚未完成的作品。原来他是和一位唐卡画家合作，以唐卡的形式，创作一幅

翠鸟

大约六平尺的神猴摘桃图，神猴、桃子以及树枝及树叶轮廓都已先期完成，大高的任务，是给画面上大约几百片树叶点翠，问他已经点了多久，说快一年了，问他还要点多久才大功告成，他说起码还需要两年。只见那画面上点完的部分，隐约闪烁着神秘的蓝绿光芒。

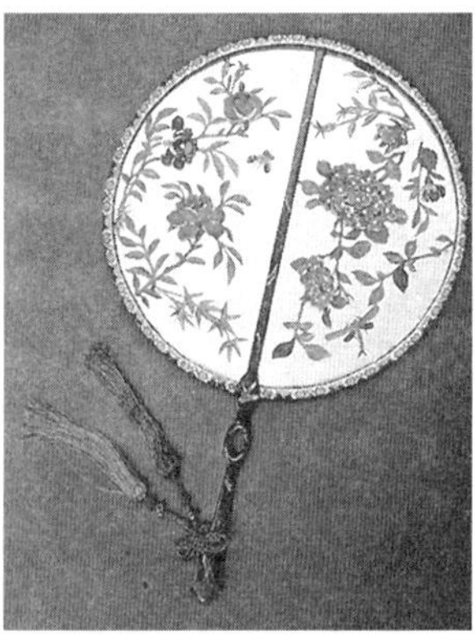

点翠团扇

戏曲演员的点翠头面

故宫藏大型点翠屏风

在澳门路环发呆

在澳门见到路牌上“路环”字样，若是横写，就觉得是“环路”。在内地长大成人，从小习惯横写的匾牌从右往左读。环路不稀奇。北京原来只有内环、外环，现在已经有六环，而且七环也在开拓中。但是澳门的路牌往往也竖写，那么，上面一个“路”，下面一个“环”，就觉得比“凼仔”还扎眼，后者不过是头回看到不知如何发音而惭愧，前者就总不免觉得是否写颠倒了。

2016 年 3 月参加第五届澳门文学节活动，年轻的接待者不免问我此前是否到过澳门。在把校园盖到珠海横琴地盘的澳门大学里，这一问竟重复了多次，于是我告诉对方，我这是第五次来澳门。第一次，是在 1988 年，那一年还没有澳门大学，但我却受邀参观了人学，是私立的，叫做东业大学，后来才归于公立，改名叫澳门大学。记得那一回校方还赠我一幅东亚大学的锦帜，回北京后一度悬挂在书房，后来几次搬家，现在应该还在，只是不知塞在了哪个橱柜。听我这样应答的“80 后”人士，就以为我是个澳门通。其实我前几次到澳门都游踪浅近，作为澳门重要部分的路环，就不曾涉足。

这次参加澳门文学节活动，日程安排比较宽松，于是决定作路环之游。退休之后，生活习惯愈显慵懒，上午一般都要睡觉，澳门文学节主办方照顾我，两场活动都安排在下午或晚上。游路环，是提前午餐后出发，这于我来说，已经算很勤快了。乘的士去。的哥把我和助理载到谭公庙，建议我们看完谭公庙往回散步。澳门有很多风俗神庙。妈阁不消说了，澳门半岛上的那座每次必去，路环山上也有一座。腿脚不灵便了，放弃爬山瞻妈祖，且进内外空无一人的谭公庙瞻谭公。这谭公原来元朝时真有其人，有趣的是总带只老虎巡行。从谭公庙朝北漫步，最后到了三圣庙，庙小神灵多，供奉的是金花娘娘（送子神）、观音娘娘以及华光大师（火神）。澳门人多将妈祖信仰与对观音、关帝（武财神）、大伯公（福德神）、保生大帝（医神）、三官大帝（天、地、水神）等别的神祇的拜敬融合在一起，澳门市中心最负盛名的大三巴（天主教

2016 年 3 月 16 日在澳门路环留影

圣保禄教堂残壁）旁边，就有香火依然颇盛的哪吒庙。尽管葡萄牙传教士从利玛窦起，为了尽量让中国当地民众皈依天主教，对中国俗众有诸多的将就，但他们实在不能允许天主教去与佛教、道教，特别是风俗神信仰一锅烩。因此，直到如今，澳门的风俗神膜拜依然飘散出刺鼻的烟香，给我这旅人强烈印象，而究竟有多少澳门华族居民真心信仰天主教，还真看不出来。

但是葡萄牙人在澳门撒下的天主教种子，实在不少。路环镇上的圣方济各堂，巴洛克建筑风格，体量不大，异国情调十足，前面广场上有一洋味纪念碑，是为 1910 年驱走海盗而立，可见百多年前，此处乃凶险之地。散步中又绕到了恩尼斯总统前地，所谓“前地”，就是个小小的街心绿地。闻到蛋挞的气息，原来著名的安德鲁饼店就在附近。有些饿，和助理进到一家还算宽敞整洁的葡餐馆，我点西红柿葡国鸡，店员说他们做的鸡没有西红柿的只有咖喱的，只好吃他们有的。我曾在上海西餐馆吃过罐焖的西红柿葡国鸡，多年过去，每一忆及，舌苔还会生出小小激动。让助理去安德鲁买蛋挞来下咖啡，他买来了，店员一眼认出，他买来的是另一家玛嘉烈的，安德鲁和玛嘉烈本是夫妻，后离异，但各自经营葡式蛋挞，生意都红火，延续至今。助理尝了说跟北京吃到的似乎没什么区别。我想世界一体化的进程，确实把各处的美食都推广到了人们居住地左近，有的可能有意无意变了味儿，却也有刻意以地地道道为招徕的。助理见我懒得说话，就在手机上百度恩尼斯总统，查到了念给我听。

出得餐厅，本来还计划去路环西面“黑沙踏浪”，助理兴致很高，见我老态毕露，只好随我，我先是缓缓漫步，后来干脆在海岸边(对面是珠海横琴,当中的水域其实是珠江口河汊,因之也可以说是河岸边)长椅上坐下,发呆。

我发呆,不是老年痴呆,而是在轻风吹拂中任思绪缱绻。文学节邀请方建议我和葡萄牙作家路易·曾克(Rui Zink)以"文化、革命与鲜花"为题进行对话。路易·曾克十三岁那一年,即1974年4月25日,在里斯本发生了政变,导致坚持殖民主义的独裁政权倒台,政变由主张结束殖民主义的青年军官主导,其间有很多平民自发参与,当时军人以手持康乃馨花来代替步枪,竟然取胜,史称康乃馨革命。我以前对远在天边的葡国康乃馨革命一无所知,路易·曾克絮絮道来,告诉大家他那少年时代铭心刻骨的记忆是他写作的重要资源。我努力从自己的历史知识积淀中搜索,竟想不出中国的哪次革命和鲜花有关联,"揭竿而起",竿上无花,"赤眉"、"黄巾",李闯王、太平天国、武昌起义……都不能以花为

2016年在澳门文学节与葡萄牙作家路易·曾克对话

喻。想到2006年那次来澳门，与刘再复邂逅，他和李泽厚早些时有“告别革命”的对话，成书流传，引出争议。变革是必需的，但是否一定要革命？暴力不好，亚暴力的社会动荡、族群撕裂也不好。想起曾和北京大学教授张颐武先在1995年有《后世纪的文化瞭望》的对话录，到2013年又再对话形成《跨世纪的文化瞭望》一书，张颐武大体上是路易·曾克同龄人，我们相差十多岁，却达成了共识，就是应该在和平理性中提升世界。和平诚可贵，理性价更高。和路易·曾克的对话已经完成，但余绪仍丝丝缕缕颇可滋心。

助理见我屁股甚沉，就自去附近美女巷、荔枝碗一带转悠拍照。他把我从呆想中唤回。告诉我在美女巷中果然遇到红裙美女，令我莞尔，但问我为什么不叫荔枝苑而叫荔枝碗，这我怎解释得了？

2016年10月在北京追记

巧燕与拙燕

的哥青岭早就在通州市区置房居住，但他运河边村里的老屋还保留着。羊年春天他回老屋，为的是在院落里播种些蔬菜。进到院里，就见北房堂屋门楣上，有燕子筑了好大一个窝，窝下撒落许多燕粪细毛，心生厌烦，便欲取竹竿将那燕子窝捅落。竹竿已经在手，却发现窝口伸出几只雏燕，张着好大的口，显然，把他弄出的动静，误解成母燕归来了。青岭犹豫了，用手机给我往书房打来的电话，报告了他那燕子窝的情况，他请教我："该不该把它捅了?"我坚定地回答："万万不能!"我告诉他，北京市区，原来从暮春到初秋，燕子极多。我少年时期住东四牌楼附近，十字路口的那四座古典牌楼上头，总有燕子绕着圈飞。在北京城墙和城楼没有被拆毁的时候，墙堞和楼檐也总有成群的燕子舞动。胡同四合院里，檐下壁顶也常有燕子筑窝。随着城市的古典面貌被摩天楼景象取代，各种鸟类都减少了，原来最常见的燕子，也渐渐成了稀客。因此，他那运河边的老宅的燕子窝，弥足珍贵，一定不能毁坏。

的哥青岭歇车停运的日子里，总愿意给我来电话聊天。我也特别喜欢跟他侃山。他在电话里问耽不耽误我看书写作，我说没事儿正好跟他聊聊燕子的事。他说已经稳坐在堂屋的高门槛上，很舒服。他聊起来：“您该知道，燕子分两种：巧燕和拙燕。巧燕体型小巧，脖子下有麻点，又叫金丝燕，造的窝，衔来的是运河边的细泥，造出来跟工艺品似的，而且巧燕爱干净，总是及时地把粪便、落毛清理走，所以，如果现在我头顶上是个巧燕窝，那我就保留了。现在是个拙燕窝，拙燕个头大，孵出的燕仔也大，这窝外表相当粗糙，还满世界掉脏东西，您说捅了有什么可惜？”我就回应他：“爱护燕子，应该一视同仁。你知道《红楼梦》里就写到过燕子窝……”青岭是我在《百家讲坛》播讲揭秘《红楼梦》的热心观众之一，有数期录制还是由他接送我，因此他对我的话茬极感兴趣，他问：“是林黛玉住的地方有燕子窝吧？那一定是巧燕窝，她那么个小姐……”我就告诉他：“不然。书里写林黛玉往潇湘馆外头走，嘱咐大丫头紫鹃：‘把屋子收拾了，下一扇纱屉子，看那大燕子回来，把帘子卷起来，拿狮子倚住，烧了香，就把炉罩上。’你听清了吗？曹雪芹就是这么写的。巧燕体小，拙燕体大，才能被说成大燕子呀。到后面，曹雪芹写贾迎春误嫁给了中山狼，贾宝玉到迎春住过的紫菱洲去思念她，咏诗一首，里面有这样的句子：池塘一夜秋风冷，吹散菱荷红玉影……不闻永昼敲棋声，燕泥点点污棋枰……书里多次写到迎春下围棋，所以她的大丫头叫司棋嘛！人走了，燕子窝还在，燕泥点点污棋枰，可见是拙燕的窝，你想，曹雪芹营造的大观园是何等美丽的地方，但他一点不排斥拙燕，因为任何燕子都是美丽的生灵，我们都必须珍惜！”青岭听了很高兴：“嗨哟，您给我开小灶，单听了一集《揭秘》呀！”

那天青岭犁了地、播了菜籽、浇了水，还没见大燕子归来，就挖了些蛹，搭着梯子，去喂雏燕，那几只雏燕吞吃得好高兴！

前些天北京连续数日好大的雾霾，人和鸟雀都难过。京城的生态环境一定要治理好，期待明春燕归来。

辑二

谈《红楼梦》里《好了歌》

脂砚斋说曹雪芹写《红楼梦》，也是为了传诗，一点都不错，光第一回里面，诗就那么多。诗有各种各样的不同的形式，有律诗，有绝句，有长歌。那么，后来宋词所开创的长短句，我们也可以叫作诗。元代还有曲，也是一种诗的形式。还有一些就是民间顺口溜，在这个《红楼梦》第一回里面，就出现这种民间顺口溜。

书里写道，住在姑苏的甄士隐，闺女被人拐走了，家被大火烧了，流落到岳父岳母家，又被岳父欺负，给他白眼看，潦倒不堪。所以有一天他很苦闷，就出去转悠，那边就来了一个跛足道人，一边走一边唱一首歌，歌词就是顺口溜，这歌可以叫做《好了歌》：

世人都晓神仙好，唯有功名忘不了！古今将相在何方？荒冢一堆草没了。

世人都晓神仙好，只有金银忘不了！终朝只恨聚无多，及到多时眼闭了。

世人都晓神仙好，只有娇妻忘不了！君生日日说恩情，君死又随人去了。

世人都晓神仙好，只有儿孙忘不了！痴心父母古来多，孝顺儿孙谁见了？

这顺口溜的内容，可以分做四组，每一组开头，都设立一个前提，就是世人都晓神仙好，就是说世界上的俗人的最高理想，就是能够长生不老，成为神仙，这样时间就是永恒的嘛，所以想成仙。可是呢，价值观念又非常的庸俗。那么头四句就是说，普通世人有一个价值观，就是功名，升官发财，有名有利，首先是要有社会地位，追求这个东西，那么这个顺口溜，它对第一种追求即对功名的追求当头一棒，这就是说古今将相今何在？自古到今那些文臣武将，他们都获得了功名，那么都成神仙了吗？没有成神仙，荒冢一堆草没了。最后他们都进坟墓了。这些坟墓经过久远的岁月风吹雨打，都成为荒坟了，被杂草给淹没了。那结论是很虚无的。就是说你这个功名没有用，又想成为神仙，尤其着眼于功名，最后呢，到头来你获得了功名，也是一场空。这是头四句。

然后的四句，也是以这个世人都晓神仙好引领，就是都想当神仙，最后呢，价值观呢？还是很庸俗，追求金银财富，就这个忘不了。那么就算你获得了金银，你金银堆积如山了又怎么样呢？叫做终朝只恨聚无多，及到多时眼闭了。终朝，就是整天都追求这个金银财宝，已经收了一些，还嫌不够，还觉得不够多，贪婪，疯狂地去敛财，那么最后呢，你敛了很多财又怎么样呢？等到你真觉得财富很多的时候，你也就死掉了。眼闭了就是免不了一死，你还是成不了神仙，所以它对这个追求财富的价值观又当头一棒。当然，最后也是归于虚无。是吧，就算有了财富，最后也没有什么意义。

最底下的两组顺口溜啊，就特别值得探讨了。第三组说的是世人都晓神仙好，只有娇妻忘不了。因为那个时代是一个男权社会，所以这个顺口溜讲这些人生的一些追求，他作一些评判，都是以男子的角度来说，所以他说，世人都晓神仙好，只有娇妻忘不了。当时男子一般都追求有一个美满的婚姻，娶妻生子。但是在一般的俗人的价值观里面，这种婚姻的爱情没有什么位置啊，基本上就是要门当户对，一般都是听从父母包办，或者是媒妁之言。这样来成就一段婚姻。那这种追求最后怎么样呢？你得到了一个门当户对的婚配，你有了一个娇妻，最后呢，叫做君生日日说恩情，君死又随人去了。它也很虚无，但是这句值得讨论，我和有的红迷朋友讨论过，有的红迷就提出来了，唉，说那个时代，不是都主张妇女守节吗？寡妇啊，不应该改嫁呀，社会的主流价值观念是这样的呀，根据封建礼教的规范，一个女子是别人的娇妻，你丈夫死了，你应该守寡守节，而且当时朝廷对节妇还经常予以表彰，有的著名的节妇还给你立牌坊，叫贞节坊。怎么这里谴责寡妇改嫁呢？那个时代，对于男子来说，你的遗孀居然另去嫁人，就很不光彩。对男人来说，你人生的价值观也是得到一次毁灭。我们在《红楼梦》里面，可以看到一个寡妇的形象，就是李纨。李纨就是丈夫死了，她丈夫谁呀？就是贾宝玉的哥哥贾珠。她嫁给了贾珠，为贾珠生下儿子贾兰，贾珠死掉了，她就守寡了，然后你通读整部书就发现，这个李纨就一直是认认真真地为这个家族守寡，并没有君生日日说恩情，君死又随人去了，是不是啊？在那个时代也有李纨这种人，也是当时一种妇女的一种常态的生存。那么这就需要懂得，就是中国封建社会，虽然封建礼教有这样的一种礼法规范，主张一个女子嫁人以后，嫁鸡随鸡，嫁狗随狗，丈夫死了，必须要守节，不能够改嫁，然后争取被朝廷表扬，立贞节牌坊。虽然在封建社会当中长期存在这样一种封建礼教的前提和规范，但是起码到了明朝以后，延续到清朝，由于社会经济的发展，社会流动性的增加，新思想的滋生，新的生活方式、人的新的行为方式不断出现，那么已经是礼崩乐坏。

我们看比曹雪芹的《红楼梦》早两百年的《金瓶梅》，《金瓶梅》是出现在明代晚期的一部长篇小说，没有《金瓶梅》就没有《红楼梦》，《金瓶梅》是《红楼梦》的祖宗。那么你读《金瓶梅》就会发现，因为《金瓶梅》里也写了，有的女子她是守节的，比如说西门庆有个正妻叫吴月娘。西门庆死了以后她就认认真真地守节，她不嫁人，而且不容其他男性侵犯，有这种例子。但是呢，书里面更多的女子，都是嫁好几次，就是社会发展到那个时候，像吴月娘那样的节妇贞女，已经是婚姻解体以后的女性当中的少数存在，多数女子都是一嫁再嫁。社会上其他人对她们的再嫁也习以为常，也并不以为怪。那么到了《红楼梦》里面，我们找一个例子呢，《红楼梦》里面有没有改嫁的寡妇，人们对这样的寡妇怎么看？是有的。红楼梦里面有没有一段故事叫做红楼二尤？记得吗？尤二姐、尤三姐，有这两个角色吧？她们怎么回事啊？有人一想，她们是荣国府贾珍的媳妇尤氏的妹妹，两个妹妹。那么尤二姐、尤三姐跟尤氏是同父同母的姐妹吗？不是的，既不同父也不同母。书里就交代是这么回事，就是尤氏的父亲死了夫人，丧偶以后他就再娶一个女子续弦，那么这个女子嫁给他就成了这个尤氏的后妈了，对不对啊？那么这个女子不仅自己嫁过来，她还带她和她的前夫生的两个女儿一块儿到了这个尤氏的父亲家，这两个女子，就是尤二姐和尤三姐，当然从名分上说，因为婚姻成立了，她们当然也都算是尤氏的两个妹妹，也就算是贾珍的两个小姨子，也就算是这个贾珍和尤氏他们的儿子贾蓉的两个姨妈。当然这个贾蓉不是尤氏生的，贾蓉是贾珍的前妻所生的一个儿子，但是他前妻死了以后，他娶尤氏为正妻，在名分上当然就是贾蓉的母亲，就是这样一种复杂的人物关系。那么书里面写宁国府对尤氏的父亲所娶的这个妻子和所带来的两个女儿，是不是就另眼看待啊？就是觉得，一个女人改嫁很不好，对他们翻白眼儿？并没有。后来这个宁国府，本来应该是府主贾敬掌家，就是贾珍的父亲，跟贾赦、贾政是一辈的，但是贾敬把他所袭的那个贵族头衔都让给儿子贾珍，他自己不住在宁国府了，到城外道观里面，跟一些道士一块炼丹去了。所以贾珍就袭了贵族头衔成为宁国府的府主，而且贾珍还是整个贾氏宗族的族长。贾敬后来吞丹就死掉了，所谓世人都晓神仙好，他想吞了那个炼的丹，就成为一个神仙，实际上是痛苦地死掉了。他死掉以后要办丧事，办丧事呢，这个宁国府本来人丁就比较少，所以贾珍就请他岳母，其实是尤氏的继母，带着他的两个小姨子，到宁国府来帮着照应。所以在《红楼梦》里面写到寡妇改嫁的情况，而且人们对寡妇改嫁也并不觉得多么的不道德，多么的不能容忍。所以在明代中晚期和清代基本上两种妇女是并存的，都被社会容纳。一种就是李纨这样的，像《金瓶梅》里面吴月娘那样的，她们是一种存在，还有一种，就像尤老娘这种，大家也看惯了，也不觉得有什么。

所以《好了歌》的第三层意思，就是表达出对世俗的所谓门当户对的美满婚姻的一种价值观的抨击。同时，它等于也告诉我们，当时社会风俗，就是君死又随人去了，这种妇女还是蛮多的。也就是说它是一个中国封建社会的晚期的景象，礼崩乐坏，封建礼教只剩下一些外壳，实际上真正遵守这个规范的人越来越少，人们意识里对突破老规范的这种行为也越来越能容忍。

第四组又表达一个意思，叫做世人都晓神仙好，只有儿孙忘不了。中国漫长封建社会里，最重要的一个封建礼法的要求，就是一个宗族一定要传宗接代，一个男子，你一定要为你的这个宗族，首先是为你的父亲生下儿子，儿子再生个儿子，子孙越多越好。直到今天啊，这种非生一个男孩不可的想法，在中国民间仍然存在。就是很重视传宗接代，生女儿是另外一回事，生儿子因为这儿子随着你这个姓，把你这个宗族的姓氏传下去，所以儿孙很重要。那么，书里面这个贾氏宗族也很重视这件事情，过去这个家谱都是要有排辈分的，在人的姓名里面，有一个字叫做排行，那么《红楼梦》里面人物的排行，你要明了，首先这个书里面，开篇以后活着的年纪比较大的，就是贾敬、贾赦、贾政那些人，他们的名字虽然是单名，好像没有一个排行的单独的字，但是他们每个字里面都有一个“文”字的偏旁，他们是文字辈。

他们再上面有没有还活着的？宁国府荣国府的最早的府主是代字辈，贾代善、贾代化，都死去了，但是宗族里面还有叫贾代儒的，他辈分高，他还在，主管宗族的私塾。这代字辈下面是文字辈，文字辈下面就是玉字辈。贾珠，故事开始时他已经死，那么像贾珍、贾琏，名字里都有玉作为偏旁，贾宝玉，那更是玉字辈是吧，干脆就把玉字独立出来。那么再往下呢，就是草字头的一辈，书里面这种人很多啦，像这个贾兰、贾芸、贾芹、贾菖、贾菱、贾蔷、贾蓉等。有人说那个贾兰，贾兰不是两点三横吗？这是简化字的后果，繁体字的兰一定是一个草字头，一个“门”繁体的“門”，然后一个柬埔寨的柬，那是贾兰（蘭）正式的写法。后来我们读的《红楼梦》用简体字排印，就把这个兰字按简体字方案简化了，看不出它是草字头了，所以从《红楼梦》的贾氏宗族来说，我们就感觉到当时是很重视传宗接代，重视排辈的，所以你看后来宁国府，贾蓉的媳妇秦可卿得了病，多少人关心啊，有的就觉得她可能是怀孕了，像邢夫人，贾赦的妻子，她就说，是不是有喜了呀，就怕没有喜，因为当时宁国府人丁太寥落了，上一辈只生了一个贾敬，贾敬只生了一个贾珍，贾珍只生了一个贾蓉，就盼着贾蓉再生育后代，好让宁国府的香烟延续下去。所以这个在中国的封建社会里面，男权社会嘛，传宗接代非常重要，被叫做只有儿孙忘不了。可是这个价值观发展到明清的时候呢，也遭到了社会现实的猛烈反弹，叫做痴心父母古来多，孝顺儿孙谁见了？就是你传宗接代，你觉得要把自己的香火延续下去，剩下一些儿孙，虽然这儿孙能够继承父业祖业，使家族越来越兴旺，可是最后发现，真正对父母对老人孝顺的儿孙越来越少，乃至于根本找不着，谁见了？当然还是有的是吧，那这是简而言之，也是礼崩乐坏。所以这个跛足道人的《好了歌》，它既是对当时社会生活的一些方面的概括，又是对当时社会普遍流行的价值观的抨击。

最后呢？它要归于虚无，就觉得一切都没有意义，到头来都是一场空，他这首歌应该说是主题很消极的一首歌，所以当时这个甄士隐听了以后，就过去跟那个道人搭话，说你满口里说些什么呀？我光听见你说好了、好了啊，道人就说了，唉，你啊，若果然听见"好了"二字，还算你明白，可这世人万状，了便是好，好便是了，若不了便不好，若要好须是了。这个歌就叫做《好了歌》。这是一个很悲观的虚无的结论，就是说，万事最后呢，了变成好，好变成了，你要是不了，就不好，要好就要了，就是一切归于这个了，了就是报销，化为乌有，就这个意思。那么有人就跟我讨论了，说你看那个曹雪芹啊，他写《红楼梦》，通过跛足道人唱了一首歌，全都是顺口溜，而且甄士隐听了以后就顿悟就觉悟了，觉得对呀是啊，这个若不了便不好，若要好须是了，是吧？这不就是宣扬一种虚无主义的观念吗？

那么从这一段文字来看，可以说他是在表达这个意思，但请你注意，曹雪芹写得很巧妙，他是呈现出的《好了歌》之后，在后面的文字里面，他用大量篇幅塑造贾宝玉与林黛玉这样的形象，这是在当时的社会中的新人形象，具有新观念，他通过他们来化解这个"好便是了，了便是好"的虚无的思想，这点请你千万注意，你不要只迷恋《好了歌》，觉得真是一唱三叹、说得真对，你最后也变成虚无，那就辜负了曹雪芹的苦心了。曹雪芹呢，并不是要你最后去皈依《好了歌》所表达的那种虚无情绪，他只是告诉你，有这样的情绪存在，值得参考。那么我们怎么超越这种情绪去到达彼岸呢？"人生着甚苦奔忙"，追求功名啊，追求金银啊，追求娇妻啊，追求儿孙啊，都成不了神仙，个体生命，应该超越些价值观，去升华自己的灵魂。你想想贾宝玉这个形象啊，第三回，写林黛玉，随贾雨村进京，贾雨村受林黛玉父亲林如海托付，把她送到京城的荣国府，送给她的外祖母贾母去抚养，这才有了林黛玉和贾宝玉第一次相会。这个时候就有两首词，词牌是《西江月》，形容给贾宝玉，这两首《西江月》词，可以和跛足道人的《好了歌》互相参照着来看。《好了歌》从反面表达了当时社会俗众的一种庸俗的价值观，《好了歌》本身它对这个就是抨击的，就归于虚无，到第三回就告诉你，书中第一主角贾宝玉，他是一个什么样的生命存在呢？他的价值观完全和世俗这些人所追求的完全不同，相反，说这个贾宝玉啊，“无故寻愁觅恨，有时似傻如狂”，他跟常人不一样，“纵然生得好皮囊，腹内原来草莽”，他外表很好看，那么他是不是精通四书五经啊？因为那个《好了歌》呢？头四句就说世上好多人追求功名，追求功名的人要通过科举考试要做八股文，八股文做得好，考官给你高分你才能考中，那么就首先需要读四书五经。宝玉怎么样呢？他归于这样一个价值坐标吗？不是的，他纵然生得好皮囊，外表都是很不错的一个公子，他腹内原来草莽，就根本对这四书五经是不精通的。他“潦倒不通世务，愚顽怕读文章”，就进一步说他这个特点啊，属于潦倒，那么他虽然生活在一个贵族家庭，他生活是很富裕的、舒适的，甚至是很奢侈的，但是用当时的社会的坐标系来衡量他的话，他最后是成就不了功名的，是个潦倒的废物，是吧？他不通世务，什么叫世务？当时又叫做仕途经济，仕途就是说你要去通过考试求取功名，经济就是要会发财，他都不行的，一个公子当时必须要通过科举考试才能求得功名。而他却是愚顽怕读文章，他读不来那个四书五经，尤其他是读不来八股文，做不来八股文的。当然也有朋友跟我讨论，唉，说他不是一个荣国府的后代吗？他还需要通过科举考试求得功名吗？他需要，书里交代得很清楚，这个宁国公和荣国公，虽然为书里开国的皇帝立下大功，被封了公爵，但是他们不是那种铁帽子王。什么叫铁帽子王，就是有的皇族大功以后，皇帝就分封他们一个爵位，这个爵位叫做世代罔替，就是你的下一代永远都可以继承下去。当然如果皇帝说你犯了事儿，他可以终止你的这个爵位，甚至可以杀你头，那另说，但不出岔子的话，可以世世代代承袭这样的头衔，享受现成的富贵。但是像宁国府、荣国府，这种功名不行，不是世代罔替的，虽然还可以往下传，但是每往下传一代，这种功名就递减一等，甚至要递减两等，就要看皇帝的态度，到了几代以后，就不再往下分封给你的贵族头衔，那么你怎么办？你就还是要跟其他家庭的那些男子一样，要读圣贤书、学习八股文、参加科举考试，去求取功名，所以书里写得很清楚，宁国府最后承继的贵族头衔，就只是一个三等将军，就是说贾珍，他还是承继了这个头衔。那么荣国府呢，算是一等将军，好像也还不错，当然比起那个国公爷就差得多了，由贾赦承袭的这样一个头衔。而且请注意啊，当时社会游戏规则是，一般来说你有功，皇帝给你一个贵族头衔了，你死了，只能传给你的大儿子，递减的话，给一个头衔也只能是你的大儿子来承袭。当然，你大儿子死了二儿子还可以承袭，那么大儿子没死，就是大儿子承袭，二儿子就不行了。书里写得很清楚，这个贾母，她有两个儿子，大儿子贾赦，所以贾母的丈夫死了以后，皇帝开恩，给了贾赦一个递减的贵族头衔，就是一等将军，那么一问，还有一个儿子，还有一个儿子他也开恩了，就不能再给你一个贵族头衔了啊，就赏了贾政一个官职，开头是一个待补官职，后来就到工部。因此摆在宝玉面前的前景，很显然，因为他不是贾赦的儿子，他是贾母老二贾政的儿子，他不可能有资格享受现成的这个贵族头衔的，他必须要走科举考试这条路才能求取功名。但是这个宝玉呢，却潦倒不通世务，愚顽怕读文章，而且他“行为偏僻性乖张，哪管世人诽谤”。他是完全冲破封建礼教束缚的这样一个生命，所以你不要被跛足道人的《好了歌》给迷住了，《好了歌》是表达了一种对功名金银娇妻儿孙，这些世俗的价值观的嘲讽抨击，但是归于虚无，而后面曹雪芹通过贾宝玉形象塑造，突破虚无，去追求一种超越世俗的价值观，是相反的另外一种价值。那么这个《西江月》有两首，另一首也是形容贾宝玉啊，叫做“富贵不知乐业，贫穷难耐凄凉。可怜辜负好韶光，于国于家无望。天下无能第一，古今不肖无双。寄言纨绔与膏粱：莫效此儿形状！”我就不一句一句来分解了，大意就是说，贾宝玉驾驭生命，无论是对当时的国家而言，还是他自己对这个贵族家族而言，都不是一个继承人，他对国家和家族所确立的一些价值观念，都是叛逆的，他是不肖之子。这个肖不是那个孝顺的孝，这个肖就是像，不肖就是不像，那个时代，一般都希望自己的子孙像自己，不肖就是说完全走样了，叫不肖子孙。那么他是古今不肖无双，是这样一个生命，那么我们读了第一回以后，该怎么摆脱这个跛足道人《好了歌》那个最后虚无的一个境界呢，就需要去仔细品味贾宝玉这个艺术形象。

那么贾宝玉呢，他在他的生命旅途当中，他遇到了共同的叛逆，他的生命当中的精神伴侣就是林黛玉。在第二十回，写贾宝玉和林黛玉在一起，两人就有很多对话。那贾宝玉和林黛玉的故事大家太熟悉了，很多了，共读《西厢》，他们一起冲破种种障碍传递他们的情感等等,不细说。但是第二十回中,有段对话很重要,就是他们俩开始有一些争执,然后林黛玉就有一句话,非常重要,叫做“我为的是我的心”,那么贾宝玉就跟她说,“我也为的是我的心。难道你就知你的心,不知我的心不成?”在《红楼梦》以前的中国的所有的文本当中,这样表达爱情的句子,应该说是没有了。像《西厢记》那个张生和莺莺一见钟情,基本上还都是双方都是外貌协会,我看你顺眼、你看我顺眼啊,对上眼了,两人就想发生关系。那么像《牡丹亭》也是一样,杜丽娘,她生理上成熟了,心理也成熟了,就思春做春梦,就和这个柳梦梅相会了,然后他们就在牡丹亭畔,他们做爱了,那么也很优美,也很合理,也是具有反封建的意义,也是流传到今天让我们认为很美好的篇章形象。但是呢,都没达到《红楼梦》的高度,《红楼梦》也写贾宝玉林黛玉他们之间有两情相悦的成分,就是你看我顺眼、我看你顺眼,除了这以外,贾宝玉也不是说对林黛玉没有身体上的欲望,他是有的啊,有一次他看到薛宝钗,夏天天热,露着这个雪白的膀子,书里写贾宝玉的心理活动,这个膀子要是长在林妹妹身上,我倒还可以摸一摸,有这个细节吧?不是说他们俩只是精神恋爱,如果这样子理解,你就形成另外一个偏差了。贾宝玉和林黛玉,他们从肉到灵,是全方位的爱。林黛玉对贾宝玉也是这样子的。但是更重要的是,他们是精神上有爱,心中有爱,然后就表达了这样的意思,等于就是林黛玉发布了一个惊天动地的爱情宣言,就是我是为我的心,这样就形成了升华,就告诉我们,功名金银娇妻儿孙,这些价值观都是可以抛弃的,什么是最重要的,就是一个人维护自己的心,维护自己的心灵的真诚的认知,真实的情感,两个人互相认心了，所以叫知心嘛，心心相印嘛，就达到了灵的境界，就灵魂升华了，就超越了，就达到神仙境界了。

当然书里面写得很有意思，就是林黛玉和贾宝玉，在人间的他们不知道自己是天上神仙，他们自己是不知道的，所以宝玉第一次看到林黛玉说这个妹妹好像在哪里见过似的。就是他意识里面，模模糊糊，有一些隐约的记忆，像萤火虫一样，微弱地一闪一闪，所以说这个妹妹好像哪见过，但是想不起来在哪见过。他们两个在人间，他们互相不知道，但实际上呢，书里告诉我们，他们实际上就是天上的神仙，一个是天界赤瑕宫的神瑛侍者，一个是天上的绛珠仙草，后来修成一个女体，就是绛珠仙子。那么这说明曹雪芹通过全书塑造这样的两个形象，回应了跛足道人的这个《好了歌》，真正的神仙，你要有心，你要能够最后一切懂得是为了心，精神高于一切，精神高于物质，对真善美的追求，高于对功名、金银、娇妻、儿孙的追求。

《红楼梦》教会我们用感情来滋润一生

我是文学马拉松长跑者，从十六岁开始发表文章，我现在还在跑，还没有出局，因为我喜欢写作。

我为什么研究《红楼梦》和《金瓶梅》？我首先把自己定位为写小说的人，研究《红楼梦》《金瓶梅》都是为了向它们取经，因为它们是经典作品。《四牌楼》就是我当时仔细研究《红楼梦》和它的人文情怀之后写出来的。

大家很喜欢听我聊《红楼梦》，我今天就聊一个特别经典的话题——《红楼梦》中的爱情故事。

大家特别熟悉的是宝黛钗的爱情故事，但遗憾的是有些人只记得这一个爱情故事，其实《红楼梦》里有很多爱情故事。有些人怀疑说有很多吗？他们对《红楼梦》的了解不是来自文本，而是电视剧、电影、舞台演出等。曾经有个小伙子跑来跟我说，他特别喜欢《红楼梦》，说像“天上掉下个林妹妹”这样的文笔很优美。可是大家想一想，这是《红楼梦》文本里的吗？这不是曹雪芹写的。“天上掉下个林妹妹”是越剧《红楼梦》当中的唱词，产生在上个世纪五十年代。虽然唱词很好，但这不是《红楼梦》本身。所以，大家还是要读《红楼梦》文本，细读的话，会发现《红楼梦》里的爱情故事太多了。

有人和我讨论说贾宝玉和林黛玉的爱情故事多勇敢，在那样的年代里面，不求功名富贵，可歌可泣。但是现在我告诉你们，《红楼梦》里还有比他们俩的相爱更坚决、更勇敢的——就是林红玉（小红）和贾芸。林红玉（小红）是贾府大管林之孝家的女儿，是有背景的。但是书里写得很古怪，按说林之孝夫妇可以把女儿安排在最好的地方，可是他们俩低调生存，装聋作哑，把女儿派去看守园子里的空房，就是后来贾宝玉他们住进去的怡红院。在怡红院里，晴雯、袭人都是近身服侍的头等丫头，而小红只是三等丫头，做的是喂鸟、扫地一类的活。有一次其他丫头不是出去干事就是出去玩了，宝玉身边没有人，想喝茶，就出现了一个空档，这时候林红玉借着给宝玉倒茶的机会近了前。贾宝玉可是人见人爱的，不但小姐们要争取他，丫头们也要争取他。但是小红明白去参与那种无聊的竞争也没有用，可嫁一个奴才她也不甘心，于是后来她把日光放在了贾芸身上。贾芸是贾家的旁支，并不受重视，但他很有志气，想办法改变自己的命运，后来就从凤姐那儿得到了一个在大观园里面种植花草树木的差事。这是个很不错的活儿，他可以从账房支取银子，买花种草花费以外的，剩下的就是自己的。既然他们都在大观园里，就有机会相遇了。有一次小红去传话，和贾宝玉的小厮对话，就发现有一个爷们在旁边，这时候小厮顺口一说这也是贾家的本家，小红听了就下死眼看了。这在那个时候是不得了的，不要说丫头、小姐是不能看男人的，尤其是当着别人更不能看，别说是下死眼看了。下死眼是怎么个看法？就是一定要看明白，什么眉眼，什么气质，小红看着中意，把贾宝玉 pass 掉了，咱们就追求贾芸。小红的故事很多，曹雪芹写得很丰满，有一回的回目是“痴女儿遗帕惹相思”，“痴女儿”是林黛玉吗？不是，是小红，她很有心机。她假装扔了一个手帕，贾芸果然就捡过来了，去找怡红院的丫头坠儿说捡到手帕了，后来一问说是小红的，那你就把手帕还给她吧，可贾芸并没有真把手帕还给小红，而是把自己的手帕交给了坠儿。你想这在当时严酷的封建社会环境里，如此大胆地传递爱情信物，是不得了的。贾芸本来是曹雪芹刻意塑造的正面人物，可高鹗续的后四十回把他写成了坏蛋，这完全不符合曹雪芹的原意。因为宝玉曾经把住的屋子叫“绛芸轩”，绛是红色，所以指的是小红，芸自然指的是贾芸。“绛云轩”的名字能是作者胡乱写的吗？所以你看贾芸和林红玉多重要。

还有一个人物也很重要，他在当时那个社会里是很出格的——就是贾蔷。

这个人很奇怪，他家里所有的人都死光了就剩下他一个，所以宁国府就把他收养了，他和贾芸是一辈的。书里讲，当时为了元春省亲排戏，让他去买了十二个小姑娘。在清代，学艺的戏曲演员多称之为官，十二个女孩就有十二官。这里面有一个叫龄官的，有艺术家的品质，还爱要大牌。当时给元妃娘娘唱戏，说她唱得好，让她再唱两出《游园》《惊梦》，她不愿意。贾蔷气得要命，说你要唱什么？她说要唱《相约》《相骂》。这是贵妃回家探亲，唱这种戏是要干嘛？她说，这是我最喜欢唱的戏。最后贾蔷扭不过她，让她唱了，没想到元妃觉得还不错，赏赐了她。最后龄官爱上了她的老板——贾蔷。她是阶级底层人物，贾蔷是主子。贾蔷爱她也爱到了忘情的地步，他们俩是突破了阶级的隔阂，真诚相爱。有一次，宝玉下雨看到有个小姑娘拿着头上的簪子在地上抠泥，他就看到这个女孩子来来回回写一个“蔷”字，当时贾宝玉还不明白她在干嘛，后来有一天宝玉见到龄官，想让她给他唱一曲听，因为他是家族第一继承人，心想对方一定会唱，万没想到遭到了人生的一次大冷淡，连理都不理他。按说小丫头遇见这种机会应该下死眼，但不但不死眼，连活眼也不看。后来贾蔷过来了，宝玉才突然发现原来是贾蔷在和龄官忘情地相恋。这时候宝玉有一个感悟，人世间的情爱是老天爷划分好的，天注定的，不归你的感情你是得不到的。但可惜后四十回把贾蔷也写得很坏。

第三对是二小姐迎春的丫鬟司棋和她的表弟潘又安。可惜后来事发了，还被抄出了赃物，但司棋并无悔改之意，这也很不得了！而且书里写作为旁观者的鸳鸯，她在发现了司棋和潘又安之间的私情之后，不但没有告发，后来司棋病倒了，她还去看望，并没有看不起司棋，还安慰她好好保重自己。

书里面还有很多爱情，比如秦钟和智能儿的低俗爱情。当时他们发生了关系，这只要是双方自愿的都不算什么。智能儿当时就说你要和我好，你就帮我跳出这个火坑，所谓当小尼姑就是被主持尼姑驱使，很悲惨的。所以智能儿一再想要跳出这个牢笼，后来秦钟病了，她就从尼姑庵里面逃出来去他家看望他，但最后秦钟还是死掉了。这个爱情故事虽然没有结果，但在小尼姑的那个世界里，不但是一个皇权社会、家长社会、男权社会，也是一个神权社会。尼姑追求自己的爱情是大逆不道的，书中正面地写了智能儿追求爱情的勇敢作为，也是很不得了的。

尤三姐和柳湘莲这一对，是有单相思的。尤三姐谁都不爱，而是爱上了破落世家的飘零子弟——柳湘莲。柳湘莲答应成亲，给了一把鸳鸯剑作为信物，但是后来听说她不是处女，就不愿意娶她了，想索回定亲信物。结果尤三姐听到后非常痛心就自尽了。其他单相思的还有贾瑞，喜欢王熙凤，这个谈不到爱情。

书里还有一段很暧昧的描写。贾府家眷到清虚观里面打醮，这个观里面的道士是张道士，年龄和贾母相仿。当时提到国公爷的时候，贾母就泪流满面，这个张道士也泪流满面。贾母是贾家唯一一个幸存的老祖宗，张道士是国公爷的出家替身，虽然道士可以结婚，但是他也没娶，而且两人见了以后，就说宝玉和国公爷像一样似的，很有意思。

书里面还有很多爱情故事，张金哥与守备之子。他们俩的爱情被王熙凤破坏了，后来两个人都殉情自杀了，这两人算不算爱情，虽然没有仔细地展开描写。但是我们注意到《红楼梦》里面有很多形形色色的男女关系和情爱关系，这是一个很丰富的文本，而不是单点的，不是只有宝黛钗的。总之，细读《红楼梦》的文本非常重要。

《红楼梦》就是一部曹雪芹创造“情教”的《圣经》，实际上《红楼梦》教会我们如何用感情来滋润自己的一生，用真善美来滋润自己的一生。研究《红楼梦》的各派都有道理，作为研究者有责任向大家推广这部书。

可能我说的话不对，但是我引起了读者对《红楼梦》原著的兴趣,这点我是自我肯定的。至于其他各派怎么发言我不去干预,只要不要求我闭嘴,不要求我下台,只要不是那样的干预,怎么批评我都行。

关于《一百零八回红楼梦》

我们推出这个《一百零八回红楼梦》，首先想表达的是：曹雪芹是写完了《红楼梦》的。曹雪芹写完的《红楼梦》八十回后书稿迷失。迷失的八十回后的内容是可以探佚出来的。

两百多年前，书商程伟元和书生高鹗合作，在曹雪芹的八十回后续出四十回，构成了一百二十回的本子，自刻印流传至今，影响深远。续书的人与曹雪芹不认识、无来往，且是在曹雪芹逝世差不多三十年后，才推出这样一个一百二十回的本子，百年多有研究者指出，无数读者也都感到，所续四十回虽然使全书有头有尾，在表现宝、黛、宝爱情婚姻悲剧方面也还可以，但总体而言是背离曹雪芹原笔原义的。

《一百零八回红楼梦》

但是读者们应该知道，曹雪芹写出的《红楼梦》，早期是以手抄本形式流传的。这些手抄本多数书名定为《石头记》。遗憾的是现今能看到的十余种抄本，至多只有约八十回。这些手抄本最珍贵之处，是正文之外还有大量批语，这些批语多数情况下署名脂砚斋，脂砚斋不是一般的评点者，实际上是与曹雪芹关系极为密切的合作著述者。在今存的被称为庚辰本的手抄本第四十二回，有一回前批："钗、玉名虽二个，人却一身，此幻笔也。今书至三十八回时，已过三分之一有余，故写是回，使二人合而为一，请看黛玉逝后宝钗之文字，便知余言不谬矣。"可见曹雪芹的《红楼梦》全稿绝非一百二十回。如果全稿一百二十回，通读并多次编辑校对书稿的脂砚斋，怎么会说书至三十八回，已过三分之一有余呢？应该说不足三分之一才顺理呀！当然，光凭这条批语，还可猜想曹雪芹完稿的是一百零九回、一百一十回或一百一十一回。

周汝昌先生曾多方论证，《石头记》即《红楼梦》，全稿以九回为一情节单元，十二为书中常数，所以全书应该是一百零八回，即 $9\times12=108$ 回。而一百零八回加以开卷楔子与终卷之"情榜"，即符"百十回"之总计数。第一回至第五十四回为全书前半扇，写富贵荣华达于极致，第五十五回至第一百零八回为后半扇，写盛极而衰。

我们出版本套书的宗旨，为的是为读者们提供一个与坊间一百二十回通行本不同，特别是与红楼梦研究所那个被擅改过的庚辰本加上程高伪续本不同的一百零八回读本，尽可能复原曹雪芹原稿风貌。

这个一百零八回的《红楼梦》，前八十回，由周汝昌、周祜昌、周伦玲两代三人，历经半个多世纪，将流传至今的十多个手抄古本，逐字逐词逐句加以比对，选出其中最能体现曹雪芹原笔原义的文字，加以连缀，形成最接近曹雪芹原著的文本。这次印造，还特别保留了手抄本中脂砚斋的批语，许多《红楼梦》爱好者希望能在读到原文时，也能方便地一起读到古本中脂砚斋的批语，这个印本满足了他们的这个要求。

这个本子八十回后，接以刘心武先生的续书二十八回，所以这本书叫作《一百零八回红楼梦》。

张爱玲曾说过人生三大恨：鲥鱼多刺、海棠无香和红楼未完。百多年来，续《红楼》者如过江之鲫。从清代开始至今这两百余年，续者众多，但多是从一百二十回往后续，或从林黛玉魂归离恨天往后续，近人张之的《红楼梦新补》是从八十回后续了三十回，周玉清的《红楼梦新续》则在八十回后续了三十九回。

刘心武先生的续书则与上述续书的出发点不同，上述续书多由续者根据自己的认知与想象自由发挥，意在创造出自己的满意的文本，刘心武则完全是出于探佚的目的，就是利用续书的形式，来体现对曹雪芹迷失的后二十八回书稿的探佚成果。探佚的依据，除前八十回正文中草蛇灰线、伏延千里的种种伏笔，以及大量脂砚斋批语的引用、明示、透露、逗漏外，还有曹雪芹同时代交往过的人士的诗文，以及其他如清宫档案、文人笔记等多方资料。这所续二十八回，文笔当然绝对不逮曹雪芹，甚至可以批评为低下，但对前八十回的照应，对人物命运的轨迹及结局，则皆有根据，不敢擅自飘离。刘心武自称，他的红学研究，特别是对曹雪芹《红楼梦》八十回后的探佚，完全是在周汝昌先生的鼓励指导下完成的，是恢复曹雪芹《红楼梦》后二十八回原意的一次尝试，以往和当代都还没有其他人这样尝试过。周汝昌先生曾在刘心武重登央视《百家讲坛》时赋诗支持、鼓励，其最后一绝明示刘心武应以续书形式展示探佚成果：

喜闻名作家刘心武先生再登央视讲红台

（一）

新红鲜绿倩谁栽，一望荒原事可哀。
可喜春风吹又到，种桃培杏满园开。

（二）

为有源头活水生，顺流千里百花荣。
新枝独秀添新意，开辟鸿濛最有情。

（三）

不贵雷同贵不同，百川归海曰朝宗。
也曾一掌思遮日，无奈晴空有九重。

（四）

探佚缘何用力勤，草蛇灰线重千斤。
当仁不让真侠义，首尾全龙慰雪芹。

庚寅新正廿五日定稿

当然，刘心武在续书中，也有与周汝昌先生判断不尽相同之处，这个本子前八十回有周汝昌先生不少评点，如第一回贾雨村吟出的对子“玉在匵中求善价，钗于奁内待时飞”，周先生认为并无深意，不是伏笔，刘心武却认为是伏笔，在续书中加以照应。这些见仁见智，都供读者参考、把玩。

在周汝昌先生百年诞辰之际，我们推出这个最接近曹雪芹原笔原意、与众不同的《一百零八回红楼梦》，是希望能使广大读者欣赏《红楼梦》时，多一个版本选择。

2017年5月2日

（此文系为译林出版社2017年9月第一版《一百零八回红楼梦》所拟的“编者的话”）

中学生版《红楼梦》序

《红楼梦》不仅是我们中国最伟大的古典小说，也是全人类的文明瑰宝。

这本伟大的小说诞生在大约二百六十多年前，清朝的乾隆时期。它最初是以手抄本面世的，现在我们所发现的最早的一个手抄本，是乾隆甲戌年（1754）的，但只有不连续的十六回；后来又发现了若干的抄本，有的如乾隆庚辰年（1761）的抄本，差不多有八十回，这些手抄本都把这本小说定名为《石头记》，并且有署名脂砚斋的许多批语。据专家们考证，这部小说的作者是曹雪芹，他大约生在康熙朝末年或雍正朝初，卒于1763年或1764年，他的身世究竟如何，因为可信的资料不多，所以至今不能形成统一的看法，但他由于贫病交加、爱子夭折，未对书稿进行最后的润色便悲伤离世，则是可以肯定的事实。现在传下来的前八十回，基本上是他的手笔。在他去世差不多三十来年以后，有一种一百二十回的《红楼梦》以木活字印刷面世，在1791年和1792年连印了两次，从此大为流行。但据专家们考证，这种流行本的后四十回，是出版商程伟元委托一个叫高鹗的文人续作的，他的续书虽然使故事有了一个完整的规模，人物大体上都有了一个结局，但因为他本人的思想境界和艺术修养都远不及曹雪芹，所以，他所续出的内容，多不符合曹雪芹的原意，比如说，按曹雪芹的构思，贾家最后是要破落到“好一似食尽鸟投林，落了片白茫茫大地真干净”的，而高鹗却写成宝玉“中乡魁”，贾家“沐皇恩”“延世泽”，所以，有的专家认为不应把前八十回原著和高鹗的后四十回伪作印在一起流布，但二百多年来这种一百二十回连印的做法已成习俗，并且高鹗所写出的宝黛悲剧结局也被广大的读者所接受，所以，现在人们说起《红楼梦》这本小说，往往指的就是曹雪芹的前八十回加高鹗的后四十回续书的总称。这一共一百二十回的本子，总字数达一百万零七万五千字左右。

实际上，曹雪芹是大体写完了这部作品的，全书是一百零八回，只是八十回后的文稿，被“借阅者”丢失。据他的合作者也是编辑的脂砚斋在批语中的透露，八十回后的情节，与高鹗所写大不一样，比如贾宝玉和凤姐，他们后来应该是锒铛入狱的，贾宝玉更沦为乞丐，“寒冬噎酸齑，雪夜围破毡”，对现实完全绝望，才悬崖撒手的，哪儿能像高鹗写的那样，去考中了科举，出了家还要披一袭大红猩猩毡的斗篷呢！曹雪芹在前八十回里花大力气写出的林红玉（小红）和贾芸这一对勇敢相爱的青年，前者被高鹗写丢了，后者竟被写成是陷害巧姐的“奸兄”（“奸兄”应是另外的人）。但是我们也应该对程伟元活字排印一百二十回《红楼梦》记下一功，这使得曹雪芹的前八十回可以广泛流布，一直保存到今天，而且，一百二十回的《红楼梦》本身也已经是部古书，今天的中学生，通读一百二十回的《红楼梦》，还是一个不错的阅读选择。

需要提醒读者们注意的是，曹雪芹在写这部书时，他用了“谐音寓义”的手法，比如他把贾家的四姐妹命名为元(春)、迎(春)、探(春)、惜(春)，这是谐“原应叹息”的音；在贾宝玉神游太虚幻境时，警幻仙姑让他饮的茶“千红一窟”，是“千红一哭”(许许多多的“红颜”即青年女子同来一哭)的谐音，又让他饮“万艳同杯”酒，这酒名是“万艳同悲”(许许多多美丽的女子同属悲剧性命运)的谐音；这样的手法几乎贯穿了全书，聪明的读者不难一一发现，如甄士隐是“真事隐(去)”，贾雨村是“假语村(言)”(“村言”即村野人的言论，也就是不入大雅之堂的、“不可靠”的俗话)，或者可以更明快地解释为，他是“真事隐”后还要“假语存”，也就是说，这虽然是一部虚构的小说，但文本里面存在着作者的家族史真相。此外，“胡州”是“胡诌”，“封肃”是“风俗”，英莲是“应怜”，等等。还有许多的人名，如卜世人、詹光、单聘人、胡斯来……是在谐什么音，读者悟出当可莞尔一笑。另外，这部书又曾名为《金陵十二钗》，书里的主角，除了贾宝玉，就是若干女子，在曹雪芹的构思中，这十二钗要分作起码三组，在贾宝玉神游太虚幻境时，他偷看了关于金陵十二钗的册子，正册看全了，依次暗示的是下列人物的结局：(1) 薛宝钗和林黛玉合为一首诗一幅画，结局一个“可叹”(守寡)，一个“堪怜”(夭亡)；(2) 贾元春，虽入宫受宠，最后还是不幸身亡；(3) 贾探春，远嫁难归；(4) 史湘云，虽嫁了个好丈夫，丈夫却很快死去；(5) 妙玉，被恶人侵犯，反抗而死；(6) 贾迎春，被恶丈夫折磨死；(7) 贾惜春，最后成为一个流浪的尼姑；(8) 王熙凤，虽然算得巾帼英雄，家败后死得很惨；(9) 巧姐儿，家败后遭害，多亏刘姥姥营救；(10) 李纨，后来虽因儿子中举当官得保富贵，却喜极而死，被人嘲笑；(11) 秦可卿，因与贾珍有染，上吊身亡。后来警幻仙姑让贾宝玉听的《红楼梦十二支曲》，其内容是与这十一幅册页相呼应的。十二钗副册，只写出了一幅，说的是香菱(据曹雪芹构思，她应是被夏金桂折磨而死，不是像高鹗续书说的那样，后来还被薛蟠“扶正”)；十二钗又副册，只写了两幅，第一幅应是晴雯，第二幅应是袭人。另外，书里面的人物作诗赋词，不仅反映出各人的性格思想，也都各隐含预示着各人的最后归宿，这些，都是读这本名著的必要的钥匙，掌握了这些钥匙，也就得到了读这本书的诀窍。在这里先提醒读者一下，在曹雪芹那个时代，一些字词的写法，与今天不同，比如那时候没有“她”这个字(“她”是本世纪初白话运动兴起后才“发明”出的字)，所以你在这本《红楼梦》里所读到的不分男女全是“他”，并不是印错了，而是本来如此，那时候也没有“的、地、得”的使用规范，类似的地方还有，你都应视为正常。

通过《红楼梦》可以了解中国古代的历史、哲学、宗教、伦理秩序、神话传说、诗词歌赋、烹调艺术、养生方式、用具服饰、园林建筑、民间风俗、自然风光……而这些元素并不是生硬地杂陈出来，完全融进了小说的人物塑造、情节流动与文字运用中。《红楼梦》是中国传统文化集大成的一部百科全书。

对于中学生读者来说，欣赏书中所展现的“闺友闺情”，从而更加珍惜青春岁月，珍惜同窗情谊，珍惜两小无猜，珍惜天真烂漫，珍惜理解谅解，珍惜同情怜悯……也许更是培植情商的童子功。正因为青春难以长驻，我们才会在生命历程里以断续、反复阅读《红楼梦》，来维系心灵的童真。

2016 年　暑日　温榆斋

《金瓶梅》中的男体描写

《金瓶梅》中对男性与女性生殖器官的描写是具体入微的，也符合生理解剖学。但《金瓶梅》对男性与女性除生殖器官以外的身体描写，则男略女详。对女性的身体描写是全方位的，从头发面容五官到脖颈乳房臂腿到脚部（尤其是“三寸金莲”），包括肤色，都有涉及。对男性的身体描写则极其概括，多用典故套话敷衍。这一文本现象，值得研究。而且这种描写方略，延伸到清代的《红楼梦》，《红楼梦》里的男性身体描写也大多是含混的。

在《金瓶梅》里，男性的身体形态大体分两类，一类是阳刚型的。

武松：

> 雄驱凛凛，七尺以上身材，阔面棱棱，二十四五年纪……［第一回］

> （潘金莲见）武松身材凛凛，相貌堂堂……这般人物健壮……［第一回］

杨二风：

是个刁徒泼皮，耍钱捣子，胳膊上紫肉横生，胸前上黄毛乱长，是一条直率光棍。[第九十三回]

飞天鬼侯林儿：

生的阿兜眼，扫帚眉，料绰口，三须胡子，面上紫肉横生，手腕横筋竞起。[第九十六回]

但是这些男性特征凸显的人物，要么对女性无动于衷，要么是作为“不可爱”的恶男呈现，有的如侯林儿，似乎只喜欢玩弄同性。

另一类则是阴柔型的，如：

琴童：

年约十六岁，才留起头发，眉清目秀，乖滑伶俐。[第十二回]

蒋竹山：

年不上三十，生的五短身材，人物飘逸……[第十七回]

书童：

(西门庆见他)吃了酒，脸上透出红白来，红馥馥唇儿，露

出一口糯米牙儿，如何不爱。［第三十四回］

何千户：

年纪不上二十岁，生的面若傅粉，唇若涂朱。［第七十回］

陈经济：

生的眉清目秀，齿白唇红，面如傅粉。［第九十三回］
二十四五岁，白脸子，生的眉目清俊。［第九十六回］

这些阴柔型的男子，常被性欲旺盛的男子当作替代女性的纵欲对象，起到代偿作用。但是值得注意的是西门庆女婿陈经济这个角色，他的阴柔既会引起某些同性鸡奸的欲望，也能激起某些异性强烈的交媾欲，如潘金莲和庞春梅都是真地爱他，并不是只把他作为另外男人的暂时性的替代品，乐得与他结成永久性的性伙伴。

值得注意的是，《金瓶梅词话》中西门庆刚出场时，对他形象的勾勒是：

也有二十五六年纪，生得十分浮浪……张生般的庞儿，潘安的貌儿……［第二回］

对其年龄的交代与后面情节不符，因为西门庆已生下西门大姐且已出嫁，无论如何他作为父亲不可能只有二十五六年纪，应该至少已经三十五六年纪。

《金瓶梅词话》约成书在明万历年间，到崇祯朝有经人整理修饰过的《新刻绣像批评金瓶梅》出现，将词话本第一回从“景阳冈武松打虎”改为“西门庆热结十兄弟”，让西门庆提前亮相，说他“状貌魁梧”，但在第二回中仍保持“张生般的庞儿，潘安的貌儿”的形容。

张生和潘安都是具有阴柔美的男性，张生在传统戏曲舞台上的形象一直延续到今天，一般都归小生行当，小嗓演唱。

当代有人根据古籍资料复原潘安的容貌，在网络上可以找到，是姣好女子的形态。

《金瓶梅》开篇对西门庆形象的交代，使用了明代色情小说中的惯用符码，这种形象一直延伸到清代色情小说中，如李渔的《肉蒲团》中男主人公未央生，书中比较详细地描写了其容貌：

> 神若秋水，态若春云，貌似潘安，腰同沈约，面不傅粉而白皙有如妇人，唇未涂脂而红艳同处女，眉长能通目，体弱不胜衣……面庞如冠玉……轻移脚步似凌云。

这种阴柔孱弱体态的男子，偏有着巨大锐利的阳具，这种身体组合，几乎是明清所有色情小说的套路。《金瓶梅》险些完全陷入这种套路。

但对《金瓶梅》进行文本细读，则随着情节推进，可知西门庆其实相当阳刚，如：

> (林氏……见)身材凛凛，一表人物。[第六十九回]
> (郑爱月儿道)你老人家……偌大身量。[第七十九回]
> (应伯爵道)你这胖大身子。[第六十七回]
> 身体魁伟。[第六十七回]
> 把脸笑的没缝儿。[第四十四回]

能“把脸笑的没缝儿”，可见面部肌肉丰厚，非张生、潘安那种清俊相貌，而且这样的面庞也才配得上他壮硕的身躯。可惜作者在描写西门庆的魁伟身躯方面，实在吝于词汇。

但是书里只有西门庆细细欣赏女性胴体的描写，女性则除了对他的生殖器细加欣赏外，对他身体的其余部分，如胸肌、臂肌似乎全无所谓。

书中也有些对其他男性角色身体的简略描写，

来旺：

> (惠莲说他)贼黑囚，几时没见，就吃得这等肥肥的。[第二十五回]

韩道国：

> 在街上掇着肩膊儿就摇摆起来……人见了……只叫他做“韩一摇”。[第三十三回]

王潮：

也长成一条大汉。[第八十六回]

任道士：

年老赤鼻，身体魁伟，声音洪亮，一部髭髯，能谈善饮。[第九十三回]

都谈不到是对男体的刻意描写。至于对武大郎“三寸丁谷树皮”的描写，以及第四十九回对胡僧怪异形象的描写，属于特例，可不入我们讨论的范畴。

中国古代一直到清朝晚期，对人体的绘画雕塑，完全没有人体生理解剖学作为基础，对男性身体的阳刚美尤其缺乏认知。但西方早在公元前，就有完美体现男体阳刚气派的作品出现，如：掷铁饼者(Discobolus)，大理石雕复制品，高约 152 厘米，罗马国立博物馆、梵蒂冈博物馆、特尔梅博物馆均有收藏，原作为青铜，希腊雕刻家米隆(Myron)作于约公元前 450 年。这个作品是古希腊雕塑艺术的里程碑，显示出希腊雕刻艺术已经完全成熟。雕塑刻画的是一名强健的男子在掷铁饼过程中最具有表现力的瞬间，赞美了人体的美和运动所饱含的生命力，体现了古希腊的艺术家们不仅在艺术技巧上，同时也在艺术思想和表现力上有了一个质的飞跃。这尊雕像被认为是“空间中凝固的永恒”，直到今天仍然是代表体育运动的最佳标志。

掷铁饼者

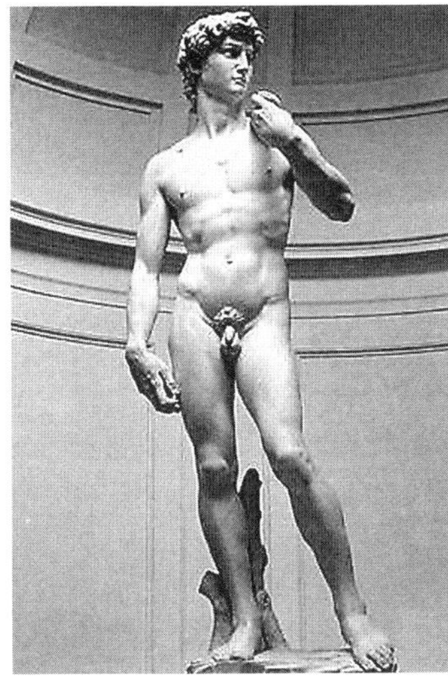

大卫雕像

西方到文艺复兴时期，更坦率地面对人体美，对男性的阳刚美的展现不遗余力。如大卫雕像是意大利文艺复兴时期伟大的画家和雕塑家米开朗基罗的代表作，创作于公元1501年至1504年，现收藏于佛罗伦萨美术学院。这尊雕像被认为是西方美术史上最值得夸耀的男性人体雕像之一。雕像高五百一十七厘米，用整块大理石雕成。

西方的文艺复兴的高潮期，略同于中国明朝的嘉靖前后，也差不多正是《金瓶梅》出现的历史阶段。

在中国，直到明朝，在绘画雕塑中仍然不能根据人体生理解剖的认知来表现男女人体，大体产生在明代万历年间的色情绘画集《花营锦阵》，只是写意地描绘了男女交媾的各种体位，而全然不能呈现男女裸体的美感，特别是对男性的身体描绘，除了生殖器几乎与女体毫无差别。这种情形一直延续到清代。如多种《避火图》皆是如此。直到二十世纪初西方的以真实人体为模特培养绘画人才的美术教育传入中国，才有所改进。

汉代石雕《吻》

其实在表现男欢女爱方面，中国一向并不落后，如2015年故宫展出的汉代石雕（被戏称为“天下第一吻”），作为写意作品，非常生动，有很高的审美价值，但是缺乏准确的建立在生理解剖学上的人体表达。也许，中国和西方在审美意识上，一直是中国重视写意美，而西方重视精准表达。

直到今天，中国的寺庙中的哼哈二将、四大天王、十八罗汉等，仍然是没有人体生理解剖学支撑的造型，甚至民间为历史名人的塑像，也多有身体比例失调、骨骼肌肉乱塑的。

《金瓶梅》是以男性为本位表现男欢女爱的伟大作品。西方直到二十世纪才出现成熟的以女性为本位表现男欢女爱的作品，如二十世纪英国作家戴维·赫伯特·劳伦斯的《查泰莱夫人的情人》，开放地表现了女性对阳刚粗犷型的劳动者男性身体的全方位欣赏。这部作品多次被改编拍摄为电影，2015年6月英国又新推出一版。

而像劳伦斯那样的以女性视角表达对男体欣赏的文学作品，在中国仍十分鲜见。

西方近年颇有男性研究的著作，如美国苏珊·鲍尔多的《男性特质》，据介绍，作者以出乎一般读者意外、直言不讳的文化分析，通过坦率、审慎地看待父亲入手，继而详尽展示了日常生活中的男性特质。社会的期望深深影响了男性（也包括女性）对待男性身体的观念，而鲍尔多的作品则可以帮助我们了解这些观念的起源。在该书的许多章节中，例如关于阴茎（及其象征）、五十年代的好莱坞、男性美的标准、性骚扰，以及在所探讨的一系列话题中，从马龙·白兰度和电影《不羁夜》到菲利普·罗斯，再到《查泰莱夫人的情人》，鲍尔多传达给我们的是其新颖且出人意料的远见卓识。无论她探究的是迈克尔·乔丹或是亨伯·亨伯特，是同性恋男角的性器还是她自己的小学经历，她始终拒绝刻板地划分男性，而是诚实且微妙地将男人视为有血有肉之躯。此书在中国已有译本（江苏人民出版社 2008 年第 1 版）。

《金瓶梅》研究专家王汝梅先生指出，《金瓶梅》深受成书略早于它的艳情小说《如意君传》影响。

《如意君传》写了武则天对薛敖曹的性享受。就身份而言，武则天比查泰赖夫人更加高贵，是女皇帝，而薛敖曹则属于守林人一般的底层平民，《如意君传》肯定影响了《金瓶梅》的写作。仅从女性角度写性享受而言，《如意君传》是具有开创性的，比《查泰莱夫人的情人》早几百年，但细读《如意君传》，其中对薛敖曹的形象描写，也主要是集中在其超乎寻常的阳具上，书中武则天对他的欣赏，也集中于其性器官所带来的做爱时的快感，还是缺乏对男体的全方位描写，以及缺乏女性对男性身体的更多方面的性趣表现。《如意君传》中对薛敖曹的整体形象描写是："年十八，长七尺余，白皙美容颜，眉目秀朗，有膂力，蹻捷过人。"就面容而言，还是偏于阴柔，书中写武则天因为宠幸薛敖曹，冷落了原来的男宠张昌宗、张易之，一日临朝忽然见到他们，“见其两颊如桃花，巧笑美盼，不觉动情……昌宗微露手腕，与玉同色，后以指甲掐之”。武则天所喜欢的男貌，还是阴柔型的，冷落二张而热衷薛敖曹，并不是被薛的面容吸引，完全是因为两张阳具被比了下去，而薛的阳具（书中多次细腻描写）天下无匹。中国古典艳情小说中女性对男性的性趣，基本上由《如意君传》定型，就是欣赏女貌巨根的男子。《金瓶梅》算是略有突破，但女性对男体阳刚美的整体欣赏，还是展现得很不充分。

为什么中国文学、美术等领域中长期缺乏对人体美（尤其是男性阳刚美）准确的全面展现？

揆其缘由，也许有以下几点或更多：

（1）以裸体为大耻的意识禁锢；

（2）对生殖器以外的人体解剖学的缺失；

（3）祖宗崇拜，传宗接代成为男女之事中最重要甚至唯一的因素，导致生殖器崇拜，故色情文艺中对生殖器的表现很有生理解剖的依据也很充分，对身体的其余部分（尤其对男体）认知与审美却严重缺失；

（4）社会生活中长期阴盛阳衰，在许多领域都以阴柔美取胜；

（5）……

什么时候中国文化也能迈进到对人体美尤其是男体阳刚美的坦率欣赏阶段呢？

2015 年 11 月

《金瓶梅》中的饮食

鹅肉的兴衰

在一些人对《金瓶梅》茫然无知，甚至盲目地把它视为一部"淫书""坏书"的时候，一门研究《金瓶梅》的学问，不但已经出现，而且健康发展，和"红学"一样，"金学"也是一门大家都应尊敬的学问。

上海的一位"金学"家陈诏，是专门研究书中饮食的，他出过一本《〈金瓶梅〉六十题》，其中有篇文章是《以鹅为贵　以鹅为先》，道出他的一个研究心得，就是书中所写的盛宴，必然都是"三汤五割"，就是要上三次汤，有五道用刀割出的荤菜，举凡猪、牛、羊、鸡、鸭、鹅，都需要割而食之，那么他就注意到，根据书中所写，那时候所上的最贵重、而且要先上的大菜，不是猪、牛、羊、鸡、鸭，而是鹅，他举了三个例子：

第二十回："先吃小割海青卷儿、八宝攒汤，头一道割烧鹅大下饭。"

第三十一回："须臾，酒过五巡，汤陈三献，厨役上来割了头一道小割烧鹅。"

第四十一回:“上了汤饭,厨役上来献了头一道水晶鹅,……第二道是炖烂烤蹄儿,……第三道献烧鸭……”

我最早阅读《金瓶梅》时读的是词话本,也注意到了这个饮食习惯。但是后来读崇祯本,就发现第二十回和第三十一回里,陈诏先生所举的例子,在崇祯本中已不见踪影。词话本约产生在万历朝初期,比崇祯朝早了约半个世纪。崇祯本整理者对词话本的删改,有得有失,得是总体上精炼了,失是一些文字他认为是赘语故而加以删除,其实这些文字还是很有价值的。第二十回、三十一回关于筵席鹅为先、为上的描述,删了就很可惜。第二十回说筵席上先吃的开胃菜是“小割海青卷儿”,“小割”是小片的肉,“海青”是橄榄,这里指的应该是渍过的去核橄榄,“八宝攒汤”是指汤里放八种东西,那么席上的第一道大菜,就是烧鹅。虽然崇祯本把第二十回、第三十一回的上述文字删去了,但在崇祯本文字里,对鹅的重视,仍保留着一些。第二十一回,写丽春院托应伯爵、谢希大去求西门庆谅解,给应、谢二位的大礼,就是“烧鹅瓶酒”。第三十五回写韩道国为西门庆帮忙的事送谢礼,酒是一坛金华酒,食物呢,打头的就是一只水晶鹅,其次才是一副蹄子、四只烧鸭、四尾鲥鱼。那时候,鹅在食物中的高贵度不仅在猪、鸭之上,也超过了鲥鱼。鹅肉是从什么时候开始失却筵席上的崇高地位的?为什么到现在除了广东一带还时兴吃烧鹅,在其他地方的席面上,鹅肉甚至根本“上不了台盘”?值得搞饮食学的专家们一探究竟。

吃看大桌面

那时候,筵席上很少海鲜,只第五十五回写西门庆到东京为蔡太师庆寿，先在管家翟谦宅里，翟谦宴请他，提到席上有鱼翅燕窝，但崇祯本里那段文字把鱼翅燕窝给删了。第十回提到的珍奇食物有驼蹄和熊掌。四十三回写西门府为乔五太太开筵席，因为这乔五太太的一个侄女进了宫是东宫贵妃，所以她气派不凡，为攀附皇亲，西门府招待她的筵席也就极其铺张，席上甚至有“煮猩唇”“烧豹胎”“烹龙肝”“炮凤髓”。这四样奇珍在崇祯本中也删去了，可能整理者觉得夸张失度，但我觉得大有保留必要，因为可以从中知道那个时代人们认为什么样的食物最金贵，而且，菜名的夸张，不意味着真有什么猩唇、豹胎、龙肝、凤髓。我们现在的菜肴里，像凤爪其实就是鸡爪，狮子头其实是特制的猪肉丸子，当时的猩唇、豹胎、龙肝、凤髓等可能都是使用替代食料制作，但一定形态奇特、色香味俱佳。

吴月娘宴请乔五太太，排场很大，四张桌席，每桌光是各样茶果甜食、美口菜蔬、蒸酥点心、细巧油酥饼馓就有四十碟之多。

那个时候的筵席，还有一种“吃看大桌面”。第四十九回西门庆在府里宴请巡盐御史蔡御史和巡按宋御史，花费千金银两，为逢迎他们，极尽铺张之能事，筵席摆在五间厅上，两张吃看桌席，“高顶方糖，定胜簇盘，十分齐整”。所谓“吃看大桌面”，就是高级筵席的一种桌面上有部分东西是拿来吃，而另 部分东西是摆来只供观赏的。“高顶方糖”就是把一盘又一盘的糖食重叠垒起形成塔状，“定胜簇盘”就是把装着“定胜”形态的糕点的盘子集中摆放形成图案，“定胜”原是棺材盖和棺材壁连接处的榫头，后来把那种形态的点心也这样称呼，这种布置都是“吃看桌席”中的只看不吃的部分。书里写宋御史先辞，西门庆令手下把整席的东西打包赠予，两张桌席连金银器，都装在食盒内，共有二十抬，叫下人伺候，每一张大桌席包括两坛酒、两牵羊、两对金丝花、两疋缎红、一副金台盘、两把银执壶、十个银酒盃、两个银折盂、一双牙箸。其中的金丝花、红缎等就更是纯粹的“看物”。蔡御史留宿，西门庆派乐工妓女伺候，夜里妓女董娇儿陪睡，换来“商人来保、崔本，旧派淮盐三万引”，可早擎一个月，这样的暴利，所谓“盐引”，就是由巡盐御史发放的经营盐的运输发售的特许证，来保和崔本都是西门庆的伙计，他们不但获得三万数量的经营特许，而且还可以比别的商人早一个月拿到许可证。那次为款待两位御史，真是不惜工本，光是打发轿上跟从人，就每位五十瓶酒、五百点心、一百斤肉，你想总花费该有多少！但西门庆的高投入获得了贪官的高回报，“吃看大桌面”没有白费心思和银两。

胡僧吃掉的家常菜

不过真正的美食，往往并不是大宴上的那些夺人眼目的大菜，那些菜看很可能“中看不中吃”，家常菜可能会更引食欲，并且更堪称口福。第四十九回写在家中招待胡僧，胡僧称“酒肉齐行”，西门庆便热情招待，书里开列出详细菜单：四碟果子，四碟小菜，四碟下酒菜（头鱼、糟鸭、乌皮鸡、舞驴公），四样下饭菜（羊角葱炒核桃肉、细切样子肉、肥肥的羊贯肠、光溜溜的滑鳅），汤饭（两个肉丸子夹着一条花肠滚子肉，名“一龙戏二珠汤”），一大盘裂破头高装肉包子，喝白酒时再上一碟寸扎的骑马肠儿，一碟腌腊鹅脖子，一碟癞葡萄，一碟流心红李子，最后上一大碗鳝鱼面与菜卷儿。这胡僧胃口也未免太大了，普通食客一餐饭不可能吃掉这许多，但其中的家常菜如果分作几餐来吃，应该是很惬意的。书中写到的家常菜还有：醋烧白菜、红糟鲥鱼、爆炒腰子、柳蒸勒鲞鱼、糟鹅胗掌、木樨银鱼鲊、干蒸劈晒鸡、王瓜伴辽东金虾、白炸猪肉、烧肉、炒面筋儿、烧骨朵、摊鸡蛋、糟蹄子筋、炒的豆芽菜伴海蜇、山药烩的红肉圆子、卤燉的炙鸭、大火燎羊头、白烧笋鸡、葱白椒料桂皮煮的烂羊肉、蒜烧荔枝肉、炉烧鸭、臊子韭、黄熬山药鸡、黄芽韭汆驴肉、黄炒的银鱼、春不老炒冬笋、煎爆鲜鱼、煎炒鹌鹑……林林总总，不一而足。

即使是把若干美食删去的崇祯本里，也依然保留着若干细写美食美饮的文字，可以使我们知道那时候中国人的烹饪酿造艺术已经达到了何等高度。我们当然不能忘记宋惠莲用一根柴火烧得又烂又香的猪肉。除此之外，第六十一回，写常峙节为感谢西门庆捐助他购新房，要答谢，觉得西门庆什么都有，都不稀奇，就让其娘子烹制了螃蟹和鸭子，都是绝活，尤其那螃蟹，形成的美味是千金难买的，拿来献给西门庆，果然西门庆非常喜欢、非常高兴。那装在盒里的四十个大螃蟹，都是剔剥净了的，里边酿着肉，外用椒料姜蒜米儿团粉裹就，香油炸，酱油醋烧过，香喷喷，酥脆好食。食蟹要配好酒，西门庆让小厮去库房取来一坛夏提刑送的菊花酒，打开碧靛青，喷鼻香，未曾筛，先掺一瓶凉水，以去其蓼辣之性，然后储于布甑内，筛出来极其醇厚好吃，用那酒下着食蟹，吴大舅、应伯爵、谢希大都赞那螃蟹真不知是什么做的，竟如此酥脆好吃。其实西门庆在家里和妻妾亲戚朋友家常餐桌上吃的喝的，才往往是真正可口的。

美味点心独缺月饼

书里写到的美味糕点小吃零食非常多，有的光听那名目就令人馋涎欲滴，如黄米面枣儿糕、艾窝窝、粉团、果馅椒盐金饼、葱花羊肉一寸的扁食儿、黄芽韭菜肉包、一寸大水角儿、蒸酥果馅饼儿、梅桂菊花饼儿、扭孤儿糖、黄韭乳饼、春不老蒸乳饼、花糕、响糖、粽子、元宵、玉米面鹅油蒸饼儿、顶皮饼、松花饼、菊花饼、糖薄脆、白糖万寿糕、玫瑰搽穰卷子、果焙寿字雪花糕、酥油松饼、牛皮糖、芝麻象眼、柳叶糖、纯蜜盖柿、蜜润绦环、玫瑰元宵饼、果馅团圆饼、桃花烧卖、裹馅凉糕、檀香糕、冰糖霜梅、牛乳茶酪、梅苏丸、衣梅、酥油白糖熬的牛奶子、玫瑰八仙糕、冰糖橙丁、裹馅凉糕、五老定胜方糖、凤香蜜饼、馓子麻花……有的零食，书里还会比较细致地介绍，如衣梅，告诉读者那是用各样药料和蜜炼制过，再滚在杨梅上，外用薄荷、橘叶包裹制成的。

书里写到，西门庆爱吃酥油鲍螺儿，那是一种从西域传过来的食品，大概和我们今天吃的西式蛋糕上用特殊方式挤出的奶油花朵近似。西门府里只有李瓶儿会拣酥油鲍螺儿，李瓶儿死后，这种食品在西门府里成为绝响，没想到妓女郑爱月儿也会拣，献到西门庆眼前，西门庆怎能不欣喜万分？

但是有一点不大好理解，就是书里设定中秋节是吴月娘的生日。中秋节吃月饼的习俗，在宋朝已经有了，明朝更盛行。书里写到中秋节，写吴月娘过生日，当然吃得都很丰盛，但没有提到吃月饼，上述各种糕饼中，有的接近月饼，但都没有说是月饼。这是怎么回事呢？也值得探究。

鸡尖汤·金华酒

书里写到的汤品也不少：和合汤、银丝鲊汤、韭菜酸笋蛤蜊汤、酸笋汤、黄芽菜并汆的馄饨鸡蛋汤、满池娇并头莲汤、汆肉粉汤、肚肺羹、血脏汤、肉圆子馄饨鸡蛋头脑汤、肚肺乳线汤、鸡尖汤、合汁汤、百宝攒汤，等等。其中鸡尖汤的做法有详细说明：宰两只小鸡，退刷干净，剔选翅尖，用快刀碎切成丝，加上椒料、葱花、芫荽、酸笋、油酱之类，揭成清汤。

书里写到很多种酒，其中最重要的是金华酒。金华酒在明代万历年间最受士大夫阶层的青睐，认为比绍兴酒适口。还提到另外许多种酒：羊羔酒、葡萄酒、茉莉酒、药五香酒、艾酒、河清酒、木樨荷花酒、菊花酒、竹叶青酒、豆酒、黄米酒、麻姑酒、头脑酒……那时候的酒，往往是酿出后酒水里还有一些酒糟，饮用前需要使用纱布或其他工具将酒糟先筛出来，西门庆用夏提刑赠送的菊花酒招待朋友，就写了最后要筛过再饮。那时候也已经有了蒸馏而成的烧酒，也就是白酒，但筵席上和日常生活中并不流行，书里写的烧酒就是白酒，西门庆服用它是为了送下胡僧所给的春药，书里写到的雄黄酒也是药用酒。从书中一而再、再而三地写到金华酒，无论大筵还是小宴，以及人们馈赠的礼品酒，基本上全是金华酒，可以看出书中所写的就是明代万历年间的故事，因为在宋朝金华酒并不盛行，甚至很少文字记载。而明朝嘉靖朝过后，到了万历朝，金华酒也渐渐失宠，三白酒开始流行起来。三白酒并不是我们现在所熟悉的那种白酒，它是浙江乌镇的特产，以白米、白面、白水成之，故名“三白”，此酒醇厚清纯、香甜可口，男女老少皆宜饮用,但后来也不流行了。我们现在喝的南酒,也就是黄酒,则以绍兴酒为主了。

好怪的泡茶

书里写饮茶的文字也很多,但是很少提到我们现在熟悉的茶名,如龙井、乌龙、碧螺春、毛尖、普洱、香片都没出现,单纯的茶名,只提到六安茶、江南凤团雀舌牙茶,而且,书里写那时候泡茶,总要添加别的东西,有时候添加得非常之多,至于那杯茶的茶叶究竟是哪一种,倒闹不清楚了。

书里写到的茶有:胡桃松子泡茶、福仁泡茶、蜜饯金橙子泡茶、盐笋芝麻木樨泡茶、果仁泡茶、梅桂泼卤瓜仁泡茶、榛松泡茶、木樨青豆泡茶、土豆泡茶、芫荽芝麻茶……第七十二回,词话本写潘金莲纤手抹去盏边水渍,亲手为西门庆点了一盏芝麻、盐笋、栗系、瓜仁、核桃仁夹春不老、海青拿天鹅、木樨、玫瑰泼卤六安雀舌牙茶,这盏茶里添加了十来种东西,哪里还像茶,简直是碗汤了!崇祯本整理者可能是觉得无法照方复原这么一盏茶,就给改了,简化成一盏雀舌牙茶,其实文学描写完全可以夸张,词话本故意用这样的文笔来形容潘金莲对西门庆"临幸"的受宠若惊,而且接下去写"西门庆刚呷了一口,美味香甜,满心欣喜",以表现那一刻两个性伴侣的情绪交流,但西门庆的这个反应也被崇祯本整理者删去了。词话本所写的这盏茶里,需要解释的是:栗系是栗子丝,春不老是腌雪里蕻,上面提到的一些菜肴里就出现过春不老,核桃仁夹春不老应该是这两种东西混合在一起,海青前面已经解释过是去核的渍橄榄,天鹅指银杏,海青拿天鹅就是橄榄肉包裹着银杏，木樨是桂花，泼卤是玫瑰制为了卤酱状，如果所有这些东西各样都只投入一点点，那么一盏滚水沏出的六安茶，也不是不可想象。

往茶里添加诸多东西的泡茶方式，如今除了还有八宝盖碗茶在延续此种古风，已很少见。除了酒和茶，书里也写到别的饮料，如夏天有蜜煎梅汤，冬天有姜茶。提到的水果则有雪梨、苹菠儿（苹果）、荸荠、菱角、鲜莲蓬子、枇杷、荔枝等。

稗稻插豆子干饭

“食色，性也。”“民以食为天。”人生在世，饮食享受是非常重要的一个方面，尤其在基本温饱问题解决以后，人们追求食物的独特、精致、可口，当代人更考虑营养成分、食疗效果，都是合理的。但是，《金瓶梅》最后一回写到“朱门酒肉臭，路有冻死骨”的贫富两极分化的社会现象，导致社会的崩溃，乱世来临，惊散盛宴，连平昔富足的人，也大都流离失所，“烟荒四野，日蔽黄沙，封豕长蛇，互相吞噬，龙争虎斗，各自争强”，哪里还有安定繁华可言？不但一般生灵涂炭，而且，“得多少宫人红袖泣，王子白衣行”。

书里的韩爱姐也从本来衣食无忧的统制府，逃出求生，随路饥餐渴饮，夜住晓行，忙忙如丧家之犬，急急如漏网之鱼，后来在徐州孤村，投一老婆婆家，那老婆婆家住着些挑河泥的力伕，老婆婆为他们做出一大锅稗稻插豆子干饭（混有杂草籽的稻米再添加杂豆煮出的干饭），切两大盘生菜，撮上一包盐，就开饭了，在那么个场合，韩爱姐与当了挑河泥力伕的叔叔韩二邂逅了，二人抱头痛哭。后来韩二也给韩爱姐盛了一碗饭，她呷了一口，就觉粗粝难咽，吃了不到半碗，就实在吃不下去了。书里前面写了那么多美食，最后写到这样一碗乱世饭，其实这还远不是乱世中最糟糕的饭食，最糟糕的情况是根本没有食物，活活饿死。从这些内容来看，《金瓶梅》确实是一部杰出的世情小说。

共享繁华

《金瓶梅》书中几次酣畅淋漓地描写了清河县中的灯节盛况，那种世俗生活的“共享繁华”，显示出一种超越个人悲欢恩怨的人间乐趣。不管作者本人是否有那样的寓意，善思的读者或者从中可以悟出，不管人世间有多么多的苦难、阴谋、残暴、荒淫、堕落、沉沦，毕竟冥冥中还存在着某种推进人世发展的“规律之手”，因而人世中的“阶段性文明”即便不可避免地含有不公正乃至污垢阴秽，个体生命仍应保持对生命的珍视，这珍视里包括对俗世生活琐屑乐趣的主动享有。

灯节，指春节后元月十五的元宵节，那一天“过年”的热闹达到高潮，潮退后，“过年”的活动也就结束了。书里几次浓墨重彩地写灯节，值得读者玩味。

第十五回第一次大写灯节。那一年灯节，李瓶儿还没有嫁到西门府，但她的生日恰好在灯节，而且那以前早和西门府的妇女们来往。那一天吴月娘留下孙雪娥看家，同李娇儿、孟玉楼、潘金莲四顶轿子，往李瓶儿狮子街的宅子去。李瓶儿原住西门府隔壁，后因故迁到了狮子街，狮子街的宅子虽然比较小，但临街是楼，是灯节最佳赏灯处。李瓶儿招待吴月娘等登楼看灯玩耍。她们搭伏楼窗观看，只见那灯市中人烟凑集，十分热闹，当街搭数十座灯架，四下围列诸般买卖，玩灯男女，花红柳绿，车马轰雷。然后书里在“但见”后，有一大篇弹词般的文字，将各色花灯细细形容一番，所开列的花灯名色有：金屏灯、玉楼灯、荷花灯、芙蓉灯、绣球灯、雪花灯、秀才灯、媳妇灯、和尚灯、判官灯、师婆灯、刘海灯、骆驼灯、青狮灯、猿猴灯、白象灯、螃蟹灯、鲇鱼灯……转灯儿一来一往，吊灯儿或仰或垂，观灯的有王孙、仕女，有站高坡打谈的，有游脚僧演说三藏，卖元宵的高堆果馅，粘梅花的齐插枯枝，“虽然览不尽鳌山景，也应登丰快活年”。潘金莲和孟玉楼只顾搭伏楼窗往下看，口中嗑瓜子儿，把瓜子皮都吐落在人身上，她们在楼上看挨肩擦背的人，楼下有的人就仰观她们，大发议论。灯市，使县城里平时不相干的人，互相观望了。

共享繁华

第二十四回又写灯节，府里盛宴过后，但见银河清浅，珠斗斑斓，一轮团圆皎月从东而出，潘金莲就发起了到街上“走百媚”，又称“走百病”的活动。这是流传颇久的一种民俗，在灯节，平时难得甚至不允许上街的妇女，可以迈出大门结队而行，时兴有桥过桥，遇城门摸门钉。这其实是一种健身祛病的活动，通过行走，可以去百病，自然也就可以使自己更加地千娇百媚。那晚吴月娘、李娇儿、孙雪娥、西门大姐不去，潘金莲就和孟玉楼、李瓶儿，后来又带上宋惠莲、春梅、玉箫、小玉、兰香、迎春，组成颇为浩荡的队伍，来安、画童两个小厮打着一对纱吊灯跟随，陈经济骑着马，一路上放烟火花炮给众妇人瞧。所放的品种有慢吐莲、金丝菊、一丈兰、赛明月等，转回府门，又在门外放了两个一丈菊和一筒大烟兰、一个金盏银台儿。那大街上，香尘不断，游人如蚁，花炮轰雷，灯光杂彩，箫鼓声喧，十分热闹。这支纱灯引道的“走百病”队伍，引起围观。她们穿过灯市，到访狮子街，再转回西门府，一路欢声笑语，兴奋不已，平日的矛盾，都暂搁一旁。

那么，灯节的这种市民共享的繁华，是怎么营造出来的呢？不是依靠官方出资组织，更不可能是市民公摊费用，这里面，那些在市场经济中捞到好处的富商，他们起了最核心的作用。在他们来说，通过灯节在花灯、烟火方面的投资，可以炫耀自己的财富，凸显自己那超越科举金榜题名的新型成功路径，而普通的市民，虽然平日被这些富商通过各种方式敲骨吸髓受到盘剥，对他们不可能有什么好感，甚至在贫富悬殊的刺激下有对抗的意识和行为，但在灯节期间，他们也乐得欣赏富商所提供的灿烂喧嚣景观，免费享受一番人间梦幻。第四十二回再写灯节，回目就是“逞豪华门前放烟火　赏元宵楼上醉花灯”，写西门庆出资，在自家府门前和狮子街大放烟火，与街上人们同乐。他自己虽然是在狮子街玩耍，但对府门前的烟火效果，非常关心，吴月娘派小厮棋童和排军往狮子街送装满美味糖食、细巧果品的攒盒，西门庆就问棋童，府门口的烟火除了家里人看，街上人看不看？棋童就禀报：“挤围着满街人看。”西门庆得意地说:“我吩咐留下四名青衣排军,拿杆栏拦人伺候,休放闲杂人挨挤。”棋童就回答照办了。西门庆在狮子街和朋友们酒足饭饱后,命小厮将楼下打开两间,吊挂上帘子,楼檐下一边一盏羊角玲灯,小厮们听命把烟火架抬出去,西门庆和朋友们在楼上观看,小厮们将烟火安放在街心里,须臾,点着,那两边围看的,挨肩擦膀,不知其数,都说西门大官人在此放烟火,谁人不来观看!然后又用弹词形式长篇形容,那烟火分层次绽放,最高处一只仙鹤,口衔丹书闪寒光,正当中一个西瓜炮迸开,四下里人物皆活,八仙捧寿,楼台殿阁,火树银花,灿烂辉煌,欢闹之声,直上云霄,变幻出无限花样,赏心悦目,如临仙境。这种形式的高级烟火,叫鳌山,宋元时盛行,明朝延续,整体如巨鳌背上起楼,形成一座烟火之山,制作费用极其昂贵,制作工艺极其复杂,点燃后的视听效果当然也就极其震撼。但是,“总然费却万般心,只落得火灭烟消成煨烬”。繁华落尽,共享只在瞬间,这之后,人们又恢复到平日的生活状态,富者自富,贫者自贫,死者自死,活者自活,于是,有的人就渴望再一个元宵灯节的到来。

第四十六回再写元宵节,这回西门庆采取了将对众伙计的慰劳宴公开化的做法,大门首用一架围屏安放两张桌席,悬挂两盏羊角灯,摆放酒宴,堆集许多春菜果盒,各样肴馔;大门首两边,一边十二盏金莲灯,还有一座小烟火,六个乐工,抬铜锣铜鼓在大门首吹打,吹打一回,又让清吹细乐上来,再让两个小优筝琶伴奏弹唱灯词,引得街上的人来往围看,两个小厮一递一筒放花儿,两名排军执揽杆拦挡闲人,不许向前拥挤。不一时,碧天云静,一轮皓月东升之时,街上游人十分热闹。这种共享繁华形式,又与前几年元宵节不同,可谓别开生面,一石数鸟——笼络了伙计,炫耀了实力,免费给予穷人观赏的福利,也大大地满足了西门庆自己。

共享繁华的呈现,前提是社会矛盾虽然存在,甚至逐渐尖锐化,但是社会对官吏的腐败和奸商的暴利还大体能够承受,官僚集团能够实行一些对民众的让步政策,商品经济在发展中能够形成一些契约意识和新的公序良俗,仕、农、工、商的社会平行四边形虽然四角扯动频繁激烈,但没有撕裂,于是社会各阶层在灯节等时间节点上,暂时休战,混杂行乐,这种共享繁华,实际上是社会的润滑剂,有缓解社会戾气的作用。但是,如果社会内部的腐败严重到使社会终于撕裂塌陷,或者外部势力大举入侵,那么,共享繁华必定烟消云散,就如第一百回所写的那样,“烟荒四野,日蔽黄沙,封豕长蛇,互相吞噬,龙争虎斗,各自争强”,哪里还有繁华可言?不但一般生灵涂炭,而且,“得多少宫人红袖泣,王子白衣行”。

《金瓶梅》里所写的社会各阶层人士共享人间繁华,是书中的亮色。不管怎么说,人活着,总要有点乐趣,富人出钱,穷人分享,哪怕短暂,富人满足了虚荣心,穷人饱了眼福耳福,开心就好。这种共享繁华,延续到近当代社会,就是庙会、花会、马路巡游、狂欢节,等等,有这些,总比没有好吧。

《金瓶梅》丛谭

王婆遇雨

《水浒传》里武松的故事，一般中国人都是熟悉的。词话本的《金瓶梅》，开篇第一回就是“景阳冈武松打虎　潘金莲嫌夫卖风月”，乍一看，会以为手里拿的不是《金瓶梅》而是《水浒传》。《水浒传》第二十二回的回目是“横海郡柴进留宾　景阳冈武松打虎”，显然，《金瓶梅》的作者，故意这样来写，以吸引读者，因为在《金瓶梅》出现之前，《水浒传》已经相当流行。这是一种“借树开花”的写法，“树”读者本是熟悉的，人们对熟悉的东西，会产生亲切感，同时又会疑惑：你这书叫《金瓶梅》，怎么会从“景阳冈武松打虎”讲起呢？你葫芦里究竟卖的什么药？往下翻，才惊喜地发现，在熟悉的“树”上，开出了令人大开眼界的“花”，而且堪称奇葩。

词话本有学者认为产生在嘉靖朝之后的隆庆朝（只存在六年），更集中的看法是产生在万历朝（存在四十八年），经过加起来只有八年的泰昌朝和天启朝，流传半个世纪后到了崇祯朝，当时的书商，可能觉得词话本里面嵌入的词曲过多，而且开篇没从书里“男一号”西门庆讲起，不大合适，就采用了某整理者的稿本来印行，再配上绘制刻印得很精美的绣像，还加上了一些评点文字，这就是《新刻绣像批评金瓶梅》，简称崇祯本。

虽然崇祯本开篇先写一段“西门庆热结十弟兄”的文字，但情节的推动力依然源自武松景阳冈打虎及其之后的际遇。如果读得仔细，就会发现，《金瓶梅》的作者对《水浒传》的相关情节完全不是抄袭，而是巧妙地加以了改造。

《金瓶梅》的作者，在第六回后半回，故意写了一段王婆买酒遇雨的文字，词话本、崇祯本都一样，把弦松了下来，仿佛对读者说，干什么那么着眼于大人物和大事件呢？我们知道，《三国演义》写帝王将相，《水浒传》写英雄豪杰，《西游记》写神佛鬼怪，文本里很少有“无意义”的闲笔，《金瓶梅》到第六回后半回，就故意写市井小人物的似乎是不具有意义的小遭遇：王婆，这是个卑微的社会填充物，她为了从西门庆那里赚些财物，撮合西门庆和潘金莲通奸，她让他们待在她家里，自己跑出去给他们打酒，回来的路上，遇上大雨，她就躲雨，那雨也没给她造成什么损失，雨停了，她也就回家了。这段似乎“无意义”的文字，其实好比一道分水岭，那之前，是类似《水浒传》的文本，每个人物都在很紧凑地活动，他们的每项行为

王婆遇雨

目的性都很强，但是，自从写了王婆打酒遇雨，《金瓶梅》自己的文本特点就显现了，那就是从容不迫地叙述市井人物的日常生活，他们作为个体生命的往往是无聊的生存状态，他们作为群体的集体无意识，生者自生，死者自死，起落生灭，日夜不息，世道人心，似乎就那么自然延续，斩不断，理还乱，这是几乎无事的悲剧，是冷峻的沉痛。

所以说《金瓶梅》作为长篇小说，是非常了不起的，是我们民族长篇小说发展过程中的一个巨大的里程碑，长篇小说不再只奉献给帝王将相、英雄豪杰、神佛妖魔，长篇小说开始关注历史、宗教所确定的价值之外的最普通的生命，写他们的存在状态，写他们的生生死死。到清朝，出现了《红楼梦》，《红楼梦》虽然写的是贵族家庭的故事，但故事里的那些主要角色，也只是名不见经传的普通生命，原来这些史外的生命存在，才是文学中的长篇小说最应该关注、表现的，这样一个认知的确立，《金瓶梅》功不可没。

不可忽视的迎儿

特别值得注意的是，在《水浒传》里，武大是没有生育的，在《金瓶梅》里，却写武大有前妻并生下女儿迎儿，迎儿在有的版本里又写成蝇儿，故事开始时十二岁，这是一个非常值得读者关注的小生命。潘金莲害死武大后虐待迎儿，有一段情节写潘金莲命令迎儿蒸饺子，一笼三十个，蒸熟以后潘金莲让迎儿捧过去由她检验，结果发现少了一个，潘金莲认为是迎儿偷吃了，迎儿不承认，潘金莲就打她，掐她的脸。迎儿在潘金莲嫁到西门庆家后被王婆使役，最后潘金莲和王婆被武松杀了，她被托付给邻居姚二郎看管，三四年后将其嫁人。迎儿这个形象是不可忽视的，是《金瓶梅》作者的特殊贡献。仅举《金瓶梅》作者写出迎儿这样的被侮辱、被损害的弱势生命的故事一例，就说明《金瓶梅》绝不像有的人想象的那样尽是些色情文字。虽然《金瓶梅》的作者采用了冷叙述的文本方略，并不在描写关于迎儿等弱势生命的悲惨遭遇时流露悲悯，但这些文字的存在，已足以证明其文本具有很高的认识价值。

在后面的情节里，潘金莲被西门庆娶走，买来个粗使丫头秋菊供她役使，她动不动就勒令秋菊举着石头罚跪，剥掉秋菊衣服拿鞭子抽打，有一次她还用尖尖的指甲将秋菊的脸掐得稀烂，《金瓶梅》就如此这般地描摹出人压迫人的世间惨象。《金瓶梅》写人性恶，远比《水浒传》有力。《水浒传》里官府负责验尸的仵作何九，被写成一个有天良的人，虽然慑于西门庆的权势，不敢公然揭穿武大是被毒死的真相，总还是偷藏下武大的几块骨殖，可以在必要的时候拿出来给武松作为报仇的证据，在《金瓶梅》中，何九却被写得丧尽天良、助纣为虐，他贪图钱财，接收贿赂，主动为西门庆服务，这样的两个何九，究竟哪一个更接近生活的真实？或许在那个时代，两种仵作都是存在的，《水浒传》写出一个具有天良的何九，让读者对世道人心还能多少保留些希望，而《金瓶梅》却写出一个为银子可以隐瞒真相、趋附权贵的小人，令读者感到脊背发凉，问题是，甚至直到今天，我们还常常遭遇到人性深处的恶，因之《金瓶梅》对人性恶的揭示，实在是具有非常深刻的认知价值，我们面对人间不平，乃至惨剧，往往把原因归结到社会，归结到制度，追究社会的缺失、制度的弊病当然是必要的，但是就文学而言，提醒读者要直面人性，特别是人性恶，恐怕是更重要的一面。如何压抑、控制、消弭人性恶？最好的文学，应该把读者的思路朝这样的深度去引。

西门庆究竟什么模样？

《金瓶梅》中的肖像描写，女繁男简。对西门庆的相貌，出场时只有公式化、概念化的几笔，说他："也有二十五六年纪，生得十分浮浪……张生般的庞儿，潘安的貌儿……"

张生是戏曲《西厢记》中的"男一号"，在舞台上以小生小嗓扮演，属于阴柔美。潘安是西晋时美男子，当代有人根据古籍资料复原潘安的容貌，在网络上可以找到，是姣好女子的形态。《金瓶梅》这种写法，承袭了出现在它以前的艳情小说的套路，在那些小说里，"男一号"多被写成阴柔类型。

但对《金瓶梅》进行文本细读，则随着情节推进，可知西门庆其实相当阳刚，如第六十七回，他的狐朋狗友应伯爵说他"你这胖大身子"，叙述文字里形容他"身体魁伟"，"笑的两眼没缝儿"，能笑得两眼没缝儿，可见面部肌肉丰厚，非张生、潘安那种清俊相貌，而且这样的面庞也才配得上他壮硕的身躯。六十九回，"蜂媒"文嫂——"蜂媒"指为男女偷情拉皮条的特殊媒婆——向林太太介绍西门庆，说"今老爹不上三十一二年纪，正是当年汉子，大身材，一表人物……"接下来写林太太见到西门庆，果然"身材凛凛，一表人物"。第七十九回又通过妓女郑爱月儿说道："你老人家……偌大身量。"可惜作者在描写西门庆的魁伟身躯方面，实在吝于词汇。

中国古代一直到清朝晚期，对人体的绘画雕塑，完全没有人体生理解剖学作为基础，对男性身体的阳刚美尤其缺乏认知，但西方早在公元前，就有完美体现男体阳刚气派的作品出现，如掷铁饼者，希腊雕刻家米隆作于约公元前450年，展现一名强健的男子在掷铁饼过程中最具有表现力的瞬间，赞美了人体的美和运动所饱含的生命力，直到今天仍然是代表体育运动的最佳标志。西方到文艺复兴时期，更坦率地面对人体美，对男性的阳刚美的展现不遗余力，如意大利文艺复兴时期伟大的画家和雕塑家米开朗基罗的大卫雕像，创作于公元1501—1504年，现收藏于佛罗伦萨美术学院，这尊雕像被认为是西方美术史上最值得夸耀的男性人体雕像之一，高五百一十七厘米，用整块大理石雕成。西方的文艺复兴的高潮期，略同于中国明朝的嘉靖前后，也差不多正是《金瓶梅》出现的历史阶段。

在中国，直到明朝，在绘画雕塑中仍然不能根据人体生理解剖的认知来表现男女人体，直到二十世纪初西方的以真实人体为模特培养绘画人才的美术教育传入中国，情况才有所改进。

其实在表现男欢女爱方面，中国一向并不落后，如2015年故宫展出的汉代石雕（被戏称为“天下第一吻”），作为写意作品，非常生动，有很高的审美价值，但是缺乏准确的建立在生理解剖学上的人体表达。也许，中国和西方在审美意识上，一直是中国重视写意美，而西方重视精准表达。《金瓶梅》里关于西门庆模样的描述，正体现出这种写意的特色。

西门庆的白衣官帽

《金瓶梅》把故事发生的起点时间假设在大宋徽宗皇帝正和

年间，空间则假设在山东省东平府清河县，主人公是西门庆。

从第一回到第二十九回，西门庆还只是个白衣商人，白衣是相对官服而言，虽然开始时西门庆没有官位，但是书里一开始就告诉读者，他是清河县数一数二的财主。虽然是“有钱能使鬼推磨”，但是，只有钱不直接掌权，生存形态就还是未免虚弱。“既有钱又有权能使鬼王推磨”，这才是那种社会铁定的“游戏规则”。他通过贿赂朝廷权贵，获得金吾卫副千户之职，委差在本处提刑所理刑(约相当于公安局副局长)。

从第三十回以后，西门庆就不再是白衣富商，而是身兼实权官职的豪商了。

故事开始的时候，西门庆没有当官，词话本说他是“破落户财主”，“破落”指的就是非官二代、白衣人。那时他虽风流，穿着打扮却只有民味没有官味。他第一次出场，头上戴着缨子帽儿，金玲珑簪儿，金井玉栏杆圈儿，身穿绿罗褶儿，脚下细结底陈桥鞋儿，清水布袜儿，腿上勒着两扇玄色挑丝护膝儿，手里摇着洒金川扇儿。

随着故事的进展，我们就发现，他那样步行的情况并不多见，他经常骑着马，他的仆人玳安夹着毡包随在马后，毡包里应该是一些必要的生活用品。他有时会戴阔边的帽子，帽子前垂下眼纱，那时他希望人们不要认出他来。

西门庆被封官以后，第三十一回写他作为官员，每日骑着大白马，头戴乌纱帽，身穿五彩洒线揉头狮子补子圆领，四指大宽萌金茄楠香带，粉底皂靴，排军喝道，张打着大黑伞，前呼后拥，何止十数人跟随，在街上摇摆。这样的打扮和故事开始时的打扮，对比之下，读者们恐怕都要忍俊不禁。服装作为人的社会身份符码，确实此一时也，彼一时也。

西门庆当时双喜临门，六房小老婆李瓶儿为他生下了子嗣，他便取名为官哥儿。街对门的乔大户，正巧生下一个女儿，在一些人的鼓动下，西门庆正妻吴月娘同意与乔家联姻，若是在以前，西门庆不会有异议，但是他当上官，眼光就变化了，他对月娘说："乔家虽有这个家事，他只是个县中大户白衣人，你我现居着这官，又在衙门中管着事，到明日会亲酒席间，他戴着小帽，与俺这官户怎生相处？甚不雅相。"《金瓶梅》这样写，揭示出了一种甚至延续到今天的，不少中国人所持有的官本位价值观。后来西门庆知道这个乔大户家有一门做皇亲的乔五太太，这位皇亲也亲自出面跟他家来往应酬，他才接受了这门娃娃亲。那乔大户后来也拿钱买了个官位。

一条紫色裙子

衣服颜色该如何搭配？一个女子，上身穿对襟红袄，下边穿紫绢裙子，这样搭配好看吗？有位男士就认为难看，"怪模怪样"，觉得配蓝缎子的裙子才顺眼。

这位男士不是别人，就是西门庆。有人把西门庆定性为暴发户地痞流氓贪官恶霸，认定这样的人不会有像样的审美趣味，笑笑生写他，确实写了他从破落到暴发，从白衣到官帽，写了他贪赃枉法、称霸一方，但是，他是写一个活人，不是写一种概念，他笔下的西门庆，有着丰富多彩的人生表现，比如在女子衣服颜色搭配上，就有超俗的审美眼光。

西门庆所关注的那位衣服颜色搭配不当的女子，就是宋惠莲。

宋惠莲父亲宋仁是卖棺材的，因为穷，只好卖女为婢，把她卖到了蔡通判家，蔡通判坏了事，宋惠莲嫁给厨役蒋聪，蒋聪与人斗殴致死，才嫁给西门庆家仆郑来旺。这旺儿原来有媳妇，得痨病死了，蒋聪活着时，西门庆常派旺儿去叫他来府里主厨，旺儿那时候就跟宋惠莲搭上了。宋惠莲并不爱蒋聪，但蒋聪被人捅死，杀人者逃遁，宋惠莲觉得不能叫丈夫白死，就通过旺儿求西门庆帮忙。西门庆那时候还没当官，但县里的官员几乎都被他贿赂，情愿为他办事，西门庆果然过问了此事，官府就把那杀人犯捉来正法了。这一笔交代很重要，把宋惠莲为人的本性点出来了。

旺儿是求的西门庆大老婆吴月娘，娶来了宋惠莲。她比潘金莲小两岁，出场时二十四岁，生得白净，身子儿不肥不瘦，模样儿不短不长，性明敏，善机变，会妆饰，这素质就跟潘金莲很近似了，偏偏她原来也叫金莲，是吴月娘将她改叫惠莲的。她有超越潘金莲的地方，就是她缠出的小脚，居然比潘金莲还秀气，她后来能把自己那已经穿了绣鞋的小脚，再套进潘金莲的绣鞋里，穿好后行走自如。那个时代西门庆那样的男子，对女子的小脚都有赏玩的癖好，缠得越小，越觉得性感，越愿意把玩。宋惠莲进入西门府，不消说，构成了潘金莲一大威胁，潘金莲对她紧盯乃至防范，都势在难免。

吴月娘开头把宋惠莲安排在厨房上灶，后来她到上房递茶递水，她把能戴鬏髻的发髻垫得高高的，头发梳得虚笼笼的，水鬓描得长长的，西门庆当然很快就注意到了她，于是故意派旺儿押五百两银子去杭州为蔡太师生辰置办锦绣蟒衣及四季衣服，好对她下手。一日妻妾们一起吃酒，西门庆走来隔帘看见她在席上斟酒，就发现她穿的红袄和紫裙搭配不对，那紫裙子，原来是跟吴月娘大丫头玉箫借的，后来西门庆就让玉箫送了一匹翠蓝兼四季团花喜相逢的缎子给她，又由玉箫牵线，西门庆与她在花园山子底下洞里（藏春坞）幽会，从此她成为西门庆的情妇。

宋惠莲此后的命运，颇出乎一般读者的想象。

旺儿醉骂

宋惠莲丈夫郑来旺出差回来了，她对旺儿的归来还有几分高兴，服侍他洗脸掸尘，又替他换衣裳，安排饭食，一起睡到日西时分。

旺儿一直与西门庆第四房小老婆孙雪娥交好，他从杭州回来，悄悄给孙雪娥带来礼物。孙雪娥就把西门庆和宋惠莲勾搭的事告诉了旺儿，旺儿很快就从箱子里发现了西门庆送给宋惠莲的那疋花样新奇的蓝缎子，还有若干首饰，就质问哪里来的，宋惠莲说是主家婆吴月娘赏、姨娘家借的，旺儿当晚是半信半疑。

但是，旺儿心灵深处，是相信孙雪娥举报的，一日，旺儿吃醉了，就在前边和一些家人小厮痛骂西门庆，说怎的我不在家，使玉箫丫头拿一匹缎子，在房里哄我老婆，后来潘金莲怎的做窝主，“只休撞到我手里，我教他白刀子进去，红刀子出来，好不好，把潘家那淫妇也杀了，也只是个死！”更宣告：“我的仇恨，与他结的有天来大，常言道，一不做，二不休，到跟前再说话。破着一命剐，便把皇帝打！”

西门庆那样一个强人，谁敢骂他？旺儿就高声地骂了。令人觉得痛快！虽然这是以酒壮胆的醉骂，骂过也未见能依骂行动，但对横行霸道自以为毫无遮拦的西门庆，多少是一种心理上的制衡，就是你有再大的权势，被你欺侮的人，总有敢跟你拼命的！

旺儿骂主一事，被另一仆人兴儿告密，他没有直接去见西门庆，他去找了潘金莲，潘金莲听了当然怒不可遏，当晚就跟西门庆说了。

西门庆找宋惠莲询问，她毫不犹豫地为旺儿辩解脱罪："啊呀，爹，你老人家没的说，他是没有这个话！我就替他赌了大誓！"而且指出来兴儿是出于失去了买办差事，嫉妒旺儿才造谣，她央求西门庆再派旺儿外差，远离他乡，做买卖去，这样他们两个来往岂不就方便了。西门庆就决定派旺儿同主管去杭州贩卖绸绢丝线。

旺儿酒后吐豪言，酒醒怯三分，可能好多天都惴惴不安，现在府主不但不追究，还给美差，如何不喜？但是兴儿知道后，又去报告了潘金莲，潘金莲就找到西门庆，跟他说："剪草不除根，萌芽依旧生，剪草若除根，萌芽不再生。"西门庆就改了主意，另派来保和主管出外差。旺儿大失落。

旺儿又吃醉了酒，回到房中口内又胡说起来，要杀西门庆。按说宋惠莲真该抛弃这样一枚"定时炸弹"了，但她的反应是，先以责骂的口气提醒旺儿"你咬人的狗儿不露齿，是言不是语，墙有缝，壁有耳"，竭力维护旺儿的安全，然后找到西门庆，责问为什么外差换了人？西门庆就骗她说，要在家门口开酒店，让来旺当掌柜。

一日，西门庆果然唤过旺儿，交付他六包共三百两银子，作为开酒店的本钱。旺儿让宋惠莲把银子收在箱子里，自己到街上寻伙计去，也没找妥，又吃得大醉，回家倒头大睡。睡梦中似有人告诉他宋惠莲去跟西门庆私通了，惊醒后，身边不见媳妇，忙跳起身，要往花园捉奸，结果奔跑中被绊倒，一把刀落地，四五个小厮大喊“有贼”，捉住他，不由分说，一步一棍，打到厅上，只见大厅上灯烛荧煌，西门庆端坐上头，喝令“拿上来”，旺儿跪下，兴儿把刀放在面前与西门庆看，西门庆又让去旺儿房子取回那六包三百两银子，结果拿来打开一看，只有一包是银子，其余都是铅锡锭子，这样旺儿欺主杀主的罪行就都落实了，西门庆命拴锁门房内，天亮送官。

事态发展到这种地步，按说宋惠莲应该懂得，西门庆剪除旺儿之心难以挽回，抵换银两固然是栽赃，旺儿杀主之心是确实有的，况且旺儿爱的是孙雪娥不是她，她维系和旺儿的夫妻关系还有什么必要？西门庆既然花这么大力气对付旺儿，那么迎娶她成为七房的意图也就很快能落实。可以写宋惠莲心情复杂，但怎能写宋惠莲死保旺儿，甚至不惜当着众人说出尖锐的抨击西门庆的话来？笑笑生笔下的宋惠莲，就偏不以我的这些“按说”呈现。

黑暗王国的一道闪电

西门庆要把旺儿送官治罪，宋惠莲云鬓缭乱，衣裙不整，走上厅来向西门庆跪下，说道：“爹！此是你干的营生！他好好进来寻我，怎的把他当贼拿了？你的六包银子，我收着，原封儿不动，平白怎的抵换了？你活埋人，也要天理！他为甚么，你只因他甚么，打与他一顿？如今拉着送他那里去？”而且坚持为旺儿申辩，说杀主的那话，“他虽故吃酒，并无此事”，西门庆急了，让小厮拉起她来，送回房去。

西门庆执意要剪草除根，送了一百担米给审案官，下重刑把旺儿打得皮开肉绽，西门庆命令家人不给旺儿送铺盖、饭食，只等他自然死亡。

宋惠莲自从拿了旺儿以后，头也不梳，脸也罢洗，只是关闭房门哭泣，茶饭不吃。西门庆就派大丫头玉箫和手下伙计贲四的娘子去哄劝她，说旺儿在监里没有挨打，过几日就能放回，她竟听信。最后夏提刑等就把旺儿杖责四十，判了个递解原籍徐州为民。可怜这旺儿，蹲监半月，没钱使用，弄得身体狼狈，衣服褴褛，没处投奔，哀求押送的公人把他先押回家里，让媳妇把衣服箱笼变卖，作为路途盘费。公人开头不干，后来旺儿哀求把他押到西门府大门外，求邻居帮忙联系上媳妇，公人把他押去了，也有两位好心邻居出面，却被一顿棍打出来，无奈中旺儿又求公人押他到丈人棺材铺，丈人宋仁给了他一两银子，给两位公人各一吊钱、一斗米，旺儿哭哭啼啼离开清河前往徐州。

尽管西门庆封锁消息、一再哄骗，哪有不透风的墙，宋惠莲终于知道了真相。

按说旺儿毕竟保住了性命，递解徐州为民，法律意义上就是他的身份归零了，他与宋惠莲的夫妻关系也就终结了，宋惠莲无论是被西门庆收为七房，还是包养在街对面宅子里，都没有障碍了，即使对旺儿受刑心有不忍，那旺儿分明爱的是孙雪娥不是她，她叹口气也就罢了，心里总体而言，应该是高兴的呀！

笑笑生笔下的宋惠莲，却完全是反方向的表现，她得知旺儿被递解的真相后，关闭了房门，放声大哭道："我的人啰！你在他家干坏了什么事来？被人纸棺材暗算计了你！你做奴才一场，好衣服没曾挣下一件在屋里，近日只当把你远离他乡，弄的去了，坑的奴好苦也！你在路上死活未知，我就如合在缸底下一般，怎的晓得！"哭完，她就悬梁自尽。她被解救了，西门庆也来看视，她当众控诉："爹，你好人儿，你瞒着我干的好勾当儿！……你原来就是个弄人的刽子手，把人活埋惯了，害死人还看出殡的！……你也要合凭个天理！……你就打发，两个人都打发了，如何留下我做什么？"

过些天，潘金莲唆使孙雪娥去宋惠莲屋里寻衅滋事，两个人怒骂揪扭起来，后来她倒插门哭泣不止，哭到掌灯时分，众人乱着，后边堂客吃酒，宋惠莲就第二次悬梁自尽，这回她死成了。可怜她到死，还没穿上用那匹蓝缎做成的裙子，去般配她那件红袄。

对于宋惠莲之死，西门庆听了只说了句"她恁个拙妇，原来没福"，就从此丢开。宋惠莲父亲宋仁闻讯不忿，到火葬场拦尸不让火化，西门庆买通官府，反锁拿宋仁，说他打网诈财，倚尸图粮，拷打一番，回家不久就害一场时疫，呜呼哀哉死了。宋家父女，大悲剧收场。

笑笑生在写什么？

写的是人性。人性中不仅有善、有恶，还有许多其他的元素。人性中有一种元素叫良知，良知推动着良能。宋惠莲之所以死保旺儿，并不是出于爱情，不是出于对夫妻关系的固守，不是遵从于某种可以用文字概括的观念，而是出自她心灵深处的良知。有的生命灵魂深处良知稀薄甚至缺失,宋惠莲却天然具有,而且强烈、执著。她对西门庆那些控诉,概括起来就是人不能那样对待人,这种心声,是黑暗王国里的一道闪电。宋惠莲觉得西门庆的做法超越了她心灵深处的良知底线,这个底线被刺破,她也就不再想活着。细想起来,这是很惊心动魄、很深刻沉重的。

被叫停的话剧《武松与潘金莲》

1962 年,那一年我二十岁,在首都剧场看了一场由北京人民艺术剧院演出的话剧。前一个剧目是田汉编剧的《名优之死》,后一个剧目就是欧阳予倩编剧的《武松与潘金莲》,这个六场话剧演出的时间不够长,因此前面要加演一个《名优之死》,剧本是欧阳予倩 1927 年创作的,原来就叫《潘金莲》,他自己以京剧形式演出过,亲自扮演潘金莲。这个剧不仅完全同情潘金莲,甚至歌颂潘金莲,将她塑造成一个反抗封建礼教、追求自主恋爱的正面形象。按欧阳予倩的诠释,潘金莲被张大户霸占,又对她性虐,让她嫁给武大郎,因此武松出现时,她对武松的爱不但合情合理,也是可歌可泣的。武松拒绝了潘金莲的爱,潘金莲在苦闷中错爱了西门庆,毒死武大郎,王婆是首恶,潘金莲是犯错误,当武松手拿尖刀前来寻仇时,潘金莲撕开胸前的衣服,露出胸膛,坦然地说:“这颗心是红的、热的、跳的、烫的,你就拿去吧!你杀了我,我还是爱你!”但是在我看过演出之后,这出戏就停演了,后来知道,是那时候的周恩来总理,劝停了这出戏的演出,认为如此为潘金莲翻案,影响不好。事到如今,仅就武松和潘金莲的这段故事,究竟应该如何评价潘金莲,也还很难达成共识。其中最关键的,就是她毕竟毒死了武大郎,对于这样一个刑事犯,难道能够予以谅解,甚至同情乃至肯定吗?

人是复杂的生命存在。潘金莲在邂逅武松后的种种表现,已经显示出她人性的复杂深沉。武松严拒她并搬走以后,潘金莲一度也只好顺命苟活,武大早出晚归卖炊饼,她每日约莫武大归来时分,就习惯性地先去收帘子、关大门。

《水浒传》和《金瓶梅》里,都写到潘金莲命运中遭遇的偶然,这当然也是西门庆命运中的偶然,而这个偶然,与帘子,特别是叉竿相关。叉竿实际上是潘金莲和西门庆的第一个媒人。三月春光明媚,潘金莲傍晚用叉竿放帘子,忽然一阵风吹过来,潘金莲没拿稳叉竿,那叉竿落下,便不端不正恰打一个路人头上,那人,便是西门庆。当时武大和潘金莲住的是上下两层、四房两院的居所,我们可以把潘金莲手中的叉竿想象成是从二楼落下。潘金莲和西门庆就这样在明媚的春日偶然相遇了。潘金莲赔笑道歉,西门庆顿时惊艳。这是很美好的瞬间,是一幅画,一首诗,一首歌,可以拍成曼妙的MTV或者微电影。让我们不免联想到元代王实甫《西厢记》第一折里所写到的,张生在普救寺里头一次遇到崔莺莺的场面,当时张生便唱出:“正撞着五百年前风流业冤!”高富帅撞上白媚美,双方都被对方勾走了魂儿。

底下的情节流动我们都很熟悉。潘金莲从西门庆那里获得了真正舒畅美妙的性快乐。但是接下来的情节却是潘金莲杀夫。《水浒传》和《金瓶梅》的作者都把潘金莲杀夫的情景写得非常冷酷残暴,为了让已经被灌了毒药的武大速死,潘金莲拿两床被子捂住他,怕他挣扎,就跳上床去,骑在武大身上,把手紧紧按住被角，终于令武大呜呼哀哉。虽然鸩杀武大是王婆教唆，但杀夫的过程是潘金莲独立操作的。为潘金莲翻案的人士绕不过这个难点。就我个人而言，我认为这是作者在揭示潘金莲人性中最黑暗的一面。无论如何，她不该对武大那样一个善良懦弱的生命下那样的毒手。

排除了武大这个障碍，潘金莲总算可以自主支配自己的身体和情欲了。

潘金莲是个性解放的形象吗？

《金瓶梅》为潘金莲列出一个时间表：

九岁时：父亲——清河县南门外裁缝——得病死了，母亲就把她卖到了王招宣府里，那招宣府买去她，让她习学弹唱，还教她读书识字。这种培训，目的当然是让她以后能更好地娱乐、服务主子。

十二三岁：在王招宣府中，她会描眉画眼，傅粉施朱，梳一个缠髻儿，着一件扣身衫子，做张做致，乔模乔样。

十五岁：王招宣死了，她母亲去把她领了出来，三十两银子卖给了县里有万贯家财的张大户。

十八岁：出落得脸衬桃花，眉弯新月，张大户要把她收为小老婆，主家婆余氏厉害，不得到手。“一日，主家婆邻家赴席不在，大户暗把金莲唤至房中，遂收用了”。事情败露，主家婆将她百般苦打，张大户便赌气将他白白地嫁给了隔壁卖炊饼的武植，也就是被县里人戏称为“三寸丁谷树皮”的武大郎。张大户并没有从此放过潘金莲，在武大郎外出卖炊饼时，张大户便踅入武大家来强占潘金莲。后来又被主家婆发现，把武大和潘金莲夫妇从他们大宅院隔壁撵走。

潘金莲市爱

二十五岁：这是《金瓶梅》故事开始时潘金莲的年龄。就在这一年，她先是意外邂逅了武松这个小叔子，再巧遇到西门庆这个大财主。

二十五岁前的潘金莲，被侮辱与被损害，其中最悲苦的一点，就是不能自主把握支配自己的身体。她十三岁时就注意把自己精心打扮起来，所谓"做张做致，乔模乔样"，就是她生理上心理上都趋于成熟，有了明朗的性别认同意识，有了希望获得性爱的需求。但是她却落入张大户这个老色鬼的魔爪中。张大户迫于主家婆的淫威，将她白嫁给鳏夫武大郎，实际上是一种性虐待。这是比饿饭挨冻还要痛苦万分的人生遭际。

词话本前面，有欣欣子序，里面说："窃谓兰陵笑笑生作《金瓶梅传》寄寓于时俗，盖有谓也。……富与贵，人之所慕也，鲜有不至于淫者；哀与怨，人之所恶也，鲜有不至于伤者……"此序在崇祯本和张竹坡评点本中均被删去。与《金瓶梅》作者笑笑生和写序的欣欣子同时代的李贽（1527—1602），是一位值得特别重视的思想家，他的观点，与欣欣子相通，李贽承认个人私欲，"私者，人之心也，人必有私而后其心乃见"。针对正统理学家的"存天理灭人欲”的命题，他提出“穿衣吃饭，即是人伦物理”的主张。李贽提出“童心说”，主张创作要“绝假还真”。李贽和欣欣子承认人的七情六欲具有合理性。人应该本着自然天性生活。潘金莲是自觉释放性欲这一自然天性的女子。按李贽和欣欣子的理论，她应该算是一派“童心”的“真人”。

潘金莲并不是一个追求爱情的女子，她的生命存在，就是性欲存在。对比于那个社会中被封建礼教禁锢压抑的许多女性，她自己解放自己，蔑“天理”，纵人欲，以行动呼应着李贽那样的思想家对礼教的解构。有的读者和论家会把潘金莲评价为一个荡妇，我想那也并不冤枉她。从对封建礼教的反抗、冲击、解构来说，潘金莲这样的荡妇也确实构成一种力量。我认为，性意识的觉醒和弘扬，以及性行为在社会生活中的脱敏、去耻，是一种带有污点的进步。

我不同意把潘金莲评价为个性解放的艺术形象。《金瓶梅》虽然是部了不起的长篇小说，但是作者没有塑造个性解放人物的动机，也没有那样的客观效果。潘金莲只是对肉有自觉性，灵这方面还是蒙昧的。到了清代乾隆朝中期，曹雪芹写出了《红楼梦》，《红楼梦》中的贾宝玉和林黛玉，才是具有个性解放色彩的艺术形象，他们在灵肉两方面都具有了自觉性。个性解放是必须有灵，即有精神上的东西的，潘金莲始终处于形而下的状态，精神是贫穷的。不过就人物的鲜活生猛而言，潘金莲这个艺术形象的塑造实在是非常成功的。也许我们一开始就不应该陷入给予潘金莲社会学评价的误区，更不应该尝试为她选择标签。

她就是她。独特而真实。

心实恻恻难言哉

西门庆是府主，在西门府里，谁敢跟他顶撞？唯独潘金莲敢。第四十三回写道，李瓶儿房里丢失了一锭给官哥儿玩的金子，潘金莲听到后“得不的风儿就是雨儿”，走到正房吴月娘跟前议论此事，抱怨西门庆不该宠爱李瓶儿和官哥儿到那个份上，拿金子给孩子玩，引出吴月娘的共鸣，恰好西门庆进房来了，就说要叫小厮到街上买狼筋，让吴月娘把各房的丫头都叫来审问。西门庆只跟吴月娘对话，他们是府主和主家婆嘛，潘金莲偏插嘴，而且讥笑西门庆宠幸李瓶儿，让大老婆查考各房丫头，会惹得“各房里丫头口里不笑，屄眼里也笑！”如此放肆犯上，几句话说得西门庆急了，走向前把潘金莲按在月娘炕上，提起拳来，骂道：“恨煞我罢了！不看世界面上，把你这小歪剌骨儿，就一顿拳打死了！单管嘴尖舌快的，不管你事也来插一脚！”潘金莲不仅没有屈服，还“假做乔装，哭将起来”，爽性大骂，意思是你打死我，我那病妈会跟你要人，会递状子告你，你以为你是衙门里千户便怎的？“无故只是个破纱帽债壳子——穷官罢了！能禁得几个人命？”西门庆那拳头砸下去了吗？笑笑生一支生花妙笔，写得太精彩了，他写道，“几句说的西门庆反呵呵笑了”，说道：“你看这小歪剌骨，这等刁嘴！我是破纱帽穷官？教丫头取我的纱帽来，我这纱帽那块儿破？这清河县问声，我少谁家银子？你说我是债壳子！”潘金莲立刻跷起一只脚来，反唇相讥：“你看老娘这脚，那些儿放着歪？你怎骂我是歪剌骨？”吴月娘就说他们两个是“铜盆撞了铁刷帚”。潘金莲那嘴尖舌快、敢说敢骂的火辣的性格，和她那香艳的身体做爱的激情一样，都是西门庆的嗜好，因此，只要西门庆这个府主活着，潘金莲就不会有生存危机。但是潘金莲对西门庆狂热的性索取，导致了西门庆的死亡。这是她没有想到的。

西门庆一死，吴月娘先罄身打发了春梅，然后就把潘金莲退还给了王婆。王婆再一次成为她的大媒。

有一个问题很有意思，《西厢记》里的红娘，也是促成一对男女的非婚性交，并最终令他们结为夫妇，其间也有不少的噱头巧技，为什么红娘成了一个美好的形象，甚至于在现代成了一个“成全好事”的代码？而王婆则遭到历代人们的唾骂？难道仅仅是因为潘金莲属于“有夫之妇”？其实《西厢记》里的莺莺，也是定了夫家的，这在封建社会里与“有夫之妇”几无区别，而且据《西厢记》的描写，张生与莺莺也实在谈不到有多少思想交流，他们也就是性吸引而已。细想起来，红娘与王婆的区别，只在于红娘是出于无私，而王婆却自始至终是出于贪婪。王婆每行一步，都是把那当作一桩生意来做的。《金瓶梅》在刻画王婆的唯利是图上，比《水浒》细腻深入得多。当潘金莲被逐出西门家，寄住她家由她代为发卖时，本来，守备府已经愿意用九十两银子将她迎去，王婆执意要一百两，守备听说同意一百两，去办事的人因为王婆除一百两外，还执意要五两媒人钱，觉得实在贪得无厌，其实那时候就是再加五两守备也是可以同意的，是办事的人故意“且丢他两日”，这一“丢”，就使得遇大赦的武松插上空子，找到王婆，武松答应给她一百零五两银子，王婆先去吴月娘那里，说是二十两银子发脱了潘金莲，吞下八十五两归己，晚上，就把潘金莲送到武大旧家，送去后她想脱身，哪里走得掉？武松在哥哥灵前审问她们，潘金莲先招供，王婆也赖不掉，武松便极其残暴地将潘金莲和王婆都杀了，“迎儿小女在旁看见，唬得只掩了脸”。

潘金莲的生命结束在三十二岁。崇祯本的评点者在她被杀那段文字的批语是：“读至此不敢生悲，不忍称快，然而心实恻恻难言哉！”相信会有许多读者对这几句评语心生共鸣。

李瓶儿有两罐子水银

《金瓶梅》中的潘金莲这个艺术形象塑造得非常成功，但毕竟是从《水浒传》里挪移过来的，作为《金瓶梅》中第二位女主角的李瓶儿，却完全是笑笑生的独创。

作者这样来交代李瓶儿的前史：她生在正月十五，祝贺者送来一对鱼瓶，故小字瓶姐，先被送往大名府梁中书为妾，黑旋风李逵在翠云楼上把梁中书全家老小杀了，府中人各自逃生，李瓶儿于是携养娘上东京投亲，带走一百颗西洋大珠、二两重一对鸦青宝石。在东京，花太监的侄子花子虚没妻室，媒婆就去说亲，花子虚就娶了李瓶儿，花太监被外派去任广南镇守，把花子虚夫妇带去，后来告老还乡，所还之乡，就是清河，恰住在西门庆隔壁的宅院里。花太监死了，花子虚仍不务正业，仗着有花太监的遗产可以消耗，就整日吃喝嫖赌，常常泡在妓院里不归家，李瓶儿等于守了活寡。西门庆就趁机与她私通。后来，花家族兄弟争花太监遗产，花子虚被拘，官司输了，把银两、房舍、庄田都赔掉，西门庆用李瓶儿提供的资金买下隔壁花宅，花子虚李瓶儿迁居狮子街，花子虚得了这口重气，染了伤寒，就死在那里。

花子虚死了，李瓶儿嫁给西门庆的障碍没有了，她就借为潘金莲庆生，主动去往西门府拜访，努力给吴月娘等人留下好印象，特别笼络潘金莲。她注意到潘金莲房里的春梅非一般丫头可比，是西门庆用过的，就主动送首饰。灯节来临，她邀吴月娘与李娇儿、孟玉楼、潘金莲等往她住处观灯，气氛十分融洽。在这种情况下，西门庆明挑出要娶李瓶儿来做六房，正妻吴月娘也只能是淡淡地劝他：李瓶儿孝服不满，又系朋友之妻，你还买了人家房子收了许多寄放的东西，花大是个刁徒泼皮，“倒没的惹虱子头上搔”，“奴说但是好话，赵钱孙李，你依不依随你”。西门庆便举棋不定，又去跟潘金莲商量，潘金莲就献出缓兵之计，让他去跟李瓶儿说，花园合并，给李瓶儿盖楼的工程还未完成，现在过来挤着住不是个事儿，还是等工程告竣后再过来为好。这样，西门庆就去跟在狮子街盼嫁的李瓶儿说，等五月房子盖好装修完成，一定来迎娶她。李瓶儿就殷殷期待。

笑笑生笔下的李瓶儿，虽然精于房中术，渴望中意的性伴侣，但是在刻画上，与潘金莲有明显的区别。潘金莲是个地道的性存在，性趣是她生命的轴心。李瓶儿却更多地表现出女性对男性给予保护的期盼。李瓶儿这种女性一旦嫁对了人，她是会依靠到底，而且在性事上不会呈现索取的势头，能够安静地度日。潘、李二人的语言风格也大异其趣。潘金莲尖嘴利舌，语言风格是麻辣酸烫，语速往往极快，一说一大串，如瀑布倾泻。李瓶儿平和谦让，语言风格是甜糯温润，语速适中，注意对方的反应，该收就收。

西门庆娶李瓶儿，人财两得。李瓶儿从梁中书家逃出来，就顺手拿走了珠宝，嫁给花子虚以后，又从花太监那里继承了许多财富，除了金银之外，书里交代的财富还包括：四箱柜蟒衣玉带，帽顶绦环;三四十斤沉香,二百斤白蜡,两罐子水银,八十斤胡椒。沉香、胡椒,特别是水银,在那个时代属于稀有物品,用途也很多,这些物品的被写入,也证明着那个历史阶段商品经济的繁荣、流通的畅达,以及社会需求的多样性。

李瓶儿熬到孝服期满,给李瓶儿盖的三间楼房也已完工,真是万事齐备,只欠东风,剩下的事情,无非就是择一吉日,西门庆将李瓶儿人财两收,但是,笑笑生往下写,却突生跌宕,那李瓶儿没多久竟嫁给了别人。

笑笑生与莎士比亚不谋而合

正当西门庆打算娶李瓶儿来家时,忽然发生严重的生存危机:女儿女婿逃回家来,因杨提督被皇帝拿送南牢问罪,不仅女婿陈经济父亲陈洪被牵连,所有相关亲戚全列入了问罪名单,西门庆也在内。西门庆赶紧派家人来保、来旺上东京打探,停止花园工程,闭门谢客,龟缩避祸。

李瓶儿哪里知晓什么政治风波、权力消长,西门庆对迎娶她的承诺爽约,她百思不得其解。眼看五月将近,六月初旬,她朝思暮盼,音信全无,每日茶饭顿减,精神恍惚,病得饮食不进,卧床不起,这种情况下,请来一位医生蒋竹山,这个年不上三十、五短身材、外表飘逸、轻浮狂诈的男子,就此进入了她的生活。

李瓶儿没有被西门庆娶走,她竟嫁给蒋竹山了!笑笑生写出一个活生生的女子,这个女子在生命的这一刻完全暴露出了她人性的弱点,就是安全至上,情意靠边,竟然很快作出抉择:“嗔怪道一替两替请着他不来,他家中为事哩!”又见竹山语言活动,一团谦恭,“奴明日若嫁得恁样个人也罢了”。不等蒋竹山求婚,她先表态,高兴得蒋竹山离席双膝跪到她面前,她也不嫌蒋竹山寒碜,就把蒋竹山招赘了来,打开居所门面房,开起了生药铺和诊所,还买了一匹驴儿,蒋竹山骑着出诊,在街上往来。

在我们这个星球上,当英国的莎士比亚创作他的十四行诗和戏剧作品的时候,大体上也正是兰陵笑笑生写作《金瓶梅》的历史时段。莎士比亚在他的戏剧作品中写下了“弱者,你的名字是女人”的警句,笑笑生通过李瓶儿这个人物,诠释了这一判断。李瓶儿作为一个女人,她总希望能得到保护,生活在安全感中,这个保护她的人应该就是她的丈夫,花子虚不能给予她安全感,而且令她陷入活寡妇的窘境,所以当西门庆进入她的视野,她就主动追求,但是听说西门庆自己已经不安全了,她就马上打消了嫁入西门府的计划,不惜俯就一个猥琐的蒋竹山来获取安全。李瓶儿作为一个弱者,我们对她人性中的弱点,就多包涵些罢!如此看来,就探究女性的人性弱点而言,莎士比亚和笑笑生人在两地,语言两种,却不谋而合,都写出了旷世经典。

李瓶儿和蒋竹山都没有想到,西门庆果然是个社会强人,竟能将来自高层政治的灾难加以化解归零。西门庆缓过劲来以后,才再思娶李瓶儿,却发现她已经倒贴入赘了蒋竹山,而且居然跟他“戗行”,也开起生药铺,那当然不是一般的恼怒,于是设下毒计,陷蒋竹山于死地。西门庆那样的“破落户”,实际上也就是社会上的大流氓、大地痞,那时候他还没有官职,但是手里有银子,银子可以往前头撒,更可以往后头送。前头,就是社会上的小流氓、小地痞,“宋时谓之捣子,今时俗呼为光棍”,西门庆雇用了捣子草里蛇鲁华和过街鼠张胜，去蒋竹山生药铺寻衅生事，讹诈他欠债不还，把他打了一溜够，又打砸了生药铺，保甲就上来将打人的和被打的一起拘去见官，那负责审案的夏提刑，本来就跟西门庆交厚，是他后头的靠山，往后头，西门庆撒银更多，那就不是像雇捣子那般撒些零碎，而是在新买的庄上为夏提刑摆酒庆生，筵席上请了四个唱的、一起乐工、杂耍步戏，他买的是官吏手中的权力，夏提刑审案，其实就是他雇佣傀儡实行他的意志，后来西门庆买官成为他的同僚，再往后更取代了他。西门庆算计蒋竹山这段情节，表现社会生活中富商恶霸利用两股势力——流氓混混与贪官腐吏——黑白两道拧成一股绳，来实现自己的罪恶计划，是具有超越时代的典型性的，令我们思考，要真正确立公序良俗和司法公正，必须扫黑反腐！

舀了一盆水，赶着泼去

蒋竹山在捣子和提刑官的夹攻下彻底崩溃。李瓶儿呢？笑笑生写出她人性中不仅有弱点，更有恶。她先是嫌蒋竹山不能在性生活中令她满足，骂他“原来是个中看不中吃镴枪头”，后来见西门庆依然可嫁，竟在蒋竹山被讹了银子又被拷打得皮开肉绽、鲜血淋漓、行走困难的情况下，冷酷无情地将其扫地出门。临出门，还舀了一盆水，赶着泼去，说道：“喜得冤家离眼睛！”跟我讨论的年轻人跟我说，读了这些文字，他就觉得此时的李瓶儿，和跳上床按住被子令武大窒息的潘金莲，没有什么区别，这样两个明明有不少令人欣赏处、怜惜处的女子，怎么人性中的恶大发作时，会是如此狰狞？我就说我的感想，那就是写人性恶，而且写得毫不留余地，写到逼真地步，实在是需要写作者很大的勇气的。人类中的文学经典，写人性善写得好令人感动的，很不少，而写人性恶写到令人战栗地步的，不算多。把人性恶揭橥出来，特别是把也有性善的生命的恶刻画出来，令读者脊背发凉，其实对读者心灵更具震撼性，也更有启示性。如何弘扬自己天性中的善、压抑自己天性中的恶，是中外古今每一个生命的不能停息的功课。

年轻朋友问，你不是说过，那时候是男权社会，潘金莲嫁给了武大，也只好“嫁矮随矮，嫁丑随丑”，只有丈夫休掉妻子的，妻子是无法休掉丈夫的，潘金莲如果能像李瓶儿那样把武大赶出去，她也不必刑事犯罪了，怎么《金瓶梅》写李瓶儿的故事，却写成妻子可以休掉丈夫，将其扫地出门，其后如何，死活不问呢？李瓶儿故事里的这一段，按封建社会的礼法衡量，确实不合逻辑，但是，你读下来，却又会相信那是一种真实的社会图像，这就说明，到晚明那个历史阶段，一方面，封建礼法仍在相当的范围里起着约束作用，比如潘金莲作为武大的妻子就在其约束之中，另一方面，“礼崩乐坏”，造成一些人可以超越封建礼法约束而不受追究的重要因素，就是商品经济的发展，造成贫富两极分化，富有的人，包括李瓶儿那样的阔寡妇，她就可以用手中的钱财，来使自己的地位超过招赘进门的穷酸丈夫，男权社会的男权，正在被金钱解构，富婆能使夫推磨，这样的奇诡的社会景观，就在《金瓶梅》里被描摹出来了。按封建礼法，蒋竹山是可以到官府告李瓶儿的，他没有休掉李，李就不可以休掉他，将丈夫赶出家门的悍妇，按说是应该加以法办的，但是蒋竹山能去找官府吗？他自己正是被官府冤屈的，官府已经只认钱不认礼法了，他被李瓶儿赶出，只能忍气吞声藏匿苟活。潘金莲之无法赶走武大,是因为武大挣钱养活着她,没有经济权也就没有离异权,李瓶儿却是蒋竹山的供养者,这是潘、李二人的根本性差别。

绕了一大圈,李瓶儿终于还是被西门庆娶进了门,成为西门庆的第六房妾。她的生活从此掀开了新的篇章。读者会发现,底下的章节里,她尽洗了前面的瑕疵,她充分展现出了心灵中的善美,她满足西门庆的情欲但绝不像潘金莲那样企图独占,她亲和各方,绝不拔尖抢眼,她言语更加柔和,气度更加宽容,这个女子确实获得了她所向往的安全感,几乎成为一个完人。她顺利地为西门庆生下了男婴,而那时恰好西门庆获得了官位,所以孩子命名为官哥儿,官哥儿茁壮成长,李瓶儿的人生前景真是非常光明灿烂。而更重要的是,读者会发现,西门庆对她的感情,从肉进入了灵,不仅喜欢她白净的身子,更喜欢她温柔的好性子。那么,李瓶儿的幸福能够长久吗?

西门庆离地跳起三尺高

李瓶儿为西门庆生下男婴,这是一桩大事。

西门庆应该并不是一个特别着意于封建礼教“不孝有三,无后为大”的男子。他连续把两个青楼女子李娇儿、卓丢儿娶来当小老婆,就可见他对妾的生育能力不是很看重(妓女一般是丧失生育能力的)。他是把享受女子身体、注重做爱质量、保证自己性乐放在第一位的。书里没有写到西门庆对父辈祖辈的追怀,他没有亲兄弟亲姊妹,从宗族上说,他是孤零零一个。

但是,西门庆毕竟也还是希望自己有儿子的。传宗接代的意识，他可能比较淡漠，考虑得更多的，不是西门一族的延续，而是他挣出的偌大家业，将来由谁继承？

李瓶儿产子，使“瓶国”不战而强，最嫉恨的是“金国”。潘金莲就借打狗、打骂丫头秋菊，故意惊吓隔壁“瓶国”的官哥儿。再后来，“金国”养的宠物猫雪狮子，窜到“瓶国”，袭击了官哥儿，官哥儿惊风不治，死掉了。西门庆从外回家，得知官哥惊风，到“金国”摔死了雪狮子，想方设法挽救官哥，但是这个儿子还是只活了一年零两个月就结束了他的人生之旅。李瓶儿抓耳挠腮，一头撞在地下，哭得昏过去，半日方才苏醒，搂着死去的儿子放声哭叫。官哥之死，成为“瓶国”由盛到衰的转捩点。

西门庆对官哥儿的死亡虽然痛心，却相对比较冷静，他见李瓶儿把脸抓破了，滚得宝髻蓬松，乌云散乱，便劝道：“你看蛮的！他既然不是你我的儿女，干养活他一场，他短命死了，哭两声丢开罢了，如何只顾哭了去！又哭不活他。你的身子也要紧……”对于西门庆来说，儿子死了可以再生一个，李瓶儿生不了了，别的妻妾还可以生，也还可以再纳妾增加生育概率，何况根据我前面的分析可知，他并非孔孟之道的孝子贤孙，他乃是社会发展进程中的新品种，他的人生观是享乐至上，世界观是世上万物皆可以拿钱搞定，价值观是权势结合所向无敌。所以官哥儿死了后，他很快淡定下来，该偷情偷情，该开宴开宴，当然，对于李瓶儿的身体状况，他还是关心的。

李瓶儿自官哥儿亡故，一蹶不振，得了血山崩的绝症，西门庆为她寻医觅药、求神问卜，皆有凶无吉，无法可处。很快地，把个花朵般的人儿瘦弱得黄叶相似，也不起炕了，只在床褥上铺垫草纸，恐怕人嫌秽恶，叫丫头只烧着香。西门庆本是最重视女子容貌风姿的，这个时候，笑笑生就写出，西门庆对李瓶儿，有超出肉体的一种情感，这种情感就是真正意义上的爱情。

李瓶儿的肉体越来越不堪入目，西门庆见她胳膊儿瘦得银条相似，不但不嫌弃，还守在房内哭泣。再后来李瓶儿实在不行了，西门庆悲恸不胜，哭道："我的姐姐，你有甚话，只顾说。"两个人生离死别，西门庆如刀剜肝胆、剑刺身心相似。

西门庆听报李瓶儿死了，两步并一步奔到前边，但见面容不改，体尚微温，西门庆也不顾她身子底下血渍，两只手捧着她香腮亲着，口口声声只叫："我的没救的姐姐，有仁义、好性儿的姐姐！你怎的闪了我去了？宁可教我西门庆死了罢！我也不久活于世了，平白活着做什么！"在房里离地跳得有三尺高，放声号哭。吴月娘等要趁体软给李瓶儿穿衣服，西门庆还俯身李瓶儿身上，挝脸儿哭，只叫："天杀了我西门庆了！姐姐，你在我家三年光景，一日好日子没过，都是我坑陷了你了！"这是一个财主在哭一个死去的爱妾吗？这确实是超越了生者与死者的身份，是男女间真正大爱的心声。也许在李瓶儿活着的时候，西门庆对她的爱还比较混沌，是爱肉还是爱灵？内心里不那么澄明，李瓶儿死去，仿佛有焦雷令他格外清醒，他

李瓶儿托梦

也才知道自己原来除了爱这个女人一身白肉，还爱她的“仁义、好性儿”，也就是肉体变丑了以后，依然能令他觉得美好的精神存在。有人说《金瓶梅》写的是西门庆的性史，这种概括恐怕片面了一点，是性史，却也是情史。

但是西门庆毕竟不可能因对李瓶儿有真爱，就改变他人性中另一方面的那些秉性。他依然肉欲旺盛，他不是完全不知晓“金国”是“瓶国”陨灭的祸根，但是潘金莲那个肉弹，作为性伴侣，确实能给他最大的满足，他就依然跟潘金莲纵欲，最后死在潘金莲无休止的性索取上。

《金瓶梅》与《锁麟囊》

《金瓶梅》对过年，特别是灯节，有多次细致的描写，展现出那个历史时期市井生活中共享繁华的盛况。

灯节的这种市民共享的繁华，不是依靠官方出资组织，更不可能是市民公摊费用，这里面，那些在市场经济中捞到好处的富商，他们起了最核心的作用，对他们来说，通过灯节在花灯、烟火方面的投资，可以炫耀自己的财富，凸显自己那超越科举金榜题名的新型成功路径，而普通的市民，在灯节期间，他们也乐得欣赏富商所提供的灿烂喧嚣景观，免费享受一番人间梦幻。第四十二回“逞豪华门前放烟火　赏元宵楼上醉花灯”，写西门庆出资，在自家府门前和狮子街大放烟火，与街上人们同乐。书里有段文字，形容街上高级烟火“鳌山”燃放的情景：一丈五高花椿，四围下高朋热闹。最高处一只仙鹤，口里衔着一封丹书，乃是一枝启火。启火萃山律一道寒光，直钻透斗牛边。然后正当中一个西瓜炮迸开，四下里人物皆着……彩莲舫，赛月明，一个赶一个，犹如金灯冲散碧天星；紫葡萄，万架千株，好似骊珠倒挂水晶帘箔……八仙捧寿，名显中通；七圣降妖，通身是火……紧吐莲，慢吐莲，灿烂争开十段锦；一丈菊与烟兰相对，火梨花共落地桃争春……购置燃放这样的“鳌山”，当然是笔很大的开支。这种共享繁华，实际上是社会的润滑剂，有缓解社会戾气的作用。

一位年轻人和我讨论，他问：共享繁华，那不是一种阶级调合的景象吗？我就说，的确，阶级调合一度被认为是一种背弃阶级斗争学说的修正主义主张。大家知道有一出京剧《锁麟囊》，翁偶虹编剧，程砚秋首演，这出程派京剧久演不衰，是春节期间的常备剧目。上世纪五十年代，要给程砚秋拍舞台艺术纪录片，程砚秋就提出来拍《锁麟囊》。但当时文艺部门某负责人认为，《锁麟囊》是一出鼓吹阶级调合的坏戏。《锁麟囊》讲的是这样一个故事：富家女薛湘灵和穷家女赵守贞在同一天出嫁，婚轿途中遇雨，两乘轿一同在春秋亭避雨，赵守贞感到贫富悬殊，痛哭不止，薛湘灵闻知，就把锁麟囊赠予了她，所谓锁麟囊，是绣有麒麟图案的红绸袋，里面装满珍珠宝贝，是薛湘灵母亲祈求她早生贵子，上轿时放在她手中的。没想到几年后薛家所在的地方发大水，薛湘灵与家人失散，流落到另一地与富家为仆，一个偶然的机会，使她登上了那个富人家花园中的一处二楼，赫然发现那楼上供着一样东西，正是那锁麟囊，经那家女主人盘问，才知原来她们就是那同一日出嫁在春秋亭避雨的新娘，现在她们的贫富状况反过来了，当然最后是大团圆的结局，薛家人都赶过来与薛湘灵团聚。程砚秋自己很喜欢唱这出戏，观众也很爱这出戏，不给拍电影，舞台上倒没禁止演出，但是让改剧情，改成薛湘灵赠囊后，赵守贞只收下空囊，退还了囊中所有珍珠宝贝，但这样故事就说不通了。其实现在看来，《锁麟囊》有什么不对呢？如果社会上薛湘灵那样的富人多起来，社会不就能更快地实现均富吗？所以，阶级调合未必不是一种推动社会昌明的路径。《金瓶梅》里所写的社会各阶层人士共享人间繁华，是书中的亮色。不管怎么说，人活着，总要有点乐趣，富人出钱，穷人分享，哪怕短暂，富人满足了虚荣心，穷人饱了眼福耳福，开心就好。这种共享繁华，延续到近当代社会，就是庙会、花会、马路巡游、狂欢节，等等，有这些，总比没有好吧。

春梅大骂树威风

西门庆偷取潘金莲后，把吴月娘的一个大丫头春梅拨给了潘金莲，后来交代，她姓庞。西门庆跟潘金莲过了明话，收了春梅。“潘金莲自此一力抬举她起来，不令她上锅抹灶，只叫她在房中铺床叠被，递茶水，衣服首饰拣心爱的与她，缠得两只脚小小的”。西门庆娶进李瓶儿后，妻妾争宠，“金国”的强悍，就是因为并非一个人在战斗，春梅的战斗力，往往还在潘金莲之上。

春梅虽是拿银子买来的丫头，她的自我感觉，却是主子一般。她最恨别人小看了她，把她跟别的那些丫头一般对待。西门庆要组织个家庭乐队，叫来乐工李铭，让他教习四个丫头各掌握一种乐器，春梅弹琵琶。有天操练，李铭喝了酒，别的丫头全跑到别处玩闹去了，只有春梅李铭在一起，春梅袖口子宽，把手兜住了，李铭把她手拿起，略按重了些，春梅就怪叫起来，说李铭调戏她，来回来去大骂李铭“贼忘八”，“你还不知道我是谁哩”，李铭借酒劲趁机“吃豆腐”固然不可取，但是其行为其实还很轻微，春梅一定要骂得阖府皆知，她的目的，就是要树一己的尊严，把李铭吓得拿起衣服，往外走不迭。这事一直闹到西门庆知道，西门庆就下令不许李铭再进门来。其实在西门庆那样的大宅院里，作为一个拿银子买来的通房大丫头，本不必那样大张旗鼓地树立起凛然不可犯的尊严，春梅借题发挥到淋漓尽致的地步，就是要向各方传递信息，就是她的身份和尊严即使和吴月娘相比也不差分毫，获得西门庆的支持后，她当然就更有心高气傲的底气了。

第七十五回，写了春梅为申二姐的事泼闹。申二姐是个盲艺人，到西门府弹唱娱人，深得吴月娘喜爱。当时西门府常请乐工妓女到家来弹奏演唱，不仅是筵席上必备的节目，也是房中休闲的经常点缀。有个郁大姐，是宅中常来的，大家有些听腻了，申二姐以前没来过，听起来有新鲜感。那天吴月娘外出赴席，在她房里，申二姐为吴大妗子、西门大姐等演唱，春梅那边，潘金莲也赴席去了，有郁大姐为潘姥姥等演唱，春梅就想起来，听说申二姐会唱《挂真儿》，挺好听的，就支使个小厮往大房去唤申二姐，小厮说了句“是俺前边春梅姑娘叫你”，申二姐不去，小厮返回报告了春梅，春梅觉得是小厮没讲清楚，“你说我叫她，她就来了”，那时候春梅经过几场吵闹，已经在府里树起了威严，她以为申二姐必定也认，谁知小厮继续报告说，申二姐明知道是春梅招呼她，但就是不来，而且道出来的逻辑是：这边才是大姑娘，哪里又钻出个大姑娘来了？前面讲过，那个时代人们说话，“姑娘”的含义很多，吴月娘向李瓶儿介绍孙雪娥，说孙是西门庆的“姑娘”，那话语里的“姑娘”，就是小老婆的意思，申二姐话语里的“大姑娘”，指的是吴月娘，意思是正经娶进房的大老婆，申二姐的意思是，你春梅算老儿？“从几时也来叫我”，春梅听了小厮的报告，那申二姐的话语正戳在她心窝上，“一点红从耳畔起，须臾紫胀了双腮，众人阻拦不住，一阵风走到上房里，指着申二姐一顿大骂，道出许多脏话，直骂得申二姐哭哭啼啼收拾衣裳包子，也不等轿子，回自己家去了”。

春梅的这种霸道不羁，建立在西门庆对她的特殊宠爱与宽容上，属于仗势欺人，她的价值观是有问题的，她绝不允许别人把她“看小”，最恨将她视为“丫头辈”的奴才，她虽然没有被西门庆收房，心理上却已经凌驾在所有奴才之上，甚至把一些主子也不放在眼里了，她的心高气傲，不是真正在求得个性解放，而是人性深处有强烈的侵略性与统治欲，这不是一个可爱的女子，而是一个可怕的女子。

春梅罄身出府不落泪

西门庆死了，西门宅进入后西门庆时代。潘金莲和春梅共同爱上了陈经济，三个人一起淫乱。潘金莲究竟对陈经济有多爱？恐怕主要还是当作泄欲的一个渠道吧。春梅似乎对陈经济真有深情。他们的乱伦行为终于被主家婆吴月娘发现。

吴月娘先打发了春梅。当年春梅是薛嫂经手用十六两银子买来的，吴月娘找来薛嫂对她说，你如今拿十六两银子来把她带走就是。吴月娘故意不涨春梅身价，这当然是一种轻蔑，也是一种侮辱，而且叫春梅罄身儿出去，衣服都不让带。潘金莲见薛嫂来领春梅出去，“就睁了眼，半日说不出话来，不觉满眼落泪”。春梅呢？“那春梅在旁，听见打发她，一点眼泪也没有”。至于不让她带出衣服，春梅全无所谓：“自古好男不吃分时饭，好女不穿嫁时衣。”临出门，潘金莲还要春梅去拜辞月娘众人，那春梅却跟定了薛嫂，头也不回，扬长决裂出大门去了。

春梅被薛嫂带走后，吴月娘催薛嫂早日卖掉，薛嫂就说按原价十六两不好卖，最后只有守备府愿意出十二两，她砍价砍到十三两，赔钱卖掉算了。其实薛嫂把春梅打扮起来，送往守备府过目，那守备周秀原来到西门府做客，见过春梅，有印象的，那日看到，“生的模样儿比旧时越又红又白，身段儿不短不长，一对小脚儿，满心欢喜”，便以五十两一锭元宝买下。春梅到了守备府，立即获得守备宠爱。那守备的大娘子一目失明，吃长斋念佛，不管闲事；二房孙二娘生了个女儿，住东厢房；春梅住西厢房，掌管各处钥匙。后来春梅生下一子，取名金哥，大娘子下世，春梅扶正，成为第一夫人。

打发掉春梅没多久，吴月娘就叫来王婆，让她领走潘金莲，也是薛嫂带走春梅的模式，等于是放在王婆那里寄售，卖出后再来兑银子，区别只在于春梅不管是多少银子出脱的，吴月娘只认至多十六两的身价，潘金莲呢，则随王婆去要价发售。潘金莲离府远没有春梅硬气，去拜辞月娘，在西门庆灵前大哭一回，又去孟玉楼房中洒泪而别。由于王婆贪财，延宕了时间，恰好武松回清河，为兄复仇，就把潘金莲和王婆都杀掉了。

武松杀嫂祭兄消息传来，春梅整整哭了两三日，茶饭都不吃，周守备百般劝慰，“使人门前叫调百戏的货郎儿进去，要与她观看，只是不喜欢”。春梅谎称“这死的妇人是我一个嫡亲的姐姐”，命守备亲随张胜、李安妥善处理后事，最后就把潘金莲葬在了守备府香火院永福寺的一棵空心白杨树下，春梅亲去坟前祭奠，放声大哭不已。

西门庆死后，她们都疯狂地爱上了陈经济。潘金莲有一天因不能与陈经济畅快偷情闷闷不乐，春梅就对她说："娘，你老人家也少要忧心，是非有无，随人说去，大娘……她也难管你我暗地的事。你把心放开，料天塌了，还有撑天大汉哩。人生在世，且风流一日是一日。"她劝潘金莲饮酒，因见阶下两只犬儿交恋在一起，说道："畜生尚有如此之乐，何况人而反不如此乎？"潘金莲是行动上的先锋，缺乏理论上的宣示，春梅却能道出这种赤裸裸的享乐主义。潘金莲被杀，陈经济落难后，春梅设法把陈经济弄到守备府里，给陈经济娶葛翠屏为妻，以保持并掩盖她和陈经济的情人关系。

复仇女神庞春梅

春梅是一个阴鸷的复仇女神。她报复西门庆第四个小老婆孙雪娥，手段十分毒辣，不是一下子害死这个仇家，而是先让孙雪娥生不如死。

有论家认为，春梅也有善良的一面，吴月娘那样冷酷地将她罄身出户，她成为守备夫人后，与吴月娘在永福寺邂逅，她以礼相待，后来吴月娘被恶仆诬陷，她通过周守备为吴月娘解危，吴月娘下帖子请她，她乘四人大轿前往，构成第九十六回"春梅姐游旧家池馆"的情节。这不就写出了春梅狭隘、狠毒的另一面吗？我的看法是，春梅就是有善，那善也还是没有恶充沛。吴月娘骂她奴才，让她罄身出府，将她的价值归零，她是不会原谅的。她后来不是以德报怨，不是宽宏大量，她依然是报复，只是她深知对吴月娘的报复，不能使用对孙雪娥同样的方式，毕竟吴月娘的身份在那里，西门庆的余威也没有消尽。

那么，好，时过境迁，你吴月娘死了丈夫，树倒猢狲散，连仆人都能让你陷于窘境，怎么样，到头来你得求到我这里来吧？现在我们不仅能平起平坐，而且，作为官势煊赫的守备夫人（后来更成为统制夫人），实际上已高高在上了，你吴月娘得下帖子请我，我罄身出府的人，现在要四抬大轿抬来，你当时不让我带一件衣服出去，现在我"戴着满头珠翠金凤头面钗梳，胡珠环子，身穿大红通袖四兽朝麒麟袍儿，翠蓝十样锦百花裙，玉玎珰禁步，束着金带"，"军牢执藤棍喝道，家人伴当跟随"，你怎么样呢，屁颠屁颠"迎接至前厅"。"姐姐"长"姐姐"短地奉承。这种报复方式，其实远比那把孙雪娥买进府里，将其撮去鬏髻，剥了上盖衣裳，打入厨下，更其残酷，这是"橡皮钢丝鞭"抽人，是软刀子剜心，是刺透其自尊、压碎其威严的手段。春梅越在吴月娘面前自谦，故意"向吴月娘插烛也似拜下去"，口称"奴"如何如何，越具有杀伤吴月娘心灵的力度。

春梅游旧家池馆

周守备虽然宠爱春梅，但时常要外出为朝廷效力，忙得团团转，而且年纪渐老,性欲减退,哪里能满足春梅?春梅依赖他过着阔绰体面的生活,其实并不爱他,春梅以兄弟的名义把陈经济找进府内,得便就与陈经济做爱,但为掩饰,也不得不为陈经济娶进葛翠屏作为"兄弟媳妇",陈经济对春梅当然不必专一,后来在临清与人合开大酒楼,在那里与韩爱姐一见钟情,包养起来,春梅的性生活并不能十分惬意。陈经济被张胜杀死后,春梅大惊恐,大失落。守备升了山东统制,带兵出征,春梅虽然有锦衣玉食的生活,却没有纵欲的对象,就想与府主的亲随李安做爱,李安是杀死张胜的人,一条好汉,被春梅看中也很自然,让人送去衣物银子,但李安不受诱惑,离府投奔他的叔叔山东夜叉李贵去了。春梅不得已求其次,见老家人周忠次子周义,年十九岁,生得眉目清秀,就勾搭上,谁知不久周统制战死沙场,春梅欲壑难填,常留周义在香阁中,淫欲无度,就在她满了二十九岁,伏暑天里,人们发现她搂着比她小十岁的周义在床上,呜呼哀哉了。笑笑生把春梅写成一个女中西门庆,性欲超强,最后在癫狂的做爱中死去,这个结局,颇令人心悸。

金、瓶、梅,这三个女性的生命史,构成了此书的主体内容。李瓶儿,特别是嫁入西门府的瓶,喜欢她的读者可能不少。潘金莲,她的可恨之处与可爱之处杂糅在一起,也还有喜欢莲的读者。我不知道有多少读者喜欢春梅?我个人真是不能喜欢梅。我觉得这是一个把其人性恶宣泄得相当充分的女子,作者在刻画她的狭隘、自私、暴躁、狠毒、冷酷、阴鸷方面,真是力透纸背。

吴月娘的"王牌"

西门庆原配陈氏,生育西门大姐后死去,填房的正妻吴月娘,是清河县左卫吴千户之女，因为生在八月十五，所以小名月娘。按当时社会的一般价值观，是不怎么门当户对的。那个社会的主流价值观，要求对皇权忠实，读经守礼，积极通过科举考试去谋求官职。我们读了《金瓶梅》就发现，在西门庆这座七间门面、五进院落并且附有大花园的宅院大门内，并没有对皇权的真正尊重，没有什么政治上的忠实，西门庆不读书，对封建礼法不懂更谈不到敬畏遵守，当然也绝无参与科举考试去谋求功名的意识和举措，西门庆对某些朋友确实也还算厚道，但是在商业经营中他唯利是图，他利用和尚道士却不信鬼神，他深信一切都可以用银子来搞定。西门庆是一个经济强人。吴月娘嫁给他以后，深知他的强悍，多次当面背后称他为“强人”。

吴月娘是一个恪守封建礼教的女性。她非常珍视自己是以女儿身出嫁到西门庆家的，她和潘金莲正面冲突，就忍不住喊出：“我当初是女儿填房嫁他，不是趁来的老婆。那没廉耻趁汉精便浪，俺每真材实料，不浪！”强调自己“真材实料”、“不浪”，那便是她的“王牌”。

笑笑生没有把吴月娘写成一个概念化的人物。她的恪守封建礼教，守身如玉，和潘金莲的自我身体解放，放荡不羁，都被写得真实自然。作为大宅门里面的主家婆，吴月娘持家还是很有一套的。虽然妻妾争宠，明争暗斗，风波迭起，麻烦不断，吴月娘在其中大体能够做到收放自如，保持平衡。潘金莲进谗言，一度弄得她和西门庆彼此见面都不说话，但是吴月娘并没有丧失自己作为主家婆的责任心。第二十一回写她扫雪净地燃香祝祷，重点是“不拘妻妾六人之中，早见嗣息，以为终身之计”，这种无私为夫的思想行为，被西门庆暗中看到，被感动得一塌糊涂，忍不住快步向前，双手抱住吴月娘，夫妻和好。她以平时的低调，换取关键时刻的磁吸效应。

在吴月娘的维系下，西门庆大宅门里也曾有过一些家族和谐同乐的情景。她曾在天井内带领孟玉楼、潘金莲、西门大姐跳马索儿(跳绳)，又在花园中设置秋千架，带领众妾小一起荡秋千戏耍。她扫雪烹茶和西门庆结束冷战后，众小老婆凑份子为她和西门庆开宴添欢，一时似乎十分地祥和甜蜜。

西门庆临去世，嘱咐吴月娘："我死后，你若生下一男半女，你姊妹好好待着，一处居住，休要失散了，惹人笑话。"

西门庆死的时候，吴月娘生下了一个男孩，取名孝哥儿。吴月娘虽然执意守寡抚儿护家，却很快面临一系列危机。她发现了女婿陈经济与潘金莲和春梅的奸情，组织家中丫头媳妇们痛打陈经济，陈经济最后不辞而别。几个小老婆，李娇儿率先离府归院，临归院前还偷走了府中银两，后来改嫁到张二官家，还是二房。孙雪娥起初似乎老实，后来跟仆人旺儿潜逃。吴月娘先把跟潘金莲沆瀣一气的春梅罄身逐出，然后找来王婆，将潘金莲拿去"寄售"。

第九十一回写孟玉楼也终于改嫁出府，西门庆的五个小老婆全都离散，吴月娘从李衙内娶孟玉楼的婚宴回来，"因见席上花攒锦簇，归到家中，进入后边，院落静悄悄，无个人接应，想起当初西门庆在日，姊妹们那样热闹，往人家赴席来家，都来相见说话，一条板凳坐不了，如今并无一个儿了。一面扑着西门庆灵床儿，不觉一阵伤心，放声大哭"。这个时候，潘金莲之刻薄狠毒，李娇儿之婊子心肠，孙雪娥之颟顸无耻，都可以忘怀，毕竟她们也曾一起荡秋千、玩骰子、饮酒听曲、赏雪观灯……人在深深的孤独中，那就连昔日对头想起来也是亲切的。笑笑生非常准确地刻画了吴月娘在那一刻的灵魂悸动。

孟玉楼不愿耽搁青春年少

孟玉楼在第七回出场，这一整回书，使《金瓶梅》文本彻底脱离了《水浒传》文本，市井气息扑面而来。媒婆薛嫂儿找到西门庆，来给他说媒。说的是西门外死了的布贩杨宗锡守寡的正妻，那就是孟玉楼。薛嫂先夸她的富有，再夸她的相貌，特别强调她“又会弹一手好月琴”，总有论家说西门庆娶女人是他获取财富的手段，其实就孟玉楼的这些财富，西门庆未必看重，笑笑生特别点明：“西门庆听见妇人会弹月琴，便可在他心。”

孟玉楼守寡的时候，公婆没有了，关于她能不能改嫁，杨家的长辈，有两位有资格表态。一位是杨姑娘（姑娘在这里指孟亡夫的姑妈），一位是张四舅。前者支持她改嫁，后者出面阻挠，而目的都是为的钱财。书里写杨姑娘和张四舅唇枪舌剑，不熟悉那个时代、那个阶层、那种性格的作者是绝对写不到位的，《金瓶梅》的作者却使那场互骂几百年后活现在我们眼前耳边。

孟玉楼冲破张四舅阻拦，终于如愿嫁入了西门府。在与府主和其他妻妾相处的过程中，她坚持不卑不亢、不争不让、见好就收、少刚多柔的处事态度。她尽量维护吴月娘的自尊心，当她得知西门庆和吴月娘结束冷战和好的消息后，主动发起了赏雪欢乐宴，把五房小老婆都发动起来，大家凑份子孝敬府主夫妇，到头来大家围坐一起,酒宴上一时呈现出家庭最和谐畅美的一幕。潘金莲算计来算计去,孟玉楼不是她的威胁,因此“金国”特别待见“孟国”,孟玉楼也就欣然与潘金莲交好,两个人经常手拉手走来走去,有的特别刻薄的话,潘金莲只跟孟玉楼说,孟玉楼从未去告密。

西门庆死后不久,一度只剩下吴月娘和孟玉楼守着破败的西门府,吴月娘起初以为孟玉楼能跟她守节到底,孟玉楼表现得也还恬淡自若,但是,清明上坟回来路上,在杏花庄大酒楼歇脚,被知县儿子李衙内(李拱璧)遇到,惊艳的因素之一,是她的长挑身材,于是李家派官媒婆陶妈妈去说媒,孟玉楼那天其实也注意到了李衙内,彼此两情四目都有意,再听了媒婆吹嘘的情况,心动了,觉得“男子汉已死,奴身边又无所出,虽故大娘有孩儿,到明日长大了,各肉儿各疼,闪的我树倒无阴,竹篮儿打水……我不如往前进一步,寻上个落叶归根之处。”于是下了决心,吴月娘见孟玉楼口中否认,脸上飞红,知道留不住,便又让薛嫂参与,作媒把孟玉楼嫁给了李衙内。

孟玉楼的一生三嫁,与李瓶儿的四嫁还有所不同,李瓶儿属于特例,孟玉楼前两次守寡都是丈夫病亡,她的形象,反映出在那个时代那种社会,虽然主流意识形态仍是要求妇女“从一而终”,在夫亡后照那种礼教规范度过余生的寡妇也确实不少,吴月娘就是一例,但是,随着社会流通性的增强,人们的意识也渐渐有了变化,对“从一而终”的质疑、否定不再是多么忤逆的事,杨姑娘力主孟玉楼改嫁,打出的观念牌就是“她少妇嫩肉的,你拦着不教她嫁人做什么”,西门庆死后,孟玉楼与李衙内邂逅,李衙内遣媒婆来说亲，孟玉楼的心理活动包括“只顾傻傻的守些甚么，到没的耽搁了奴的青春年少”，吴月娘自己虽然立志守寡，对孟玉楼“忽剌八要往前进嫁人”，也并没有批判的力度，“此是各人心里事，奴也管不的许多”，就不充当阻力，成全了孟玉楼的“前进嫁人”，孟玉楼嫁往李家时，满街人围观，“也有说好的，也有说歹的”，关键是有人公开说好，就是观念上不以为寡妇再醮是伤风败俗，实际上那时候寡妇改嫁已经成为司空见惯之事。孟玉楼的一再为不耽搁青春年少而改嫁，是一种社会在逐渐进步的图像。

孙雪娥难获怜悯

按说西门庆已经娶进了长腿大美人孟玉楼，又勾搭了容貌堪称完美的潘金莲，也待娶来，他大可不必将原配陈家娘子的陪嫁丫头，一个每日上灶的五短身材的孙雪娥，戴鬏髻收房，使其成为第四房小老婆。

孙雪娥与潘金莲和春梅交恶。第十一回详细展开描绘了荷花饼事件。西门庆在潘金莲房中，一早点名要吃荷花饼和银丝鲊汤，这超出了常规早餐的配置，烹制起来比往常供应的早餐慢，潘金莲让大丫头春梅去厨房催要，春梅不去，潘金莲就跟西门庆反映，春梅之所以不愿意去厨房，就是因为孙雪娥放了话，说潘金莲和春梅“俏一帮儿哄汉子”，于是西门庆让粗使丫头秋菊去厨房催，秋菊去了两顿饭工夫，荷叶饼等早餐还没送来，潘金莲只好让春梅再去厨房，春梅去了，并没有马上跟孙雪娥过话，只骂秋菊，而且告诉大家“急得爹在前边暴跳”，孙雪娥抱怨说：“锅儿是铁打的，也等慢慢儿的来，预备下熬的粥儿又不吃，忽剌八新兴出来要烙饼做汤，哪个是肚里的蛔虫?”春梅回去汇报给西门庆听，西门庆听了大怒，走到后边厨房里，不由分说，踢了她几脚，骂她，西门庆还没走远，她就跟厨房里的人抱怨，诅咒潘金莲和春梅，惹得西门庆听见又转回来打她几拳，令她疼痛难忍，放声大哭。于是孙雪娥跑到吴月娘房里告诉，想从吴月娘处获得同情甚至支持，不是不可能的，但孙雪娥再一次犯战略战术上的错误，在攻击春梅的时候，把矛头再一次连带指向西门庆，恰巧潘金莲在窗外潜听，晚上西门庆回来，潘金莲一撒娇哭诉，惹怒西门庆，一阵风走到后边，采过孙雪娥头发，尽力拿短棍打了她几下，从此“孙国”委顿。不久潘金莲告发她跟仆人旺儿私通，西门庆于是又把她打了一顿，拘了她的头面衣服，只叫她伴着家人媳妇上灶，不许她见人，“孙国”正式灭亡。

孙雪娥的自救之途，就是放弃被西门庆宠幸的妄想，另寻生命本能的欢乐。她与男仆旺儿交欢，虽然事漏被罚，她并不后悔。西门庆死后，她懂得讨吴月娘欢心是要紧的，总算在处理人际关系上，有了比较正确的战略战术。一日，她在门外站立，听见有摇惊闺的过来，惊闺就是一串铁片，摇动起来声响能惊动宅门里闺房的妇女，孙雪娥招呼那汉子，那汉子上下打量孙雪娥，原来那不是别人，就是旺儿，他被西门庆买通官府流放后，绕了一圈，又返回清河，在一家银铺当伙计，这样一对往昔的情人就重逢了。后来旺儿携孙雪娥潜逃，两人被捕，押去见官，当下轰动了一街人观看。旺儿被判罪“准徒五年”，孙雪娥退回西门家，吴月娘不收，知县就叫官媒人来，将孙雪娥当作罚没物公开官卖，买主是守备府，府主婆竟是仇家春梅，春梅将她买来后，立即撮去了鬏髻，剥了上盖衣裳，打入厨下烧火做饭，对她身心进行双重虐待。后来春梅觉得她碍事，借口其做的鸡尖汤非淡即咸，剥衣痛打后让薛嫂领走再次发卖。孙雪娥就沦为了娼妓。酒家店坐地虎刘二，有个姐夫张胜，是守备府亲信，常到那酒家吃喝玩乐，张胜恋上了孙雪娥，本来，似乎在与旺儿的恋情失落之后，孙雪娥能获得另一段恋情，那也总算是她沦落娼寮后的一种命运补偿吧，谁知张胜在守备府杀死陈经济，被逮后登时打死，他的亲戚坐地虎刘二被锁拿也被打死，孙雪娥在恐惧中上吊自杀，结束了她的一生。

孙雪娥是一位被侮辱与被损害的女性。她本应获得理解与同情。但《金瓶梅》的读者恐怕很少有对她生出好感的。她的颟顸、狭隘、短视、浅薄、粗鄙、低俗，都令人难以忍受。到清代，《红楼梦》里有个赵姨娘，似乎就有孙雪娥的基因，明明是可怜人，却怎么也难获别人怜悯心。

李娇儿归院

西门庆和妓院的关系十分密切。那个时代那种社会，像他那样的财主，要么到妓院里去随喜，要么把妓女叫到家里来陪酒唱曲，要么在妓院常包所喜欢的妓女，要么干脆把看中的妓女娶进门来当小老婆。卓丢儿、李娇儿就是他从妓院娶进门来的，卓丢儿死掉了，李娇儿在他死亡前，一直是他的二房。

西门庆刚刚死亡，吴月娘便腹疼产子，家中大乱，李娇儿趁吴月娘昏沉，从开着盖的箱子里，偷出五锭元宝，后来更陆续把屋里的细软金银通过兄弟李铭传递出去，她本是从丽春院出来的，院里鸨母传话给她："人已是死了，你我院中人守不的这样贞节，自古千里搭长棚，没个不散的筵席……常言道，扬州虽好，不是久恋之家。”她就急于归院。有天借口吴月娘在上房请大妗子吃茶，请了孟玉楼没请她，就借题发挥，和吴月娘大闹大嚷，又拍着西门庆灵床子，啼啼哭哭，叫叫嚎嚎，半夜三更佯装要上吊，吴月娘只好放她出去。归院不久，她就又嫁到张二官家做二房去了。她那时已经三十多岁，瞒了岁数，瞒不了色衰，书里她出场时就形容她身体沉重，张二官怎么会要她？原来那张二官张懋德是个有名的丑男，“麻着个脸弹子，密缝两个眼”，磕碜之极，真正的年轻美女谁愿跟他？李娇儿于他而言，也已是老花插牛粪了。

西门庆出入最频密、沉溺得最久的妓院，就是丽春院。李娇儿出自那里，其兄弟李铭是乐工，自己到达官贵人家里弹唱，也教习院里妓女和富人家丫头弹唱。李娇儿有两个侄女，大点的叫李桂卿，小点的叫李桂姐。李桂姐在书里戏份不少。西门庆在一次作客赴宴，席上见到李桂姐，很喜欢，就决定梳拢她。所谓梳拢，就是对雏妓实行包养。在那之前，雏妓可能真的只是席上弹唱，卖笑未卖身，有钱人来出资梳拢，就说明她开始卖身了。当时妓院里嫖客梳拢妓女，就跟举办婚娶似的，搞得很隆重，仪式感很强。西门庆拿出五十两银子、四套衣裳梳拢李桂姐，消息传到李娇儿耳里，她什么反应呢？李桂姐是她亲侄女，她丈夫去跟她侄女睡觉，按说她就是不敢生气，也该觉得尴尬，但是，书里写明：“那李娇儿听说要梳拢她的侄女儿，如何不喜？”而且平日极其吝啬的她，献出一锭大元宝，拿到院中打头面、做衣服、定桌席。当时丽春院鸨母是李三妈，已经半身不遂，应该是李娇儿姐姐辈的。李娇儿为什么会是那么个反应？因为无论在院还是嫁出的妓女，都有"院本位"思维，院里生意火，大家都有利，"众人拾柴火焰高"，为了笼络住西门庆这个豪客，先投入，再产出，是值得的。西门庆死后，李娇儿归院心切，归后不久又嫁张二官，妓院又是一笔生意，而李娇儿在张二官那里，也一定还是"人在曹营心在汉"，保有"早晚还是院里的人"的意识，如果她又从张二官那里归院，很可能就接过李三妈的衣钵，把丽春院继续经营下去。当皮肉成为一种生意，就会出现这样的意识，对这样的人物，我们不必感到惊奇。

书里写到，妓女在西门庆宅院里穿堂入室，直到主人居室深处，有时干脆就留宿在那里，李桂姐拜吴月娘为干妈，吴月娘竟接受，后来李桂姐不顾西门庆包养期间不能再接别客的约束，另接南方客商，西门庆大闹丽春院，但再后来却又赔罪和好，诸如此类的描写，把明代末期商品经济发展到一定程度，儒家礼教在社会生活的某些区域已然土崩瓦解、道德沦丧之下无不可以买卖的社会怪象，揭示得淋漓尽致。

作家笔下的妓女多正面?

想讨论一个文化现象，就是为什么中外古今在文学艺术作品中，妓女往往不但获得同情，甚至屡被歌颂？作为正面形象出现的妓女，数量大大超过作为反面形象出现的妓女，这是为什么？

我也算接触中外古今文学艺术作品比较多的人了，我想来想去，只想出一个反面的妓女形象，就是《水浒传》里的阎婆惜。而不用太动脑筋，正面的妓女形象，就层出不穷。

中国唐代，出现了最早的小说，白行简《李娃传》里面的妓女李娃，就是一个争取恋爱自由的正面形象。到元代，戏剧家关汉卿的剧本《救风尘》里面的妓女，也是一个正面形象。到了明朝，出现了短篇小说圣手冯梦龙，他的《杜十娘怒沉百宝箱》和《卖油郎独占花魁》里面的妓女杜十娘和花魁，都非常正面……明末清初的所谓“秦淮八艳”，就是八个妓女，几乎都被认为是正面人物，特别是李香君，孔尚任的剧本《桃花扇》把她塑造成一个深明民族大义的女性，还有柳如是，关于她的文字很多，像现代学者陈寅恪，他花大力气撰写的《柳如是别传》既是学术著作，也是文学作品，对柳如是不仅是正面评价，简直奉为一代人杰。

外国文学作品，首先会想到的《茶花女》，那是法国小仲马的小说，后来转化为歌剧、电影等其他艺术形式，流布全球。《茶花女》写的是什么？是嫖客和妓女的爱情故事呀！里面的妓女玛格丽特，她对亚芒爱情上的专一、忠贞，感动了全球不同民族的众多读者。法国莫泊桑的《羊脂球》，他写了一马车的法国人，除了妓女羊脂球是个正面形象，其他身份高贵的人士几乎全都灵魂丑恶。至于法国雨果《悲惨世界》里的妓女芳汀，就更如污泥中生出的莲花了。俄罗斯的列夫·托尔斯泰的那部长篇小说《复活》，批判的是所谓身份纯洁高尚的贵族人士，同情、肯定的却是所谓身份不洁的罪人妓女玛丝洛娃。同是俄罗斯的陀思妥耶夫斯基，他在长篇小说《罪与罚》中塑造的妓女形象索妮雅，以及《白痴》中塑造的妓女形象娜斯塔霞，岂止是正面，那简直都是圣女，以心灵的善美，照亮了男主人公的人生。

中国现代剧作家曹禺剧作《日出》里的三等妓院的妓女翠喜，在舞台上总由最出色的女演员扮演，也是个被肯定的正面形象。

老舍的小说《月牙儿》、剧本《茶馆》里的妓女小丁宝，也都是被当作正面人物来塑造的。

为什么对待妓女，中外古今有许多文学艺术家创作了那么多对之同情、理解甚至予以歌颂的作品？我所想到的，只是因为妓女，不管怎么说，大体都属于被侮辱、被损害的弱势社会群体，道德家可能会鄙视她们，但文学艺术家一般都天然地同情被侮辱、被损害的弱势社会群体，因此很少拿妓女开刀，来加以揭露、批判，在设置角色时，一般就都赋予她们正面的价值。

现在回过头来说说《金瓶梅》里对妓女的刻画。没有哪一个妓女角色如阎婆惜那样，置男人于死地，激起男人先下手为强的冲动。也没有哪一个妓女角色如茶花女那样以纯情，或者如翠喜那样以控诉，来从正面打动我们。笑笑生就是中性叙事，冷描绘，不歌颂，也不批判，他就是非常真实地写出了这样一些妓女，挟带着她们人性中的全部因素，小善小恶，非善非恶，嫉妒排他，精心自保，易变易忘，随波逐浪……走跳在她们那脂粉人生的途程上。其实，像笑笑生这样来写，是最难的。文学艺术中最难达到的一种境界，是逼真。《金瓶梅》做到了。

西门庆的女婿陈经济

陈经济是东京陈洪的儿子，娶西门大姐为妻，陈洪是朝廷重臣杨戬的同党，也是亲家，陈洪随杨戬在政治斗争中失利，陈经济和西门大姐投奔到清河岳父西门庆家避难，西门庆也被列在了缉拿归案的名单中。后来西门庆花大代价贿赂脱祸，陈经济和西门大姐仍留在清河西门庆家中。

陈经济初到西门庆家还算勤谨，被委派管理店铺账目，西门庆脱祸以后恢复了花园的建造，他又和伙计贲四一起负责监工，他和西门大姐住在前院厢房里，西门大姐白天到后院跟吴月娘等一起吃酒，晚上归前边厢房歇息，陈经济因为是男子，辈分也低，未经呼唤，不能进入后几进女眷居住院落，他的饮食，由里面小厮端出来给他。吴月娘有天就提出来，应该慰劳慰劳才是，孟玉楼立即附议，于是安排了一桌酒馔点心，请陈经济进后边来吃一顿午饭。既进了后边，也就不仅一起吃饭，还一起娱乐，起初是吴月娘、孟玉楼和西门大姐抹骨牌，陈经济在一旁观看，后来陈经济换下西门大姐，一处玩耍，吴月娘只觉得陈经济是个“至诚的女婿”，又是至亲，毫无防范，其实陈经济“自幼乖滑伶俐，风流博浪牢成”，更有致命秉性：“见了佳人是命。”陈经济正玩着，忽然有个人掀帘子走进来，笑嘻嘻道：“我说是谁，原来是陈姐夫在这里。”吴月娘哪里想得到，她无意中引狼入室，从此内帏添乱。书里这样写陈经济和潘金莲的初次见面：听到潘金莲的笑语，慌得陈经济扭颈回头，猛然一见，不觉心荡目摇，精魂已失，“正是：五百年冤家相逢遇，三十年恩爱一旦遭逢”。

陈经济的不轨行为，竟然在西门庆死亡前都没有被西门庆、吴月娘两位发现。西门庆丧事期间，陈经济和潘金莲就公然苟合，后来潘金莲更让春梅加入，三个人一起淫乱。潘金莲搞得肚子大了，让陈经济找来堕胎药打下一个成形的男胎。吴月娘终于发现了奸情，采取措施，把他们阻隔开，陈经济当然很不满意，有一天就故意当众暗示孝哥儿是他的种，吴月娘听了半日说不出话来，往前一撞，就昏倒在地，不省人事。吴月娘在孙雪娥主张下，七八个妇人将陈经济按在地下，拿棒槌短棍打他，陈经济为了逃走，居然采取了脱裤子的办法，他的荒淫无耻达于极点。陈经济自知在西门府里再无法立足，就收拾衣服铺盖，也不作辞，使性儿出离，径往母舅张团练家他旧房子里住了。西门大姐被他抛弃在西门府里。

出离西门府以后，他去王婆家看望被驱逐出府的潘金莲，打算把潘金莲买出来，改名换姓一起生活。王婆告诉他非一百两银子不放人，他就雇头牲口骑着上东京父亲家取银子去了。半路上遇见家人陈定，告诉他其父陈洪病重。那时候朝廷册立东宫，实行大赦，他父亲得以释放回家，但回家不久就病死了。回到家，他母亲就让他将父亲灵柩移回老家埋葬。陈经济心里想的只是尽快回去娶潘金莲，就对母亲说，如今路上盗贼很多，如果又运灵柩又运细软箱笼，很不安全，不如他先运细软箱笼过去，收拾好房屋，过了年，母亲和家人再把父亲灵柩运过去，那时再郑重安葬不迟。他母亲听了同意，他就押着细软箱笼回清河了，他清河的住所是母系张家的旧宅，他母舅听说他母亲并父亲灵柩都要来清河，就主动搬走了，这样陈经济就满心高兴，他的计划是，用带回的一部分细软箱笼备出一百两银子，去王婆那里把潘金莲娶来，母亲一贯溺爱他，他一纸休书休了西门大姐，母亲也拦不住，然后，他还要一纸状子把吴月娘告到官府，追要当年他从东京运到西门府的东西。

陈经济混到一贫如洗

陈经济的如意算盘，首先落空的，就是迎娶潘金莲。他回到清河，找到王婆住所门首，见到的是悬赏杀人者的榜文，和街旁草草埋葬的两具尸首，慌得奔走不迭。

陈经济扬言要告吴月娘，索要当年寄放到西门庆家的财产。吴月娘就把西门大姐和床奁箱厨陪嫁之物一齐送过去，陈经济就说光送陪嫁妆奁不行，咬定还有他家寄放的细软金银箱笼，吴月娘派办事人回复当年带来的都交还了，陈经济又索要丫头，最后吴月娘只好把一个丫头元宵儿送去给他。西门大姐到了陈经济那里以后，三日一场嚷，五日一场闹。他问母亲要本钱做买卖，为银子的事跟舅舅闹翻，母亲气病，但也只得兑出三百两银子，在家门口开了个布铺。陈经济轻信了狐朋狗友杨大郎，名唤杨光彦，绰号铁指甲，又逼母亲出银二百两，陈经济就和杨大郎合作往临清贩布去。

到了临清，哪里认真做买卖，只在娼楼鬼混，看上了妓女冯金宝，用一百两银子把冯金宝娶回了家，他母亲张氏一看生意没做成，倒带了个妓女回来，被活活气死。

他更生邪念。那时候孟玉楼已经嫁给了李衙内，李衙内父亲升任浙江严州府通判，全家迁到了严州。陈经济当年在西门府花园拾到过孟玉楼的一根簪子，他就打算到严州去，拿那簪子讹诈李通判，就说孟玉楼当年跟他有奸，带去的细软金银箱笼，都是他当年从东京带过去的寄存物，他希望最后能有人财两得的结果，就是文官通判胆小怕事，让李衙内让出孟玉楼和那些带去的东西。于是他从母亲遗留的箱子里寻出一千两金银，留下一百两给冯金宝，自己带着九百两，伙同杨大郎，还有家人陈安，前往湖州贩了半船丝绵绸绢，来到清江浦码头，湾船投店，就跟杨大郎说，有个姐姐在严州府，要顺便去看望，让杨大郎在店里等候他们三五天。他带着陈安到了严州找到李通判家，佯称是孟玉楼兄弟，孟玉楼见到他很吃惊，那不是西门大姐的丈夫吗？孟玉楼还是接待了他，趁李家其他人不在跟前，陈经济就拿出那根簪子，实施讹诈，孟玉楼沉着应付，他让孟玉楼携带金银细软跟他上船远遁，孟玉楼将计就计，约他当晚从后门带金银细软出来随他而去。谁知那晚去了后门，墙内有孟玉楼咳嗽声，抛出一条索子系个大包袱，里面有二百两银子，他正高兴，一阵梆子响，才知中计，被拿到衙门里去了。亏得审案的官员轻信了他的辩解，将他释放，李通判觉得大失颜面，后来夫人做主，命李衙内回河北原籍攻读备考，孟玉楼随去。陈经济讹诈未成，侥幸脱险，但是回到清江浦陈二店中，杨大郎和货船都不见踪影了。

他衣衫褴褛地回到家中，派家人寻找杨大郎不得，而西门大姐和冯金宝一直闹气，那日两个女子又对骂，他偏向冯金宝，说西门大姐“你还不值她个脚指头儿”，把一腔贩卖讹诈均失利的恶气爆发出来，一把手揪过大姐头发来，拳打脚踢，打得西门大姐鼻口流血，当晚，西门大姐就上吊自杀了。

吴月娘听到西门大姐死讯，率领家人、小厮、丫鬟、媳妇七八口，到陈经济家将他拿住，揪踩乱打，去报了官，知县原来判陈经济绞刑死罪，后来陈经济把布铺本钱连同西门大姐头面凑成一百两银子，知县接受了贿赂，改判陈经济准徒五年，运灰赎罪。冯金宝归院走了，家中财物丧尽，房子也典了，家人也散了，去找杨大郎问半船布的事，杨大郎躲避，只让兄弟杨二风出来应对。那杨二风是个地痞流氓，陈经济怎对付得了，最后，两个丫头一个卖了一个死了，只剩单身独自，一贫如洗。

陈经济的八次奇遇

后西门庆时期，陈经济沦落到街头乞食。

于是，陈经济就有几次奇遇。

第一次，遇见了县里慈善家王杏斋。老人见他可怜，给他吃的穿的，又给他钱，让他租半间房子住，提篮小卖糊口过日子，他呢，每天到酒店、面店消费，也不好好做小买卖，被巡逻的当土贼捉去，落了一屁股疮。王杏斋又捐助他一回，他又很快吃了喝了。第三回遇上，王老人就介绍他到临清码头的晏公庙去安身。

第二次，到了晏公庙，方丈任道士手下本有个弟子叫金宗明，是个酒色之徒，一次把陈经济灌醉，晚上就把他鸡奸了。陈经济要求金宗明给他好处，金宗明在方丈前为他说好话，陈经济有了银钱度牒，就到临清码头上游玩，在那里又与冯金宝邂逅。一日，陈经济正跟冯金宝在屋里鬼混，地痞刘二骂上楼来，问冯金宝讨要房钱，劈头就打，看见陈经济，也一顿暴打，最后叫来地方保甲，把陈经济、冯金宝一条绳子拴了，押到守备府审问。

第三次，在守备审问时，守备亲随张胜抱着金哥玩耍，守备判陈经济打二十棍，动刑时，金哥一旁偏要他抱，大哭大闹，惊动了府内的春梅，春梅出来到软屏后观觑，发现那道士是陈经济，就让张胜请守备回后堂，告诉守备那个道士是自己姑表兄弟，守备就把陈经济放了。陈经济要回晏公庙，有人告诉他，那任道士因为他的事，刚刚气死了。陈经济就又回清河县去了。

第四次，陈经济回到清河县，一天，忽然在街上看见杨大郎骑匹驴儿，穿戴体面，小厮跟着，正从街心走过来，就上前拦住，追问当年偷拐他半船货的事情，那杨大郎杨光彦全不认账，并且和小厮一起推打陈经济。

第五次，就是当杨光彦欺负陈经济的时候，有个人站出来解救了他。那人就是飞天鬼侯林儿。陈经济睡冷铺时就认识他，并且被他玩弄过。侯林儿是个包工头，那时正带领一群工人在城南水月寺起盖伽蓝殿，他招待陈经济一顿酒饭后，就让陈经济跟他去做工。

第六次，三月中旬天气，陈经济正与众人抬出土来，在山门墙下倚着墙根向日阳，蹲踞着捉身上虱虮，只见一个人骑着一匹黄马，手中提着一篮芍药花儿，从那边过来。那过来的是周守备的亲随张胜。张胜那天见到陈经济，猛然跳下马来，向前深深地唱喏，把陈经济吓了一跳，连忙还礼不迭。原来是守备夫人庞春梅命令张胜一定要把陈经济找到，张胜于是请陈经济上马，将他驮入守备府去了。

庞春梅陈经济在守备面前姑表姐弟相认。春梅和陈经济在府中偷情，为遮人眼目，春梅为他娶进了开缎子铺的葛员外的女儿葛翠屏。守备被调往济南，临行建议陈经济做生意，春梅支持。

第七次，陈经济在街上遇到旧时朋友陆二哥陆秉义，道出杨光彦侵吞他半船货物的事情，陆秉义告诉他，那杨大郎已经用侵吞的货物赚的银子在临清码头开了一座大酒店，给陈经济出主意，把杨光彦告到官府，追回货物银子，夺过酒楼，和一位谢三哥合伙，经营起来，委付陆秉义做主管。

第八次奇遇，就是在临清大酒楼与往日和西门庆家有瓜葛的韩爱姐相逢。地痞刘二妨碍他的新恋情,刘二是张胜小舅子,他竟不念张胜之恩,把张胜在临清包占孙雪娥的事情讲给春梅,他和春梅关于决定待守备回来就结果张胜的谈话,恰被张胜偷听到了,于是张胜去取刀,春梅恰好因丫头来报金哥抽风离去,张胜返回,就把刘二杀了。

陈经济是书中的"男二号",戏份极多,故事极为曲折复杂。对比于西门庆,这个人物简直一无是处。或许,当代读者可以从这个角色形成这样的认知:人,不可以这样生存。

奇怪的韩道国一家

西门庆在狮子街开了个绒线行,雇了一位叫韩道国的来任经理,在街上爱掇着肩膊摇摆,人们就给了他个绰号:韩一摇。他媳妇是王屠的妹子,排行第六,可称王六儿。

这王六儿长挑身材让人想起孟玉楼,瓜子脸让人想到潘金莲,但她有自己的特色,就是紫膛色面皮。

韩道国兄弟韩二,绰号二捣鬼,趁他不在家,跟王六儿通奸被街坊捉住,扭送官府,围了一街人看热闹。韩道国顿时慌了,最后跪到西门庆跟前,哀求西门庆开恩,西门庆下命令把王氏和韩二都放了。

西门庆一天接到东京蔡太师府大管家翟谦的来函,提醒他,在东京曾求他在清河县寻觅一个女子,好收房解决膝下无子息的问题。西门庆就托李瓶儿的养娘冯妈妈帮助寻找合适的女子,冯妈妈找到一个,不是别家的,就是韩道国的女儿韩爱姐。西门庆就去看视,王六儿引着女儿出来拜见,西门庆且不看那女儿,目不转睛只看妇人，心摇目荡，不能定止，就生了不轨之心。于是一方面让韩道国送往东京献给翟谦，一方面让趁韩道国不在家，勾搭上王六儿。韩二不知道，有一天又去骚扰王六儿，王六儿哪里还把韩二放在眼里，操起棒槌，赶着打了出去。

王六儿为西门庆献身的程度，超过了书中西门庆其他的性伴侣。但是，王六儿对西门庆唯性无情。韩道国送亲归来，她满心欢喜，把自己和西门庆通奸的事情，一五一十向丈夫和盘托出，两口子竟把跟西门庆的这种关系当作一桩生意来做，女方献身，男方装傻，只求财源滚滚。

西门庆死后，韩道国为西门庆贩布乘船回来，路上听到西门庆死讯，便在临清码头卖掉大部分布匹，回到家见到王六儿，还打算拿一半卖布银两给吴月娘送去，王六儿却主张全吞，于是两口子给韩二一二十两银子，让他看房，连夜雇两辆车上东京投奔女儿韩爱姐去了。韩二对于韩道国而言，其实也是一个奸夫，但让韩二给看家，彼此间也没有什么不好意思。这说明在那个时代那种社会里，作为主流意识形态的，儒家所提倡的“礼义廉耻”那一套，已经被无情解构，万物万事皆可入市买卖，只要有银子，一切都包容。

书里最后写到，朝政发生巨变，煊赫一时的权臣蔡京、蔡攸倒台后，翟谦也就完蛋，韩道国、王六儿、韩爱姐逃回清河，发现韩二不知何处去，房子已经卖给他人，只好乘船流浪，寻个落脚点。在临清码头，他们想在谢家大酒楼暂住，巧与陈经济遇合，陈经济与韩爱姐竟擦出火花，成为一对恋人。

书里很奇怪的一笔，是韩爱姐听说陈经济被杀死了，痛不欲生，到坟前祭奠不算，还哀求春梅收留，随去守备府，和葛翠屏一起为陈经济守节。

王六儿及其一家的故事贯穿《金瓶梅》后半部，直至最后一回。嫖客何官人决定回老家湖州，向韩道国、王六儿提出来，你们干脆跟我去湖州算了，而这两口子居然爽快地答应了。当然最奇怪的是韩道国，当年总也还知道在老婆跟别的男人在一起时，要回避开，现在何官人提出来带走他们两口，实质分明是要常包王六儿，韩道国听说后的表态是："官人下顾，可知好哩！"其人性的黑暗，令人心悸。就这样，嫖客带私娼返乡，私娼的丈夫欣然随往。真是乱世大怪相。

大金人马掠了东京汴梁，太上皇和皇帝徽钦二宗都被掳上北地去了，中原无主，大批番兵杀到山东，那时守备、春梅都相继死去，葛翠屏被娘家领走，韩爱姐只能再次流浪，在徐州地方一处孤村，她竟偶遇逃难流落在那里当挖河挑夫的叔叔韩二，二人抱头痛哭，然后一起到湖州找到韩道国、王六儿。何官人、韩道国相继死去，那当年被王六儿用棒槌打跑过的韩二，王六儿再也不嫌，二人结为正式夫妻，种田过日。韩爱姐割发毁目，出家为尼，活到三十一岁以疾而亡。这个大结局，充满人世沧桑之感。

神秘的林太太

林太太是高官王招宣的遗孀。这样的妇女，像西门庆那样的千户提刑官，一般是无缘见识的。

西门庆派玳安去寻能牵线的文嫂。出了东大街一直往南去，过了同仁桥牌坊转过往东，打王家巷进去，半中腰里有个发放巡捕的厅儿，对门有个石桥儿，转过石桥儿，紧靠着个姑姑庵儿，旁边有个小胡同儿，进小胡同儿往西走，第三家豆腐铺隔壁上坡儿，有双扇红对门儿的就是她家。玳安找到文嫂，带到西门庆面前，西门庆开门见山，说想会会林太太，给了她五两一锭银子作为中介费。文嫂去见林太太，跟她吹嘘了西门庆的权势富有，“闻知咱家乃世代簪缨之家，根基非浅”，要来给林太太拜寿。

西门庆与其他那些妻妾妓女以外的女子偷情，都是猴急难耐，甚至简单粗暴地一步到位，但是他要接近林太太，却“琐碎一浪汤”，这对于他来说，是全新的生命体验，因此，也颇具有新鲜感与刺激性。

那是个月色朦胧的夜晚，西门庆从酒宴上逃席，骑上马，玳安、琴童两个小厮跟随，戴着眼纱，由大街抹过，径穿到扁食巷王招宣府后门来，那时才上灯一回，街上人迹稀少，非常安静，西门庆离那后门半舍，把马勒住，按文嫂事先嘱咐的办法，令玳安先弹一扇小门，那门里住的是位段妈妈，文嫂来开的门，西门庆除去眼纱，进了屋，玳安随进，琴童牵马往对门人家西首房檐下等候。文嫂将后门关紧，玳安留在段妈妈屋里存身，文嫂就引西门庆由夹道进入府中，转过一层群房，才是林太太住的五间正房，旁边一座便门闭着，文嫂轻敲门环，不是马上，而是有个时间差，里面听准确了，才有一个丫头来打开双扉，文嫂这才引西门庆到后堂，掀开帘栊，只见里面灯烛荧煌，西门庆正观看，只听得门帘上铃儿响，是林太太来了吗？非也！文嫂端出一盏茶来给西门庆吃。

西门庆喝茶的工夫，林太太从里面隔着房门帘朝外观看，“只见西门庆身材凛凛，一表人物”，满心欢喜，这才让文嫂把西门庆引进内室。西门庆进入房中,“只见帘幙垂红,毡毹铺地,麝兰香霭,气暖如春。绣榻则斗帐云横,锦屏则轩辕月映”,那是典型的贵族气派,书里多次写到西门宅院里,特别是卷棚书房翡翠轩,虽然也是大把银子堆出来的,跟招宣府里的这种气象一对比,就显得暴发气有余,富贵相不足了。

西门庆找别的那些情妇,往往拉过来就亲嘴,前戏草草,“直奔主题”。见到林太太,居然行大礼:侧身嗑下头去拜两拜。拜毕,西门庆正面椅子上坐下了,林氏在下边梳背炕沿斜佥相陪。文嫂早把前边仪门闭上了,再无一个仆人在后边,如此空间气氛,是西门庆之前偷情未体验过的。两个人先假惺惺地交谈,说话之间,彼此眉目顾盼留情,这在林太太来说,是必需的循序渐进,毕竟她身份摆在那里嘛,在西门庆来说,是不得已的休止符。文嫂摆宴,林太太和西门庆交杯一盏,行令猜枚,笑雨嘲云。文嫂回避,西门庆这才挨近妇人,经过很充分的前戏,直到林太太露出求欢的真面目,采取主动,这才进入“正题”。“西门庆当下竭平生本事,将妇人尽力盘桓了一场”,跟别的女子做爱,西门庆只立足于自我性享受,对方是否快乐舒畅,是第二位,甚至不在他考虑之中,但是跟林太太做爱,他自觉地要使林太太满足。笑笑生这样写,就使我们认识到,男欢女爱背后,有社会地位的因素牵动,那时候虽然是个男权社会,但是西门庆遇到社会地位比他高很多的贵妇,还是必须放下身段,以满足对方为己任。

西门庆初会完林太太,从后门闪出去,小厮伺候骑马回家,更深夜静,一天霜气,万籁无声。真是一次别开生面的偷情经历。

有初会,就必定有再会。第七十八回“林太太鸳帏再战”,门禁还是那么森严，绣房还是那么华贵，氛围还是那么神秘，但是到头来，林太太彻底摘下了贵妇派头的面纱，纵欲无度。一个守寡的贵妇，是真按封建礼法规范去压抑自己的性欲，博得架贞节牌坊，还是开放自己的欲望，暗中寻求生命的极乐？林太太选择了第二种生存方式，当然，她希望自己的真面目永远遮掩在安静守寡的表象中。

西门庆的十弟兄

西门庆和另外九个人结拜为弟兄。在词话本里，第十回和第十一回都交代出这件事，但前后并不一致，第十一回所开列的十弟兄排序是：西门庆、应伯爵、谢希大、吴典恩、孙天化、云理守、花子虚、祝日念、常时节、白来创。词话本没有为他们结拜的事专写一回，当然也就不上回目。但是崇祯本的整理者非常重视这件事，把词话本的第一回大加改造，全书第一回劈头便是“西门庆热结十弟兄”，先说西门庆如何与应伯爵、谢希大、祝实念、孙天化、吴典恩、云理守、常峙节、卜志道、白赉光等人交厚，其中词话本中的祝日念成了祝实念，常时节写成常峙节，白来创成了白赉光，还就白赉光这名字的来由解释了一番，实际上这些人物的名字都有谐音含义，“伯爵”谐音“白嚼”，“希大”谐音“喜大”，日念有“日日想念”的意思，当然所想念的无非酒气财色，孙天化又被叫成孙寡嘴（“天化”谐音“天话”，把话说到天上去了；寡嘴当然是贫嘴寡舌的意思），吴典恩谐音“无点恩”，云离守谐音“云里手”意味手伸得很长，常峙节谐音“常时借”就是总跟人借钱，“白来创”谐音“白来闯”，变化为白赉光谐音“白借光”，也是白来占便宜的意思。明代人说话，发音跟如今会有所不同，何况各地口音又有差异，所以不要以如今普通话的发音规范来“纠正”这些谐音含义。词话本和崇祯本都交代，原来里面的卜志道(谐音“不知道”)死了，才补入了花子虚，但是在玉皇庙举行结拜仪式时，所明确的弟兄排序，是把花子虚排在第四，祝实念等往后顺移。书里写李瓶儿的故事，写花子虚在家族争夺遗产中败落，最后气病而死，那么就由西门庆雇的绸绢店的经理贲地传补入，排在最后一位。按说死了一位，就九位不也挺好吗，但是中国人有凡事凑齐十才算圆满的心理定势，追求“十全十美”，各地风景名胜，就总是要凑齐十种，鲁迅先生曾讥讽为“十景病”，西门庆他们结拜，死了一个必补入一个，总得“十弟兄”心里才舒服。

过去人们大都是希望通过这种民间结盟(拜把子)的方式，来互相扶助，维护既得利益，谋求更多的好处。但是读过《金瓶梅》就发现，西门庆他热结的这十个弟兄，对他的升官发财，真是没起到什么作用。从中获得了友情的滋润、抚慰了心灵吗？更谈不到。“朋友妻，不可欺”，这是很老的古话，是对公序良俗的概括，但西门庆对花子虚如何呢？在花子虚在世的时候，他就跟其老婆李瓶儿偷情，后来更把隔壁花家的财产越过花园隔墙偷偷转移到自己家中，花子虚死后，他更将李瓶儿娶进家中，不仅欺朋友

西门庆热结十兄弟

之妻，更吞朋友之财，他对花子虚哪有半点真实的朋友之情？

书里出场最多、戏份最足的弟兄，是应伯爵。应伯爵原是开绸缎铺的应员外的第二个儿子，应员外死掉了，店铺落了本钱，“专在本司三院帮嫖贴食，因此人都起他一个诨名叫做应花子”，他帮嫖也还是有点技能的，会一腿好气球，双陆棋子，样样精通。

西门庆是个暴发的富商，他当上提刑官，不是通过科举考试，更不是依仗世代簪缨的背景，而完完全全是靠银子买来的，所有那些之乎者也的科举文化，以及那些道貌岸然的贵族文化，都不属于他，他不需要，更不能从中得到快乐，他为自己创造出一种暴发户文化，核心是赤裸裸的酒气财色，粗鄙麻辣，生猛鲜活，这种新兴文化的构成，就不能缺少应伯爵这样的弟兄来帮助营造。应伯爵对他那露骨的阿谀奉承，下流的插科打诨，无耻的自我作践，猥琐不堪的吃相，乃至帮嫖中强占妓女便宜遭到反抗的狼狈，都能令西门庆开怀。但是西门庆死后，应伯爵是怎么个表现呢？

如今仍有应伯爵

应花子“朝扣富儿门，暮随肥马尘”，却并无“到处潜悲辛”的心理活动，他乐在其中，而且也食利其中。西门庆派吴主管去东京办事，吴主管也得了个官职，但是那时候新官上任，需要上下打点，以后才能玩得转，吴主管自己没钱，就想问西门庆借，应伯爵就居中帮他说话，西门庆见借条上写着一百两银子，中人应伯爵，每月利息五分，就取笔把利钱抹了，一再跟吴典恩说，以后你还我一百两就是。西门庆对朋友还真讲几分义气，但是应伯爵早跟吴主管说定，他帮这个忙，是要拿十两银子报酬的。县里的人都知道应伯爵跟西门庆走得最近，随时可进西门府登堂入室，所以有了急难，想求西门庆开恩帮忙，都先去找应伯爵，应伯爵也就把这层关系当作生意来做，从中渔利。有次伯爵陪一个湖州商人在四条巷内何金蟾儿家吃酒，求他的人找到他，笑笑生寥寥一笔："伯爵吃的脸红红的，帽檐上插着剔牙杖儿。"活画出了一位"白嚼"。

西门庆死了，应伯爵走来，礼仪性地哭了一回，与众人说道："可伤，做梦不知哥没了。"西门庆派李三等到兖州讨做钱粮的文书，往返十来日，回到清河，一进城就听说西门大官人死了，李三心生一计，要把那批文拿去给张二官作晋见礼，投到张二官那去做钱粮，他对同往的西门府家人来爵、春鸿说，你们不去，我给你们每人十两银子，到家你们隐瞒住得到批文的事情就是了。来爵、春鸿回到正大办丧事的西门府，见到吴大舅，来爵还没开口，春鸿就把李三搞的名堂道出来了。吴大舅非常生气，对应伯爵说，李三、黄四他们是借了西门庆银子，才凑足一千两的，借契上本利还欠银子六百五十两，他们吞了，那就要告官。按说应伯爵是西门庆热结的头号朋友，他应该站在西门庆家的立场，维护西门庆家的利益，他却马上找到李三家，跟李三、黄四一起计议，埋怨李三的做法是"狐狸打不成，倒惹了一屁股臊"，给他们出主意，就是千万不能让吴大舅他们去告官，不如悄悄送二十两银子送给吴大舅，然后凑二百两银子，备一张祭桌，送到西门府去，告诉吴大舅，以后再把还欠的借银补足，反正西门家不做这钱粮了，"咱投张二官那里去罢"。次日，吴大舅得了二十两好处，答应了他们条件，另立借契，还饶了五十两数目，告诉吴月娘后，把批文交付应伯爵，应伯爵就跟李三、黄四大摇大摆往张二官家合伙做钱粮去了。当时西门庆尸骨未寒。

应伯爵背叛西门庆的勾当还不止这一桩，李娇儿还没归院，应伯爵就去丽春院说媒，告诉虔婆张二官准备用五百两银子娶李娇儿做二房，后来李娇儿盗银归院，果然去做了张二官二房。应伯爵简直把西门府能挖的墙角都给挖了，他和李三、黄四，分别从徐内相和张二官那里借出五千两银子，共一万两本钱，利用西门庆当年申请到的批文，做了东平府古器这批钱粮，比依附西门庆时更加春风得意，逐日宝鞍大马，在院内摇摆。那张二官又用上千两金银往东京打点，买下西门庆死后空缺的官位，家中收拾花园，盖房子，应伯爵无日不在张二官那边趋奉，把西门庆家中大小之事，尽都告诉张二官，怂恿张二官再设法把潘金莲娶过来，后来张二官听到潘金莲杀夫的事才作罢。第九十七回交代，春梅要给陈经济娶媳妇，薛嫂说了几家，春梅都不中意，其中“又说应伯爵第二个女儿，年二十二岁，春梅又嫌应伯爵死了，在大爷手内聘嫁，没甚陪送，也不成”，算是给这个高级“花子”的生命史画了个句号。应伯爵这样的帮闲角色，如今社会上仍时有出现，只是手法“现代化”了而已。人们能不警惕吗？

云理守靠得住吗？

西门庆热结的十兄弟里，似乎只有云理守还可依靠。

云理守的哥哥是云参将。后来哥哥死了，朝廷让他袭了个相应的官职。这个人到济南上任去了。第一百回写吴月娘全家逃难，是要去济南投奔云理守。吴月娘把云理守夫妇视为可以依靠的世交、亲家，不过若真投靠去了，会被如何接待，还真难说，全书最后,有吴月娘一个噩梦,写得非常震撼人心。虽然前面交代出云理守夫妇跟吴结为儿女亲家,是怀有不良动机的,但总体而言,似乎这个结拜兄弟,多少还像点样子,那么在战乱中吴月娘全家投奔济南云理守家去,也就顺理成章,甚至有的读者还会期待着出现人间温馨的一幕,就是乱世中终究有朋友亲家可以依靠,浮生虽如梦,块肉庆余生!

人生如梦,梦如人生。梦里梦外,何真何假?迷离扑朔,却又宛然如画。笑笑生写吴月娘这个梦,非常真切,也非常冷酷。吴月娘一行到了济南府,那时候云理守已经承袭了他哥哥的官职,是云参将了。寻到云参将寨门,通报进去,云理守欢迎,与吴月娘一见如故,告诉她夫人新近亡故,让邻舍王婆婆来陪吴月娘,吴月娘就把千辛万苦一路小心保存的百颗胡珠、宝石绦环,献给了云理守,云理守收下,却不提儿女亲事,夜里王婆婆陪睡,就公然代云理守向吴月娘提亲,欲娶其填房,吴月娘听了大惊失色,半晌无言。第二天晚夕,云理守置酒后堂,请吴月娘吃酒,吴月娘还以为是要与孝哥儿完婚,没想到云理守自己向她求婚,炫耀道:“下官在此……有的是财帛衣服、金银宝物,缺少一个主家娘子。下官一向思想娘子,如渴思浆,如热思凉,不想今日娘子到我这里与令郎完亲,天赐姻缘,一双两好,成其夫妇,在此快活一世,有何不可?”吴月娘千里流亡,为的是寻觅一处友善的地方,没想到面对赤裸裸的邪恶,心中大怒,骂道:“云理守,谁知你人皮包着狗骨!我过世丈夫不曾把你轻待,如何一旦出此犬马之言?”那云理守竟笑嘻嘻向前将吴月娘搂住,宣称“自古上门买卖好做”,就要跟吴月娘求欢。吴月娘只好行缓兵之计,让前边把她兄弟唤来,她有话跟兄弟说，云理守就怪笑，告诉她吴二舅和家仆玳安都被他杀了，命左右把两颗人头提来给她看，吴月娘面如土色，哭倒在地，云理守把她抱起来，说："你兄弟已死，你就与我为妻，我一个总兵官，也不玷污了你。"吴月娘为儿子着想，就说："你先与我孩儿完了房，我却与你成婚。"云理守果然叫出云小姐，和孝哥儿推在一处，饮合卺酒、绾同心结，成其夫妇。事到如此，云理守心中的善总该旋出几丝了吧？毕竟他亲女儿已经嫁给孝哥儿了呀，他怎能公然占有亲家母呢？但是梦中的云理守却拉过吴月娘就要云雨。吴月娘拒阻不肯，那云理守愤然大怒，竟提起剑来，朝孝哥儿挥去，人头随手而落，血溅数步之远！

这究竟是梦，还是如去投奔必有的真实？对于云理守的人性，吴月娘是否梦醒后仍有信心？所谓对人性有信心，就是说坚信人性中有善，而且人会释放那善，我们可以从那释放中获得关爱、慰藉、庇护、依靠。笑笑生写吴月娘的这个梦，并不是弘扬什么佛法，提倡什么禅悟，其实质，就是对人性中善的释放表达出一种绝望，而对人性中有恶且那恶一旦释放出来便恣肆无忌、令人战栗倒坚信不疑。《金瓶梅》不是一部扬恶之书，但写恶多于写善，社会之恶、群体无意识之恶、个人灵魂中之恶，无不被笑笑生写得淋漓尽致、力透纸背，他是用沉痛之笔，从反面启发读者，让读者看透人性，这其实是对人性中善的释放的更强烈的期盼和展望。读《金瓶梅》读不出这个味道，那就白读了。

西门小员外玳安

西门庆住一座七间门面、五进院落还附有花园的大宅院，有六房妻妾、女儿女婿，十来个主子，每天的生活运作，需要几十个奴仆来劳作服侍。丫头、女仆、奶妈一般都在宅院中各司其职，男仆、小厮有的侧重内服，有的常随外跑，这些生命的生存状态、喜怒哀乐、生死歌哭，也是《金瓶梅》文本中的重要组成部分。

玳安是西门府最重要的一个小厮，生得眉清目秀，伶俐乖巧，是贴身服侍西门庆的。书里多次写到西门庆出门，玳安夹着毡包跟在后面，有时西门庆会带两个小厮，其中一个必是玳安。玳安掌握西门庆的隐私最多。

西门庆在狮子街绒线铺包占王六儿，每次都是玳安跟着，为他打掩护，后来王六儿为了帮苗青逃避杀主之罪，找到玳安，让玳安转求西门庆帮忙，玳安就公然开价，要二十两银子，答应了这个条件，他才去把西门庆请过来，王六儿就说："要饭吃休要恶了火头，事成了，你的事什么打紧？"玳安非常坦率："韩大婶，不是这等说，常言：君子不羞当面，先断过，后商量。"这就不是乖巧，而是巧取豪夺了。

陪西门庆去狮子街次数多了，自然就遭到吴月娘怀疑，一次玳安服侍西门庆回来很困乏了，吴月娘盘问他"端的在谁家吃酒"，玳安为西门庆掩饰："爹没往人家去，在狮子街房里算账哩。"吴月娘不信："算账？没的算恁一日！"玳安道："算了账，爹自家吃酒哩。"这次的应付不成功，因为都知道西门庆从来不会一个人吃闷酒。吴月娘就说："又没人陪他，莫不平白的自家吃酒？眼见的就是两样话。头里韩道国的小厮寻你做什么？"玳安如此圆谎："他来问韩大叔几时来。"吴月娘不上当，骂道："贼囚根子，你又不知弄什么鬼！"玳安就不敢再多言。同时要伺候西门庆和吴月娘两个主子,两个主子有共同利益,但西门庆偷腥吴月娘当然不快,也确实威胁她作为主家婆的利益,玳安可谓一仆二主,需要左右应付,把握平衡,总体而言,他都能靠“两面话”圆滑应对。

玳安每天跟着西门庆跑来跑去,掌握西门庆的核心秘密,但西门庆跟宋惠莲、王六儿、林太太、贲四嫂等私通,他从不窥视,这也许是玳安能在西门府终老的一个根本素质,他对西门庆和吴月娘也难称有多么忠实,但他对自己的生活设计并不夸张,满足于嬉游蝴蝶巷(低级娼寮),便是他价值观的一个象征。但是跟随西门庆久了,也学了欺凌弱者、霸道思维,玳安身上,有西门庆的影子。

西门庆死后,玳安与西门宅院共存亡。他并不是愚忠,他是找不到离去的充足理由,也实在无处可去。他并不压抑自己的情欲,结果一天吴月娘就发现他和丫头小玉睡在一起,这时候吴月娘显示出了她的睿智,对于眼前的不雅局面,她一声儿也没言语,只淡淡地斥责:“臭贼肉,不在后边看茶去,且在这里做甚么哩。”两天后,布置出新房,与他们成婚。这可能并不是玳安计划中所图谋的,但读者替吴月娘、玳安、小玉三方想想,确实也是一种“三赢”,玳安就此常留。全书的大结局,是吴月娘的亲生儿孝哥不得不随普静法师剃发为僧,玳安也就顺理成章地改名西门安,承受家业,人们称他为西门小员外,为吴月娘养老送终。

如果说《金瓶梅》的写作有原型人物原型事件为支撑,那么笑笑生的素材来源很可能就是玳安原型提供的,因为全书中耳闻目睹西门庆生死及经历西门家由盛而衰全过程的,仅他一人。

来保不简单

西门府名字最后一字是“安”的小厮，除了玳安还有平安、钺安，他们故事不多。

以“来”打头的小厮男仆，有六个。

其中来旺，原名郑旺。他的故事前面讲过。

还有一个来保，他在书中戏份不少。后来交代出，他姓汤。这个汤来保在西门庆活着时，深得信任。东京发生了政治大震荡，陈经济忽然带着西门大姐逃回清河西门庆家中，西门庆派人带着贿银到东京去寻求门路脱祸，所派出的两个人第一个就是来保，第二个是来旺。到了东京蔡府门前，上前唱喏说话的，都是来保，而且交代出，西门庆之前就派他到过东京两趟，道路熟，也多少有点人脉。经过他的艰苦曲折的交涉，终于单独见到了权臣蔡攸，后来又见到另一权臣李邦彦，献上贿银，化解了西门庆的危机。后来西门庆主动为蔡京准备了豪华贵重的生辰担，也是派两个人去，领头的还是来保，仍是他出面说话行贿，虽有小挫折，最后大成功，不仅西门庆得了官，他和同去的吴主管也都得了官职，他成了郓王府校尉。后来西门庆又派他和韩道国一起，拿着四千两银子购货，回程江路上，遇见上流下来的街坊严四郎，严四郎隔船报告西门庆死讯，韩道国听见了，来保当时没听见，于是韩道国先起坏心，泊船发卖了一千两布匹，当时来保还犹豫，说到家惹当家的责怪怎好，韩道国让来保在码头等他，拿上卖出的一千两银子，说走旱路先给西门庆送去，再取来西门庆写给钞官的信，让少纳税钱，放他们的货回清河。韩道国回到清河，就把那一千两银子吞了，和媳妇王六儿，去往东京投奔太师府管家翟谦那里了。来保后来才知道韩道国的手脚，但他回到清河，见到吴月娘，也一派谎话，说韩道国吞去的是二千两银子，吴月娘主张去东京翟谦处找韩道国要银子，来保说“一个太师老爹府中谁人敢到？没的招是惹非”，他手里其实还有三千两银子的货，卖出还能获很多利，最后他只给吴月娘结算出两千多两银子的账，表示自己一两未沾，吴月娘给他二三十两的盘缠，他便故意儿昂昂大意不收，这倒也罢了，一日晚夕，外边吃得醉醉儿，走到月娘房中，搭伏着护炕，挑逗吴月娘：“你老人家青春少小，没了爹，你自家守着这点孩子儿，不害孤零么？”吴月娘一声没言语，确实也无法应对，没必要应对。那时候翟谦又趁机寄书来，说知道西门庆有四个会弹唱的丫头，想买去给家中老太太解闷，说是拿银子买，其实就是强索，吴月娘无奈，只好勉强拿自己房中的玉箫和原李瓶儿的丫头迎春送过去应付，来保在将她们送往太师府途中，把这两个女子都奸污了。到了翟谦家，翟家老太太见送去的丫头一个会筝、一个会弦子，很满意，给了两锭元宝，来保回到西门府，只上交吴月娘一锭。后来吴月娘就让来保搬了出去，来保也就大剌剌和他舅子刘仓开起布铺，发卖各色细布，过起自己快活的日子来。西门死后关于来保的这段故事，回目上叫“汤来保欺主背恩”，若说恩，他对西门庆、吴月娘的恩不比天大总比山大，但西门庆夫妇又何曾对他报恩呢？仆人为主子所做的一切，似乎都是应该的，主子对仆役的一再驱使，仿佛也是天经地义。笑笑生笔下的汤来保，是个塑造得很可信的、不简单的角色，写他“欺主背恩”，其实是写人性，写汤来保人性中的恶是如何发散得越来越浓酽的。到第九十七回，通过人物对话，交代出汤来保和李三、黄四一起，因为钱粮捉拿在监里追赃（钱粮指为官方采买，他们采买中贪污所以被追赃），关了一年多，家产尽绝，房儿也卖了，他儿子僧宝儿，沦为了跟马的仆役。

西门府的丫头们

书里写到的几房丫头，大房吴月娘的丫头，原来的两个是玉箫和春梅，西门庆娶进潘金莲后，春梅被拨去服侍潘金莲，另买了一个丫头小玉。玉箫爱西门庆的男仆书童，但书童远走高飞，玉箫最后去了东京翟谦家，书里说她是自愿的，路上就被来保奸污了。到翟家不久，政治大动荡，作为翟谦二房的韩爱姐尚且流离失所，玉箫和同去的六房的迎春，其命运的悲惨可想而知。小玉在书中戏份不少，但都是作为配角出现。西门庆死后，吴月娘找来薛嫂发卖春梅，命令其罄身出府，不许带出任何东西，春梅全不在乎，决裂扬长而去，但小玉设法把她的一些衣物从箱子取出给她带去，还拔下头上两根簪子来递与春梅，体现出其人性中有善良仁义一面，春梅出门不垂别泪，潘金莲还让她去拜辞吴月娘众人，“只见小玉摇手儿”，说明小玉对吴月娘和春梅两方面都十分了解，她评价吴月娘在此事上的表现是“颠三倒四”，深知吴月娘痛恨春梅绝无一丝怜惜，也深谙春梅挺起脊梁就绝不会软弱，表示对春梅的遭遇是“兔死狐悲、物伤其类”，她向潘金莲摇手，就是说她认为实在没有必要走那样一个拜辞的过场，这个细节，写出了小玉的明慧。她最后选择嫁给玳安一起承继西门家业，也体现出她的务实精神。

二房李娇儿的丫头夏花儿是特别值得一说的。西门庆拿四个金锭到李瓶儿屋给官哥儿玩，忽然发现少了一锭，书里说那金锭又是金镯子，至少重十两，值五六十两银子。西门庆就让小厮到街上买狼筋，要逐一审问拷打各房丫头，一时府中气氛十分紧张。后来小厮在马房马槽底下，发现了躲在那里的一个丫头，就是二房李娇儿的丫头夏花儿。把她拉到西门庆面前，西门庆让小厮搜她，哗啦一声，从她腰里掉下一样东西，恰是那锭金子，西门庆就给她上了拶刑。所谓拶刑，就是把坚硬的竹棍竹片，用坚韧的麻绳或皮索横向穿起，将受刑者的十指逐一夹到竹棍竹片当中，行刑者将横向穿起的绳索使劲收缩，令那些竹棍竹片将受刑者的手指夹得皮肉皆烂指骨欲断，是一种反人道的极刑。那夏花儿被拶了半日，疼痛得杀猪般嚎叫，又拿棍子敲了她身子二十下。西门庆打算第二天卖掉她。后来妓女李桂姐出面求情，才留下她。李桂姐是为了保住姑妈李娇儿的面子才跟西门庆说情的，李娇儿对她并无半点怜悯心，甚至说："拶死你这奴才才好哩，你还哭！"这是一个卑微的小生命。西门庆死后，李娇儿盗银归院，书中没交代夏花儿最后如何，应该终究还是被卖掉了。李娇儿的另一个丫头元宵儿，后来派去服侍西门大姐，被陈经济占有，陈经济后来家产荡尽，元宵儿也死了。

三房孟玉楼的丫头兰香、小鸾，她改嫁李衙内，都带走了。

四房孙雪娥自己后来的遭遇十分悲催，她的丫头翠儿、中秋儿想必也都被卖掉了。

五房潘金莲的丫头春梅后来成为贵夫人，纵欲而亡。另一粗使丫头秋菊，潘金莲和春梅动辄打她、掐她，让她举着或顶着石头长久跪着，在西门府里过着非人的生活，而西门庆对她似有如无，吴月娘对她也不信任，她几次向吴月娘检举潘金莲、春梅和陈经济私通的乱伦行为，都被吴月娘谴责斥退，后来吴月娘自己亲眼见到，虽然十分气愤，对秋菊却并无任何肯定，后来把她卖掉了。

六房李瓶儿的丫头绣春，后来和玉箫一起送往东京翟谦家了。绣春一度去服侍李娇儿。李娇儿归院时，鸨母和李娇儿要把元宵和绣春带去，吴月娘生死不给，说道："你倒好，卖良为娼。"一句话慌了鸨母，就没敢再要。绣春到头来随王姑子出嫁当尼姑去了。最后吴月娘身边只剩小玉一个丫头，而小玉成了西门小员外夫人。

可厌可怕的三姑六婆

三姑六婆原本指的是古代中国民间女性的几种职业（三姑者，尼姑、道姑、卦姑也；六婆者，牙婆、媒婆、师婆、虔婆、药婆、稳婆也），其中三姑披宗教外衣，牙婆、媒婆、虔婆是糟糕的中介职业者，师婆（巫婆）、药婆、稳婆是给人治疗接生的。现代汉语中的"三姑六婆"常泛指社会上的市井女性。

《金瓶梅》借树开花，开头就写武松打虎、西门庆和潘金莲勾搭的故事，故事里首先就出现了王婆，王婆属于三姑六婆里的哪一婆呢？严格而言，王婆在三姑六婆范畴之外，因为她有自己的营生，先是开茶坊，后来开磨坊，但是，书里第二回就交代，"原来这开茶坊的王婆，也不是守本分的，便是积年通殷勤，做媒婆，做卖婆，做牙婆，又会收小的，也会抱腰，又善放刁"，可见王婆除本职外还有兼职，所谓"也会抱腰"，就是妇人生产时她抱腰助产，以上开列的种种本事，在撮合西门庆潘金莲通奸上，应该属于牙婆的伎俩，为不光彩甚至违法背德的事情当中介，从中谋利。

《金瓶梅》里出现的第一个媒婆，是薛嫂，这个人物贯穿全书。西门庆家跟薛嫂合作最多，薛嫂和大多数民间媒婆一样，是提个花箱到富人家内室活动，那花箱里装的不是鲜花，而是花翠、绢花等妇女头饰及用于其他部位的装饰品，一边提篮小卖，一边接受到做媒生意，也兼买卖丫头。吴月娘打发春梅，唤来薛嫂，薛嫂那次从中足足赚了三十七两五钱银子。虽然薛嫂这样的媒婆有时候会通过说媒明挣暗赚不少银子，但毕竟属于下九流的社会存在，过着饥一顿饱一顿的生活，有时候贪吃贪喝、丑态百出。

书里的另一个媒婆文嫂，也属于薛嫂一样的民媒。但是她有自己隐秘的生意，就是为贵夫人寻觅合适的情郎。王招宣寡妇林太太，一副节操同松竹的做派，但是私下里欲火难耐，就托文嫂为她寻找性伴侣，这项生意当然不能算做媒，只能算拉皮条。薛嫂与文嫂性别、职业、年纪都相仿，写起来很容易雷同，但笑笑生却写出了两个媒婆不同的性格，完成了两个迥异的艺术形象。薛嫂说话基本上不留余地，文嫂却是看准尺寸下剪刀。

书里写到的虔婆，有李三妈、吴四妈等。虔婆就是鸨母，也就是妓院女老板，鸨这种禽类传说都是雌的没有雄的，所以用来称呼妓院女老板，其实从生物学角度考察，鸨只不过是雌雄体征相近罢了。虔婆名义上是妓女的妈妈，其实妓女多是被卖到那种地方的女子，不一定真有血缘关系。书里写到丽春院的虔婆李三妈，已经有些偏瘫，还很活跃。

书里也写到药婆兼师婆的人物刘婆子。官哥儿病笃，刘婆子先熬灯芯薄荷金银汤灌，再下针灸，把孩子弄得昏昏沉沉，见西门庆来家，拿了吴月娘给的五钱银子，“一溜烟从夹道内出去了”。

书里写到的稳婆蔡老娘，在李瓶儿临盆前匆忙赶来，倒还专业，顺利接生下了官哥儿，西门庆先给她五两一锭银子，还应许洗三（婴儿出生第三日行沐浴礼）的时候再给她一匹缎子，“这蔡老娘千恩万谢出门”。

书里还写到几个尼姑，主要是观音庵的王姑子和莲花庵的薛姑子，吴月娘没有什么精神生活，就靠听尼姑到她房里宣扬佛法麻醉自己，她还要强拉上几房妾和来串亲戚的吴大妗子等，跟她一起来听。笑笑生特别用一段文字揭穿那薛姑子的老底：“看官听说：原来这薛姑子不是从幼出家的，少年间曾嫁丈夫，在广成寺前卖蒸饼儿生意，不料生意清淡，与寺里的和尚、行童调嘴弄舌，眉来眼去，刮上了四五六个……她丈夫哪里晓得，以后，丈夫得病死了，她因佛门情热，就做了个姑子，专一在士大夫人家往来，包揽经忏；又有那不长进、要偷汉子的妇人，叫她牵引。闻得西门庆家里豪富，侍妾多人，思想拐些用度，因此频频往来。”

僧道巫卜皆虚妄

《金瓶梅》第二十九回“吴神仙冰鉴定终身”，写周守备介绍来一位算命先生，名唤吴神仙，是道士打扮，手执龟壳扇子，飘然而进后，从西门庆起，一口气为府里几乎所有主子辈的都相了面，预告了未来，最后给准主子的春梅也算了命，预言她以后会生贵子、戴珠冠，引出吴月娘的大疑惑大不满。

西门庆虽然也让道士算命，也捐善款，也刻经卷，为了挽救官哥儿和李瓶儿的生命和死亡后超度，不惜重金请道士做法、真人开坛，但从根本上说，他和吴月娘还是有区别的，吴月娘是真迷信，他不过是随俗而行，吴月娘对吴神仙的预言有三个大疑点（一是李瓶儿是否一定生贵子，二是西门大姐以后怎会受折磨，三是春梅何以独好），西门庆就跟她说，意思是何必认真？“周大人送来，咱不好嚣了他的，教他相相除疑罢了”。

书里写西门庆为了给李瓶儿治病，先后请了好几个医生，这几位医生，没有一个能开出有效的药方，甚至吃了其开出的药，病情反而加重。对于医生，此书其实也是当作一种巫师来写。

当时的社会，是一个皇权社会不消说了，同时又是一个神权社会，神权是皇权的保护伞，皇权是神权的豢养者，因此寺庙道观、和尚道士，以及相关的种种宗教仪式，流布全境，渗透到比如说西门府那样的大宅院的深处。从回目上看，直接点明与宗教迷信有关的，就非常之多：第八回“盼情郎佳人占鬼卦　烧夫灵和尚听淫声”，第十二回“刘理星魇胜求财”，第二十九回“吴神仙冰鉴定终身”，第三十九回“寄法名官哥穿道服”，第四十六回“妻妾戏笑卜龟儿”，第四十九回“遇胡僧现身施药”，第五十三回“吴月娘拜求子息”，第五十七回“开簿缘千金喜舍”，第六十二回“潘道士法遣黄巾士”，第六十六回“黄真人发牒荐亡”，第七十四回“薛姑子佛口谈经”，第八十四回“吴月娘大闹碧霞宫　普静师化缘雪涧洞”，第一百回“普静师幻度孝哥儿”。这还不包括回目中未标明而内文里有相关情节，以及回目中提到寺院道士而内容侧重在非宗教迷信表述的。而且有一个文本现象值得注意，就是书中写道观道士，多于写寺庙和尚。书中假托故事发生在宋朝，而且主要是在宋徽宗赵佶当政时期，宋徽宗信奉道教，自称“教主道君皇帝”，大建宫观，并设道官二十六阶，发给道士俸禄，因此书中道教兴盛的描写是对头的。有意思的是，《金瓶梅》所实际表现的社会生活，应该是明朝嘉靖晚期，而嘉靖皇帝朱厚熜也是迷信方士，尊尚道教，一心修玄，日求长生，不问朝政，导致首辅严嵩及其子严世蕃专国二十年，这与宋徽宗时期重用蔡京及其子蔡攸误国，几成翻版，因此，把托言宋朝故事的《金瓶梅》当做明朝故事来读，是绝对不离谱的。

书中的玉皇庙宏伟堂皇，其主持吴道官气概非凡，都是当时道教成为主流的真实写照。崇祯本第一回把“热结十弟兄”安排在玉皇庙由吴道官导引结拜仪式，是恰切的。但是全书的结尾大体保持了词话本的原貌，就是没有安排在玉皇庙由吴道观来收束全局，而是把空间设定为佛教的永福寺，收束全局的不是道士而是佛教的禅师——普静法师。书中的和尚尼姑多是丑角，只有独自修行的普静法师算是一个正面形象。道教是中国的本土宗教，佛教由西域东传而来，当然后来在中国有佛道合一的趋势，但《金瓶梅》不把收束全书的任务交给道观道士，而是特意交给了佛寺禅师，这种安排，还是值得玩味的。其实笑笑生对僧道巫卜都视为虚妄，找个普静法师收拾全局，乃权宜之计。

官场之丑

书里西门庆和他的同僚夏提刑（夏延龄，号龙溪），他们是行使司法权的地方官，既沆瀣一气贪赃枉法，也各自滥用职权谋取私利，相关的情节颇多，仅举一例：县里的仵作何九，当年潘金莲毒死武大，他受了西门庆贿赂，掩盖了武大中毒的事实，算是帮过西门庆的忙，后来他兄弟何十犯了窝藏贼赃的事儿，就跟王婆找到西门府，王婆去见了潘金莲，潘金莲又转告了西门庆。第二天，何九又找上门，问玳安讨信，玳安就让他到衙门首去等候，果然西门庆在衙门里一顿乱判，拷打了强盗，却放出了何十，另拿弘化寺一名和尚顶缺，硬说强盗在他那寺内宿了一夜，正是“张公吃酒李公醉，桑树上脱枝柳树上报”，为私情竟可冤枉好人不眨眼，这几乎就是西门庆衙门理事的日常行为。

书里几次写到西门庆在自己家里泼洒地款待过路官员。他接待宋御史蔡御史的情形，写得很有趣，宋御史表面上恪守道德，对西门庆邀请，他表示“初到此处，只怕不好去得”，去了后，坐了没多久，只听了一折戏文，就起来告辞，表示自己还要到察院处分些公事，但当西门庆将整桌的席面连同金银器皿等都打包赠予后，他虽然又说了一堆“怎么敢领”、“何以克当”的客气话，最后却是照收不误。而蔡御史就非常坦然地接受西门庆提供的一切，包括两个妓女，说道：“四泉（西门庆的号），你如何这等厚爱？恐使不得。”西门庆道：“与昔日东山之游，又何异乎？”意思是昔日你不也有“东山之游”吗？这时候蔡御史就说了句极其肉麻的话，在全书中恐怕是最能让人起鸡皮疙瘩的了：“恐我不如安石之才，而君有王右君之高致矣。”这里的安石指东晋谢安，谢安字安石，谢安一度拒绝作官，在东山携妓游览，被认为是“名士风流”，蔡御史即使谦虚地表示自己没有谢安那么有才，这样说也不伦不类，而把西门庆捧得跟东晋的书法家王羲之一样具有高品位，就更令人笑掉大牙。

书里还写到一种特殊的官，就是宦官。书里写了两个外派的太监，一个是刘公公，一个是薛公公，那时候外派的太监多被称为公公。刘公公是管皇家砖厂的，薛公公是管皇庄的，他们都是西门府的常客。西门庆的官哥儿做满月，大宴宾客，刘公公、薛公公坐四人轿穿官服喝道而至，西门庆慌忙到仪门迎接，迎入厅内，虽然两位公公有谦辞，但十二张桌席，他们坐了首座，这是因为“常言三岁内宦，居冠王公之上”，在宫里太监是与皇帝距离最近的人，实际上也就成了对皇帝影响最大的人，太监干政，乃至专权，在所难免，满朝文武官员，谁是傻子，都懂得伺候好太监是保证自己仕途顺遂的必要条件。席上表演了“笑乐院本”，又让小优儿来弹唱，席上官员就请公公点曲，刘公公就点《叹浮生有如一梦里》，官员提醒他这是庆满月的喜宴，唱此曲不妥，于是他又点了《陈琳抱妆盒》里的段子，那出戏又叫《狸猫换太子》，西门庆给官哥儿庆满月，唱《狸猫换太子》里的唱段更加荒谬，刘公公点得都不对，薛公公就让唱曲的上来，听他点，他点的套曲总名《普天乐》还好，但他要求唱其中《想人生最苦是离别》那一阕，更加不合适，引得官员大笑，薛公公就说：“俺每内官的营生，只晓的答应万岁爷，不晓的词曲中滋味，凭他每唱罢。”太监脱离正常人生活而变得愚昧可笑，读者在发噱之余，也不禁会叹息。太监生理上受了阉割，心理上更留下创伤，他们不是没有人欲，而是无法正常实施人欲，往往就有变态的举动，在宴席上，他们忍不住对陪酒的妓女动手动脚，李桂姐一次事后抱怨说：“刘公公还好，那薛公公会玩，把人掐拧的魂也没了！”这些文字对太监的刻画，传神而深刻。

笔下有清官

写贪官算不得什么大本事,难得的是书里还特别写了清官。第十回就写了一个清官,东平府府尹陈文昭,“极是个清廉的官”,武松在清河县酒楼上打死了李外传,李知县受了西门庆贿赂,对武松下重刑,押到东平府,希望把武松重判。陈文昭审问武松,就明白知县是任情卖法,痛责了对武松动大刑的司吏钱劳,对陪审官员说:“此人为兄报仇,误打死这李外传,也是个有义的烈汉,比故杀平人不同。”给武松换了面轻枷,先下牢里,等候发回清河县重审,还给清河县下文书,要求添提恶豪西门庆,并嫂潘氏、王婆、小厮郓哥、仵作何九,一同从公根勘明白。消息传到清河县,西门庆慌了手脚,他也知道陈文昭是个清官,不敢拿银子去打点,恶豪遇清官,银子难开路,这可怎么办?西门庆最后决定“曲线救国”,通过亲家陈洪知会提督杨戬,派旺儿星夜往东京杨提督处下书,杨戬就转央内阁蔡太师。一桩地方命案,竟然惊动了最高层。蔡太师不愧工于心计,他一方面不想伤了清河李知县的名节,因为他深知知县们多会任情卖法,官场风气如此,这并不危及朝廷和他太师的利益,何必为区区小案较真?另一方面,他深知无论多么清廉的官吏,他之所以能攀到那个位置,一定是有其从政轨迹和高层助力,那么这个陈文昭,正是从他所把持的大理寺系统升到东平府当府尹的,算起来正是他的门生,就写了一封密信给陈文昭,让他免提西门庆和潘氏。陈文昭再对任情卖法反感,在这封书信面前,也只能且把什么原则法律搁置一边,饮水思源嘛,何况他知道杨提督态度后,懂得此人“乃是朝廷面前说得话的官”,

就乐得人情两尽，免提西门庆、潘氏，武松免死却不能轻判，问了个脊杖四十，刺配二千里充军。这段清官断案的故事，写得耐人寻味。

第四十八回里，又写到一个清官，官职不高，是阳谷县县丞，叫狄斯彬。“为人刚方不要钱”，不要钱的官吏，难能可贵啊！那民间口碑一定好吧？非也！“问事糊突，人都号他做狄混”。这狄斯彬接了苗天秀被害案，就欲破案。苗员外天秀是在贩运货物途中先被刀刺后被推入水中毙命的。狄斯彬骑马去往清河县，在城西河边遇旋风，团团转，他便命令跟随的公人去寻那旋风的终止处，最后在河口附近风停了，他就拘集里老，用铁锹掘开岸土数尺，于是发现一具尸体，命仵作检视明白，颈上有刀痕，就问前方是哪里？回答是慈惠寺，他就断定是寺中僧人作的案，把长老僧人一顿拷打收监，以为破了案立一大功。这样的清官很可怕，思路混乱，刚愎自用，冤屈好人，放过真凶。他就不细想想，倘若是寺里僧人谋财害命，必定把尸体抛入江水中任其漂远，哪有河边掩埋的道理？这个清官，写得也很发人深省。

书里的周守备，看起来也算得一个清官，而且他为朝廷出征，最后战死沙场，更算得一个烈士。书里没怎么写他贪赃枉法，但交代“原来在济南做了一年官，也赚得巨万金银”，可见在那个时代，清官也自有现成的财路。

螺甸拔步床

西门庆死后，春梅被吴月娘叫薛嫂领出卖掉，罄身出门，没想到被周守备买去后，极受宠幸，很快扶正生子，俨然贵妇。春梅故意以豪华排场回访吴月娘，表面谦恭，实际上是用橡皮钢丝鞭抽打吴月娘的心灵。潘金莲住过的房舍，已成废墟，春梅问丫头小玉：当年潘金莲睡过的螺甸拔步床，哪里去了？

《金瓶梅》和《红楼梦》里，都炕床两见。可见故事背景都在北方。中国南方是不睡炕的，但北方就炕床两睡。参观北京紫禁城，既见炕，也见床，可见明清两代的皇帝，以及宫廷里的其他人，是炕床两用的。但是在《金瓶梅》里，西门庆的大老婆吴月娘住的正房里，只有炕，《红楼梦》里荣禧堂，贾政和王夫人住的正房，也是只有炕。皇帝、贵族、大富人家的炕，有气派，也可通过炕上用品显示地位的尊贵及生活享受的高档次。但是在《金瓶梅》里，二房以下的妻妾，却以拥有螺甸床为荣、为喜。

螺甸，又可写作螺钿，指的是用海螺贝壳磨制的装饰性部件，在高级家具和用器上，镶嵌进螺甸，形成各式花卉翎毛等造型，既增强美感，更提升价值。拔步床，是一种特殊造型的床，大体而言，像个小屋子，一般前面有廊，床前形成一个小空间，床头那边安放梳妆台，脚那边安放精致不泄气味的马桶，床的侧面和背面都有精雕细刻的板壁或月洞式吊檐式造型，前面和侧面以及背面也都会有可收可放的帐幔，其挂钩不仅造型优美，甚至会以金银打造。所谓拔步，就是这样的床不是随便可以挨近的，要拔腿迈入，方能享用。也有一种说法，拔步就是八步，从现存实物可以知道，有的那样的床，不仅正面有八步之长，侧面也有八步之宽，确实形成了一个奢靡而深幽的私密空间。

西门庆的二房李娇儿来自妓院，四房孙雪娥是侥幸上位的厨娘，她们都没有拔步床。但三房孟玉楼，原是个阔寡妇，光是南京螺甸拔步床，就拥有两张。一个人一晚上有一张床就够用，但在当年，拔步床除了用来睡，更是财富的象征，就如同今日的富人，拥有不止一辆豪车，豪车多意味着牛气。孟玉楼被西门庆娶进门，自然带去了螺甸拔步床，而且不是一般的，说媒的薛嫂特别强调是南京的，那时候南京产的拔步床是最高档的。后来西门庆又勾搭上李瓶儿，成为他第六房小老婆，李瓶儿也带过来螺甸拔步床。潘金莲是西门庆纳的第五房小老婆，成为他性事上最佳伴侣，买来服侍潘金莲的春梅则是最受宠的通房大丫头，潘金莲原来比较穷，哪来拔步床？就缠着西门庆讨要，西门庆就花六十多两银子给她买下一张。那张床春梅非常熟悉，所以游旧家池馆的时候，就特意询问。先是小玉说，西门庆死后孟玉楼改嫁，把那张床当陪送带走了，吴月娘就过去解释，说孟玉楼的拔步床陈经济娶西门大姐的时候作为陪嫁带去了，所以如此，后来虽然又把那拔步床搬回来，因家里缺钱，贱卖了，总之，连潘金莲那张，都贱卖了，西门府里拔步床绝迹了。

通过关于拔步床得失的这些细节，笑笑生写出了繁华落尽、人事沧桑的社会镜像。

收尾过得去

一部长篇小说，起难，收也难，相对而言，收比起更难。

第一百回，词话本的回目是“韩爱姐湖州寻父　普静师荐拔群冤”，崇祯本是“韩爱姐路遇二捣鬼　普静师幻度孝哥儿”，词话本的回目恰切，崇祯本的回目牵强，韩二（二捣鬼）这个角色不适合上大结局的回目，普静法师度化的确实是一群冤孽而非孝哥儿一人。

这最后一回的前半回，为两组人物的命运作了收束，一组是周守备家，周守备为国捐躯，庞春梅纵欲而亡，相关的情节进展未免草率，能令读者动容的因素不多。另一组是韩道国、王六儿、韩爱姐、韩二一家子，把他们在社会大动荡中的归宿交代出来，充满了无限的沧桑感，令我们感到大时代的风云变幻实在诡谲，更对蝼蚁般小生命的卑微苟活生出喟叹。读前面，我们对韩道国的猥琐、王六儿的无耻、韩二的荒唐十分厌恶，但是读到这一回，会忽然有种大悲悯生于胸臆，对于他们的生存选择，有了理解，对他们人性的弱点，有了体谅，总的感受就是，人啊人，活着多么不容易啊！只是对韩爱姐，还是难以理解，觉得恐怕是作者主观意念的产物，可信度不高。

真正称得上大结局的，还是后半回。

在这第一百回前面，有回前诗，词话本的是：

> 人生切莫恃英雄，术业精粗自不同。
> 猛虎尚然遭恶兽，毒蛇犹自怕蜈蚣。
> 七擒孟获奇诸葛，两困云长羡吕蒙。
> 珍重李安真智士，高飞逃出是非门。

前四句大意是生命各有其能，第五、六句用典故描补这个意思，三国时蜀国的部族首领孟获虽桀骜不驯，终于还是被丞相诸葛亮降服，蜀国关羽（云长）虽勇，却也败于吴国大将吕蒙；但最后两句不以抽象哲理收束，而是就本回里的人物李安的表现就事论事，显得缺乏力度。李安是周守备的亲随之一，原来和张胜一起搭档为守备做事，张胜窃听到陈经济和庞春梅的密谈，内容是要让守备结果他，便取刀先下手为强，杀了陈经济，没杀到庞春梅，提刀逃遁时遇到李安，昔日的黄金搭档，拼斗起来。李安的叔叔是山东夜叉李贵，他从叔叔那里学得好武艺，张胜不是对手，被擒后乱棍打死。庞春梅就对李安起了勾引之心，李安在母亲指点下，远遁投往其叔，这最后两句就夸赞李安的明智。这样一首诗，显然压不住卷。崇祯本的整理者就删去另换了一首：

旧日豪华事已空，银屏金屋梦魂中。
黄芦晚日空残垒，碧草寒烟锁故宫。
隧道鱼灯油欲尽，妆台鸾镜匣长封。
凭谁话尽兴亡事，一衲闲云两袖风。

这首就比词话本的贴切了。表达出了繁华落尽、盛宴不再、人间兴亡、随风而去这样悠长而蕴藉的意味。

全书最后以诗作结，此诗词话本和崇祯本都一样（微小的区别是词话本的经济崇祯本改为敬济）：

闲阅遗书思惘然，谁知天道有循环；
西门豪横难存嗣，经济癫狂定被歼；
楼月善良终有寿，瓶梅淫佚早归泉；
可怜金莲遭恶报，遗臭千年作话传！

这收场诗,对书中二男五女作出评价,二男三女都被否定,只肯定孟玉楼和吴月娘,简单化了,尤其对潘金莲,说她“遗臭千年”,其实直到今天,觉得她的臭至少是臭豆腐或榴梿的臭,有大可欣赏一面的读者,不在少数。但是难为笑笑生了,一部书总得有个收束。他的这最后一回提出对于人的不可靠,人性中有恶难以遏制,人不如放弃完美主义,选择玳安式的中庸者为继、为靠,这样一些具有深刻性的告诫,已经很了不起了。

辑三

从打草工人在田野上默默行走讲起
——谈对自己影响至深的十位中外作家

很高兴这么多人来听我讲，其实今天我跟大家分享的只是一些个人阅读和体会的经验，是很个人化的。我所讲到的十个作家，每个作家我会举一部作品为例，都只是一家之言，文学界怎么评价，评论界怎么评价，其他作家怎么评价，在座的朋友们怎么评价，是另一回事，我就讲我个人的一些体会。

阅读和写作过程当中，有十个作家对我有非常深的影响。其实对我影响深的作家当然不止十个，我今天只讲十个，五个中国的，五个外国的。

先讲一个外国的作家。我上初中的时候，特别迷恋读翻译小说，外国古典名著。有一回读到一本书，这本书的故事后来不断地被拍成电影，改编成电视连续剧，在座的有的朋友可能都看过。这是一个英国故事。一开头，在英国某处田野上，走着两个人，一个是打草的工人，这是一个很下层的劳动者，旁边他的妻子抱着一个婴儿，是他们出生不久的小女儿。困顿当中的人生往往以沉默体现。他们两个不言不语地往前走，走着走着，就到了一个集市，他们就饿了，他们买不起贵一点的食品，所以就找了一个粥棚，有一个妇女在那儿卖粥。他们到粥棚喝粥。这个打草工人一进去，他就闻见一股味，他跟卖粥的那个女人互换眼色，什么意思啊？那个妇人她卖粥卖不出钱来，她还卖私酿的烈酒，这个在英国当时是一种非法的行为，但是为了谋生，她卖私酒。打草的这个工人是一个酒鬼，鼻子很敏感，他一下就意识到还卖酒。他除了买粥以外，他还买了酒。他不但给粥钱，还给更多的酒钱。这个妇女就往粥里面倒酒，他就喝粥酒。喝着喝着喝醉了，喝醉了就胡言乱语。他妻子当然就很尴尬，对丈夫的失态，就劝他，说你少喝点，咱们走吧。可是这个打草的工人性格很倔，你越劝他，他越来劲了，事态就发展成了高声叫唤，说现在大家听清楚了，我卖我老婆，你们出价，谁出价最高我就把她卖给你，而且我买一送一，因为他妻子抱着他的小女儿。当然这是玩笑，可是周围一些穷苦的喝粥人就起哄，我买，我买，我出多少钱，我出多少钱，叫起来了。这个妇女实在没法承受，不但尴尬，而且很痛苦。她就告诉他，你要再这么胡闹的话，你真卖我，真有买的话，我就真跟他走。他就把他老婆一推，我卖定了，谁买？有些人胡乱出价，然后就走过来一个海员，一个男子汉。就说你是不是真卖？我卖啊！那么有人叫过一些价，胡乱叫过一些价，这个人就给了更高的价，就把钱拍在桌子上了。这时候妻子就再次警告他，说你别犯糊涂，你可想清楚了。他把钱一抓，卖了。这妻子就毫不犹豫扭转身，那个海员就挽着他妻子的胳膊，妻子还抱着幼小的女儿，就走出这个粥棚了。

当时我看这本书，看这个小说，我就看故事。作为一个刚开始阅读的初中生，我读小说、读长篇小说就是读故事，我觉得这个故事很精彩，能抓住我。后来根据它改编的电影、电视剧拍法都是一样的。十八年后，电影里的表现还是那片原野，没有变化，还是走来两个人。猛一看两个人影好像也没变化，再仔细一看，这两个人不是一男一女了，是两个女子，一个母亲，一个是女儿。这是十八年后，女孩子长到十八岁，她母亲当然年龄更大了。两个人就在原野继续走。社会生活居然没有很大的变化，还有那么一个集市，还有那粥棚，只是那个卖粥老太婆变得更老了。这个母亲带着女儿就到粥棚去喝粥。然后趁着人不多，这个妇女就去问那个卖粥的妇女。你记不记得很多年前有这么一件事儿，有一个男子在你这个粥棚里面把他妻子卖掉了。这个卖粥的女人就仔细打量问话的女人，脸上显出一种很古怪的笑容，说当然记得，说我这么多年在这儿卖粥，这种事情只发生过一次，我忘不了。那

托玛斯·哈代

么女子问她，说你能不能告诉我，那个卖掉妻子的男人后来到哪里去了。这个卖粥女人刚开始还不愿意告诉她，她就递给卖粥女人一个钱币。于是卖粥的女人告诉她说在卡斯特桥。后来这个妇女就带着她十八岁的女儿，就说，女儿，现在我知道我们应该往哪里走了，我们应该去卡斯特桥。这本小说就叫做《卡斯特桥市长》，作者托马斯·哈代，英国作家。这个作家是十九世纪的，当然他一直活到二十世纪初。托马斯·哈代的作品非常出色，《卡斯特桥市长》并不是他最出色的长篇小说。他的其他长篇小说，有的你一定知道，比如说《德伯家的苔丝》，这部小说被多次拍成电影，大家可能印象深刻的是上世纪八十年代那部，由金斯基主演的。他还有《无名的裘德》《还乡》等长篇小说。

那个时候我读《卡斯特桥市长》入迷了，我就把他其他长篇小说全读了。开始读我只是读故事，后来我就开始琢磨，因为我那时候也是一个狂妄的文学少年，自己想写作，也想试试写小说。小说就要讲故事，故事应该怎么讲呢？《卡斯特桥市长》就接着讲这个故事，这对母女很晚了才走到那个市。其实英国国家比我们小很多，它那所谓的市在咱们中国也就相当于一个小镇，没多少人。这个市的市中心有一个小楼房，两层楼，算是镇里最高的建筑了，就是市政厅。母女两个人走到这个镇子里面广场的时候，天已经黑了。但是市政厅二楼灯火通明，市长在那宴请宾客。于是母女两人挤到人群当中往上看。这个女儿很幼稚，

《卡斯特桥市长》书影

她觉得很累，说妈妈我们可以找地方住下了。她妈妈却在仔细地观察，她妈在看什么？她看到了古怪的现象，二楼那个宴会，因为外国人宴请跟咱们中国不一样，咱中国是八仙桌、大圆桌，外国是长条桌。她就看见坐在那头上那个人，应该是市长，有那个身份才能坐那里的，很严肃。其他人都在那里狂欢、滥饮，市长却不怎么举杯。而且听旁边有人说，说你看市长亨查尔，亨查尔他只喝水，不喝酒的，这个人来这里以后从来没喝过酒。这个妇女听见了，再仔细观察。后来这个市长又走到落地窗前面透气，她就看清楚了这个人不是别人，就是她的丈夫。她心里有数了。然后带着她女儿，去住店了。住店以后，她就偷偷写了一封信，趁她女儿睡熟了，送到市政厅。市政厅看门的、管事的接受了。

过了两天，这个卡斯特桥市发生了一件轰动全市的事情。这个市长，人们都知道他是个独身的男子，而且这个人好像宣布他不饮酒，不结婚。可是呢，在那天早上他却到一个很破烂的小旅馆，去拜访一个寡妇，拜访一个外地来的寡妇。我读到这里就明白，这个寡妇就是他原来的妻子。她告诉他说，海员待我很好，但是前些时候，出海的时候，船翻了，所有出海的海员都没有归来，他也葬身海底了。现在女儿伊丽莎白长大了，我没有办法。我仔细想我没有人可投靠，所以我就冒险往回找，找到这儿来了。亨查尔就说，你找得太对了，我一直很后悔这件事情。说那天从粥棚出来以后，我往外走就下雨了，我就被雨给浇清醒了。我才刻骨铭心地意识到我居然把我自己的妻子、女儿给抛弃掉了。我就跑进一个教堂，对着十字架我起誓，今后我绝对不再喝酒，而且今后我一定要想办法找回我的妻子和女儿。他说，真是上帝保佑，你们果然就来了。于是卡斯特桥的人就发现这个市长变化很大，很奇怪。外地来了一个穷寡妇，而且还带着一个——中国话叫拖油瓶——带着一个女儿。他就跟这个寡妇求婚了，寡妇就答应他，他们结婚了，他们成一家人了。

原来，这个亨查尔戒酒以后来到这个市住下，他非常勤奋，他做生意，做粮食生意，越做越成功，因为他不喝酒，他宣布不结婚，一心扑在他的事业上，而且他非常守信用，建立了信誉。后来选举市长的时候就把他推选出来，选他为市长。他发了，成为所谓的当地的资本家兼市长。于是故事里出现另外一个人，一个年轻人，这个人只是路过卡斯特桥，并不想在卡斯特桥定居。那么这个年轻人路过这个地方以后，他发现这个市长经营得并不合理，好多地方是很陈旧的管理方式和很落伍的不科学的经营方法。他就跟这个市长提了建议，就说你这些做法不对，应该改进。这个市长一听很有道理，他说，年轻人你别走了，你留下来跟我一块干吧。年轻人不愿意，他就死拉硬拽把这个年轻人留下来，等于是当了他的总经理，两人开始合作。

这个时候就开始过他的幸福生活了，他有妻子，有女儿，有合作伙伴。而这个年轻人在管理方式和经营方式上，已经有很多先进的东西。所以这个生意就非常好。他也非常高兴。但是他的妻子多年来受了太多的苦、太多的摧残，就发病了，治不好就死掉了。

读到这个地方我就觉得有点枯燥，因为还能怎么样呢？然后有一场戏，在电影、电视里面都会重点表现，在文本阅读当中给我留下了深刻的印象，就是妻子死掉了，他隆重地埋葬了妻子，这个时候，他发现他的女儿跟那个经理，两个人已经眉来眼去，已经互相相爱了。他不是很高兴，因为他后来和这个年轻经理发生冲突，他有些自己的管理方式不愿意改变，一种粗暴的宗主关系的旧管理方式，有的人就服这个，有人就不服。年轻人就说你这样不行，他听不进去。还有就是关于种子改良等方面，新的科学观念他接受不了。所以他已经不喜欢这个年轻人了。对伊丽莎白去爱这个年轻人，他是不乐意的。但是既然妻子死了，也安葬完了，这天晚上他就把女儿伊丽莎白叫到楼上来，他住在二楼。说，伊丽莎白有件事儿我始终没有告诉你，你现在应该知道，你妈妈不是一个跟我没关系的一个外来人到这儿，我不是忽然爱上她的，你妈妈原来就是我的妻子，你就是我的亲生女儿。他不愿意说他卖了妻子和女儿的事情，他说当时由于一些非常复杂的特殊的情况，我跟你们失散了。所以你不要老叫亨查尔先生，你要叫我爸爸，我就是你生身的父亲。伊丽莎白一听大吃一惊。伊丽莎白来到卡斯特桥市时已经十八岁了，她已经完全是一个成熟的女性了，所以她妈改嫁她也不反对，但是她爸爸明明是那海员嘛。从故事开头往后捋，我想，她一个小女婴，抱走的时候根本就不懂事，长大才懂事，懂事后，她的爸爸当然就是那个海员，养了她十八年，怎么会又冒出这么一个亲生父亲来？但是妈妈去世了，亨查尔跟她这么说，她心情复杂，半信半疑。结果看她父亲那么真诚，她也就觉得应该是真的，她就叫亨查尔爸爸，亨查尔就感动得不得了。

底下就是写小说要有技巧了，我就从那儿学到了。亨查尔是个急性子，把女儿搞定以后，他心里也很舒服，妻子去世了，女儿跟自己血统上认同了。他就开始整理他妻子的遗物，他妻子也没什么遗物，就是一个梳妆台，有些装饰品什么的。他忽然发现他妻子给他留下的一封信，这封信是封着的，信封上写着，这封信你一定要在伊丽莎白结婚那天才能打开。他那个性格，他哪憋得住？干什么呀？当时就撕开了，就看。信上是这样写的，说亨查尔我现在必须告诉你，伊丽莎白不是你和我的女儿，我们那个女儿在海员把我带回他家以后，不久就得病死掉了。伊丽莎白是我和海员的女儿，我必须把这个真相告诉你。今天伊丽莎白出嫁，她有依靠，我就放心了，希望你接受这个事实。说你不要埋怨我为什么活着的时候没有告诉你。她说，你想想，你亏欠我多不多，你欠我太多了。我亏欠的就是这么一条，就是你第二次娶我以后，我没有告诉你这个事实。那么我们在上帝面前，我们都应该忏悔，你应该原谅我。亨查尔一下惊呆了，作为读者我也惊呆了，这可怎么办呢？这就叫做小说，叫做讲故事，叫做会讲故事。

第二天，伊丽莎白想了一夜，想我老爸是谁呢，明明是那海员，怎么又是这亨查尔呢？亨查尔他说他是，那我妈怎么不早告诉我呢？想来想去，觉得亨查尔这个人不会说瞎话的，就是。虽然昨天晚上叫一声爸爸，但是一叫还不够。第二天天亮就欢快地跑上楼去，高声叫爸爸，伊丽莎白却发现亨查尔对她非常冷淡。你说这小说写得好不好？写得非常好。

所以托马斯·哈代是一个教会我讲故事的人。后来当然就很悲惨了。那个经理跟亨查尔闹翻了，就自己独立开公司了。而且他坚持要娶伊丽莎白，她也坚决要嫁给他，亨查尔阻拦也阻拦不了，伊丽莎白最终嫁给了那个年轻人。而在经营过程当中，亨查尔因为他管理方式老旧，又遭到很多人的反对，他生意越来越差。后来他有一个情妇在另外的一个镇子,他跟情妇私通的事情又被曝光了,这还不要紧,又引出卖粥老太婆在这个关键时刻又给他曝光,说这个人曾经把他自己的妻子和女儿卖掉过。大家一联想,怪不得后来他跟一个寡妇求婚,那寡妇还带着一个闺女。他就名誉扫地了,就彻底破产了。而这个时候就有一个很苍老的男人来到了卡斯特桥,到处打听伊丽莎白,这就是那个海员。海船虽然沉没了,他并没有死,他后来活过来了,他回来打听他的妻子和女儿在哪里,特别是他的亲生女儿,伊丽莎白是他亲生的。他终于找到了,伊丽莎白和她的生父就团圆了。伊丽莎白这才明白,亨查尔可能也没有骗她,而这个生父找到这儿就是生父,也不会撒谎。是这样啊,大悲剧。她就想原谅她的继父,但是这个亨查尔后来彻底破产以后,财产全光了,又背起他最开始打草的工具,在夜里离开卡斯特桥市,消失在黑夜中。多好的一个故事啊。所以托马斯·哈代和他的《卡斯特桥市长》是我少年时代对我影响最大的一个外国作家和一部小说。当然,很多年过去了,我对这部小说的回忆性复述,可能与小说本身有些小的不符,但应该不影响我对它的介绍,你如果听了感兴趣,可以找来一读。我下面讲的,也都可能与原著有些小不符,我不想捧着书引用原文,我这样讲,也算是一种风格吧。

我先说这么一个外国作家、这么一本小说。后来我当然读的书就越来越多。我现在就告诉你,对我影响最大的五个中国作家是谁,然后再补充另外四个外国作家。

对我影响最大的中国作家就是曹雪芹,他的《红楼梦》,这个我讲太多了,今天在这儿我就不多说了。我上小学时候,从我父亲的枕头底下发现《红楼梦》。我就瞒着我的父亲，在他下班回来之前偷偷地拿来读，读完以后再塞回他枕头。最后就被发现了。被发现以后，我的父母并没有责备我。后来我就开始在家长的鼓励、指导下来阅读，曹雪芹成为影响我一生最重要的一个作家。当然现在我这么一说，底下可能有人皱眉头，说最近我在网上看见了，《红楼梦》作者不是曹雪芹啊。《红楼梦》作者究竟是谁是有争议的，直到最近这几年还有多种说法，比如有人说是明末清初的一个戏剧家叫洪昇，洪昇我们知道他写过剧本叫《长生殿》，《长生殿》现在在舞台上还有演出。有人说他是《红楼梦》书稿的原作者，还有人说是明末清初的吴梅村，还有其他种种说法。但是我个人是认同这样一个判断：《红楼梦》作者就是曹雪芹。这个是百年来红学界多数人的一个共识，包括派别不同的红学家，在这点上有共识的还是多数。在红学研究的派别上，我是属于周汝昌这一派，就是考据派，考据派的鼻祖是胡适先生，可以说周汝昌是他的一个得意门生。我们有很多证据证明，《红楼梦》这本书的原创者、原作者就是曹雪芹。我多次跟大家说过，最重要一个证据就是在大家现在所看到的一百二十回《红楼梦》没有出现之前，有一位叫富察明义的贵族人士，留下二十首《题红楼梦》的诗，前面的小序第一句是："曹子雪芹出所撰《红楼梦》一部。"他的诗里透露出一百二十回《红楼梦》没有的内容。现在我们常见的一百二十回《红楼梦》，前八十回是曹雪芹的，后四十回是一个书商叫程伟元，一个书生叫高鹗，他们两个联合起来续做的。他们续这个后四十回的时候，曹雪芹已经死去差不多三十年了，他们跟曹雪芹无来往。他们有续书的权利，而且续上以后，因为用活字排印的方式印刷出版，流传很广，一直流传到今天，它本身也是一部古书。所以你阅读一百二十回《红楼梦》也没有错，是值得阅读的。

但是曹雪芹写的《红楼梦》不是一百二十回，是一百零八回，都说曹雪芹的《红楼梦》现在留下来八十回，有人就误以为曹雪芹只写了八十回，不是。曹雪芹是写完了《红楼梦》的，曹雪芹的《红楼梦》是一百零八回，在八十回后是二十八回。前八十回现在基本上留下来，后二十八回的内容是可以通过红学当中一个分支叫探佚学，把它的基本内容探佚出来的。周汝昌先生就一生致力于这件事情，而且指导我、鼓励我，去进行后二十八回内容的探佚。我前年写了一个续《红楼梦》，我不是觉得自己有曹雪芹那个水

曹雪芹雕像

平，要独立创作一个了不起的文本，只不过把曹雪芹的八十回后的二十八回是一个什么内容，通过这个续书形式作了一个展示。现在告诉大家一个消息，译林出版社即将推出一百零八回《红楼梦》，前八十回是周汝昌先生，他用流传到今天的十几个古本，就是手抄的《红楼梦》，加以比对，选出其中最符合曹雪芹原笔原义的字句，再加以连缀。这项工程，他们家是两代三人用了半个多世纪完成的，构成了一个八十回的一个精校本、一个善本，再加上我的二十八回的探佚，我之所以敢于附在周先生这个精校本的后面，因为我的探佚工作是在周先生指导下完成的，是得到他的鼓励的。很多人也知道，古本《红楼梦》、手抄本《红楼梦》，它除了原文以外，会有很多脂砚斋批语。好多人就不懂得读脂砚斋批语，还有人就觉得听刘老师讲知道这个批语很重要，我哪里去找批语呢。现在译林出版社在今年之内即将推出的这个一百零八回《红楼梦》，前八十回不但有周先生精校出来的正文，而且有全部脂砚斋的批语。还有周先生自己一些评点。然后再附上我的二十八回，展现曹雪芹写完的《红楼梦》的全部内容，即肯定有的前八十回的内容，和很可能有的后二十八回的内容。这个本子现在正在制作中。出版以后，希望大家能够来读。

也有人会提出来，比如说刘老师你老说《红楼梦》，其实据我知道《红楼梦》应该叫《石头记》呀。你的这个说法是对的，早期的古本《红楼梦》，它的书名的题写都是《石头记》，少数是《红楼梦》，多数都是《石头记》。到了一百二十回《红楼梦》出现的时候，它才成了《红楼梦》。因为我原来关于《红楼梦》讲得太多了，所以今天讲曹雪芹《红楼梦》就只说这么多。

影响我最大的另一个中国作家是谁？上一次在这儿搞活动，我已经提出来了。今天好多人可能还是不知道。就是李劼人，这是一个四川籍的作家，他上个世纪已经去世了。李劼人曾经在法国留学，也翻译过法国的小说。他回中国以后，就用咱们母语中文写小说。他的长篇小说主要有三部，第一部叫做《死水微澜》，第二部叫做《暴风雨前》，第三部叫做《大波》。最好是《死水微澜》，《死水微澜》如果现在年纪稍微大一点的，会想起来，就是前些年，在上世纪八九十年代是搬上过荧屏的，也搬上过银幕，有它相关的电影和相关电视连续剧，也有相关的戏曲演出，比如有川剧。《死水微澜》写得非常好，好在哪里？我也是一个四川人，虽然我后来长期在北京生活，我具有四川出生、常居北京这样的双重特点。像《钟鼓楼》我是用北京话来写北京的生活。但是对李劼人用四川话来写四川的生活，我非常感兴趣。那么他写的是哪段故事呢？历史背景呢，是辛亥革命前夕。辛亥革命前夕四川是个什么情况呢？当时四川是一个很闭塞的地方，一潭死水。但是为什么又微澜呢？死水里面又起了微微的波澜。就是因为那个时候，四川虽然在内

李劼人

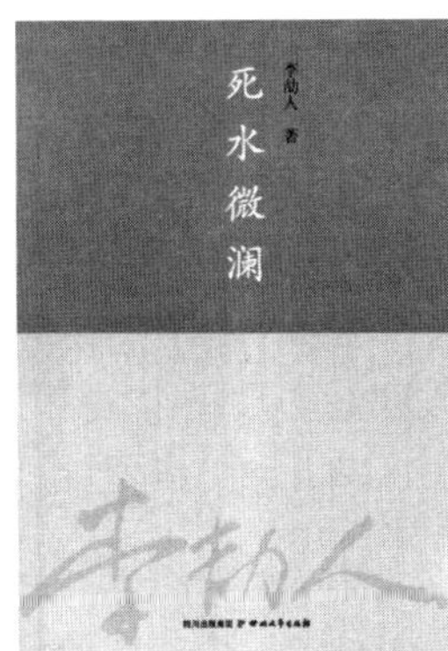

《死水微澜》书影

地，是一个盆地，一个闭塞的地方，但是各种各样的信息也传递过去，各种各样新的事物也渗透进去。首先有原有的事物，四川原来民间有一种人身份叫袍哥，就是一种准黑社会性质组织里的人物，讲义气，有时候还敢于跟政府对抗，但是呢意识上并不是很先进，离孙中山那些革命的要推翻清朝的先进人物的先进思想还有点距离，但是他们往往也和反清的这些革命者互相呼应。四川有很多袍哥，当然都是男性。

当时西方的势力已经渗透进中国，教会开始渗透进中国，有些中国人开始信教，他们被叫做教民。教民往往遭到一些有义和团思想和行为的人攻击辱骂。教民当时的生存状况也是很苦，一句话说不清的。一方面他们投靠了教会，因为一度清朝政府也是害怕洋人的，虽然经过一次义和团运动，很快义和团运动就失败了，慈禧太后带着光绪皇帝就从北京紫禁城绕道逃跑到西安去了，后来就讲和了，丧权辱国了。慈禧太后回到北京以后，就跟洋人和好了，甚至请德国画家到颐和园去给她画油画的画像，而且在中国还举办宫廷活动，招待外国大使的夫人，朝廷对洋人的态度在这之后有所变化。所以投靠了教会以后一些教民就觉得自己得到了一定的庇护。可是像袍哥这样一些人，往往会有一些义和团似的思维，对教民他们是鄙视的、排斥的，双方就会有冲突。在四川，辛亥革命爆发之前，这些力量就在激荡，而当时商品经济虽然在很艰难的情况下，发展起来比较困难，但是也在逐步地发展，出现一些土财主。这是说一个大的背景，但你读书会发现一句政治性的话都没有，一点这种背景解释都没有，一片生活。写人，写人的性格，写人生的这种诡谲，难以琢磨。它的主角是一个四川女子，叫邓幺姑，缠小脚的。这个邓幺姑，她当然作为一个那种时代那种地域的那种女人，她不可能自主掌握自己的命运，所以她就必须要嫁人，就嫁给了一个杂货铺的一个老板，人称蔡傻子，人是好人，可是傻乎乎的。她嫁给这个蔡傻子，就和他生了一个孩子。这个过程当中，蔡傻子有一个亲戚叫罗歪嘴，就是一个袍哥，这个罗歪嘴并不是说嘴真是长得歪，他老爱歪嘴，作为一个特殊表情，所以人称罗歪嘴，这个人充满阳刚之气，是很侠义的一个人物。一来二往，邓幺姑就跟这个罗歪嘴私通了。蔡傻子后来也发现了，发现以后就屈服了。因为蔡傻子是一个完全没有办法改变自己固有生活方式的人。

这些都在点题叫死水，它里面没有直露的点题，但是你仔细想就是死水。邓幺姑她到了一定年龄必须要出嫁，你不出嫁也得出嫁。嫁鸡随鸡，嫁狗随狗，嫁傻子随傻子。那么这个傻子做生意发现她老婆不守规矩，给他戴绿帽子，最后也就认了。但是那个邓幺姑确实在那个时代、那个社会、那种情况下是比较出格的，她后来开始尝试自己把握自己的命运，她跟那个罗歪嘴是真有爱情，他们之间的爱情就由秘密逐渐就公开，不但蔡傻子知道了，三邻四坊都知道了。最后大家都习以为常了。而这个罗歪嘴和一个妓女叫刘三金，还继续来往。这很正常，袍哥跟妓女从来都是公开来往的。在这个过程当中，就出现另外一个人物叫顾天成，是一个土财主。这个人发了财了，小说写得很有意思，什么叫土财主？他发了财了，但是他的手指甲里面都嵌着污泥，这是土财主一个很细致的标志。但这个顾天成后来为在生意场求得保护，他就入教了，他就成了教民了。这样后来顾天成和袍哥罗歪嘴之间就发生了冲突，冲突的地点就是在成都青羊宫，这是大冲突的地点，青羊宫是成都到现在还有的一个道观。李劼人写青羊宫当年的风俗，写得生动极了。现在青羊宫已经没有当年那种风情了，但是还残留一些。它的吃是什么样，喝是什么样，那些民俗的玩具怎么样，民俗的那些讲究怎么样。就在那个场合，顾天成最后和这个袍哥之间就爆发冲突，北京话叫茬架，就打起来了。

那么这个故事还很曲折，到最后顾天成，因为当时官府经过义和团运动和庚子国变，也就是 1900 年的八国联军进北京打跑皇太后和皇帝，结束这个事儿以后，朝廷后来就帮着洋人一起来杀义和团，镇压义和团。朝廷开始考虑君主立宪，派自己的皇族和一些大臣去西方考察。这种情况下，顾天成这种人就觉得我有洋人做靠山，我有官府做靠山，就把罗歪嘴给告了，就说他和革命党和乱党有联系。这样官兵就冲到蔡傻子的杂货铺，砸了杂货铺，来抓罗歪嘴。罗歪嘴当然早就逃走了，抓不着罗歪嘴，就把蔡傻子打得满头是血给抓走了。邓幺姑就狼狈地滚到街上，缠小脚的那个缠脚布散开了，拖了一丈长，也给打坏了。

最有趣的是小说最后结尾，它讲这个邓幺姑经过这一次命运跌宕以后，最后嫁给了谁呢？嫁给了顾天成，很宿命，嫁了顾天成。所以我刚才先讲时代背景，先讲它的历史背景，再讲故事，你就听明白了。如果你不知道时代背景，光看故事也很精彩。他对那个时代各种社会力量的激荡，他是非常巧妙地融汇在他的故事当中、人物关系当中、人物命运当中、细节当中。而他对成都的风土人情的描绘非常出色。所以李劼人是对我影响很大的一个作家，他的《死水微澜》是对我影响很大的一个作品。后来写我的《钟鼓楼》，虽然《钟鼓楼》我是写北京，而且我用北京话来写，跟他不是一回事，但是里面应该说是参考他写时代怎么写，写地域怎么出风情，这些写作特点我是参考他的。这是第二个中国作家。

第三个对我影响大的中国作家就是萧红。萧红的作品也不少，最重要的作品一定要读，一生不读萧红是极大的遗憾，你如果没读过《呼兰河传》，你等于没有读过中国文学的作品。都说张爱玲好，张爱玲固然好，张爱玲出道比萧红晚很多，萧红都死了以后，她才出道。萧红只活了三十多岁，但是她的《呼兰河传》是世界级的经典作品，她那个文本，你读她那个文句，就是天然去雕饰，就从她心中像泉水一样汩汩流出，非常自然，非常顺畅。她写她的故乡，一个很小的地方，说是市，其实也就等于一个大村子一样，散文式地写。里面比如写到这个地方，地上有一个大坑，这个坑里面灌满了渍泥，一下雨后就成为一个泥浆塘，马车翻进去，人掉进去就会死人。冬天干燥了，这地方会变得软一点，有人就故意从上面走过去。几代人就这么在那个地方生活，没有任何人提议，也没有任何人出力去把这个坑改造掉、填掉，人就这么活着，就这么死去。然后她写了很多种生态，让人撕心裂肺，这种社会，就是生者自生，死者自死。邻居有一个小媳妇儿，婆婆老觉得她给家里带来了背运，要驱她身上的那个魔，就想了好多怪招，最后就用开水烫，在大缸里面灌满开水，把她扔进去，往里摁，皮立刻脱下来，没有人劝阻。小媳妇在缸里面，刚进去的时候还在笑，她也觉得把我身上的魔去了之后，我婆婆就能够容下我。悲哀啊。我读这个书的感受，人啊，人们为什么要这样生活？我不要这么活着！作者她却并不直接发出这种呼唤，她的文笔很平静。这是我阅读当中自己从心里发出的一个呼唤，也是很多外国读者内心产生出的共鸣。比如我认识那一个美国汉学家，叫葛浩文，他就说他读了萧红的《呼兰河传》以后，激动得不得了。他跟我说，只有女神才能写出来这种作品。小说里面写了最卑微的生命，给人推磨的，那个磨工和被人最看不起的丫头产生恋情，他们就在一起，就生孩子，但养不了，就连那个做襁褓的布都没有，拿草纸裹着婴儿，但是这些草芥般的生命就非常顽强地生存着。

萧红就以这样的笔触写出这样的人生，读萧红的《呼兰河传》对我的心灵是一次洗礼。我就懂得了什么叫做悲悯。一个作家如果没有悲悯之心你不要下笔。大悲悯就懂得生命的卑微、渺小，生活的艰难不易，人性的复杂、深奥，世道的古怪和它的居然难以变化，和我们对它希望往好变化的一种呼唤。这种情怀是萧红赋予我的。

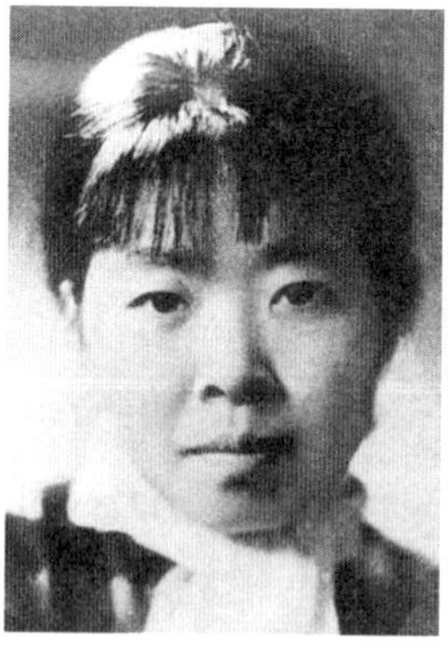

萧红

《呼兰河传》书影

改革开放以后，我一度是北京市文联的专业作家，那个时候我们北京市文联作家队伍开个名单的话，吓你一跳。老少几辈，比如说老革命，从延安那边来的比如雷加、阮章竞，从解放区来的比如像管桦，这些老作家。还有一些是从旧社会，叫做国统区过来的，其中有三位作家很重要，他们是萧军、端木蕻良、骆宾基。前些时有部电影叫做《黄金时代》，看没看？里面有没有这三个人？这三个人我都见过，因为我们当时在八十年代初，都是北京市文联的专业作家，都交往过。这三个人跟萧红都是生死相恋。我去过萧军他们家，老早他就娶了一个媳妇儿，儿女同堂，可他们家到处是萧红照片，他妻子完全无所谓，他儿女更无所谓。我又到过骆宾基家，家里也供着萧红的照片。骆宾基号称，日本进攻香港，当时萧红动了手术，情况非常危急，电影里面表现了，医院都被日军占领了，玛丽医院被日军占领了，就只好到一个中学，教室作为临时病室，萧红就死在那儿了。据骆宾基自己说，端木蕻良在关键时刻把萧红给抛弃了，所以萧红当时身边就没有人了，就只有他骆宾基。所以当时萧红就拉着骆宾基的手说，骆宾基你是我唯一可以信赖的人，那么骆宾基就说我要娶你为妻子，萧红就说我已经要死了，骆宾基说你死了我也要娶你。据骆宾基他个人的独家版本，当时是这么一个情况。电影也没照此来拍，因为很多人不信。电影里也表现了端木和萧红是正式结过婚的。开

鲁迅

头萧红跟萧军是一对，两个人后来就从东北跑到上海找鲁迅，两个人把自己的习作给鲁迅看，鲁迅大为赞赏，介绍出版。萧军那部叫做《八月的乡村》，鲁迅作了序。萧红那部叫做《生死场》，鲁迅也作了序。

萧军是一个男子汉大丈夫，虽然他救过萧红，爱萧红，但是他在家里有家暴，电影里也表现了。所以萧红就经常一大早跑到鲁迅家去，一待就是一天，许广平说老实话是烦透了。萧红后来写的《回忆鲁迅》，写得非常好，无数人回忆鲁迅，唯独萧红文本最好。有人读了这个文本以后，就生出一个解释，说实际上萧红爱鲁迅。鲁迅爱不爱萧红呢？很有趣。但是后来萧军和萧红之间完全闹掰了。据说在西北的时候，当时他们在一个什么地方，就进行最后的人生抉择。那个时候萧军就决定要去延安，先去西安，然后最后奔赴延安，要去为民族解放事业奉献自己的一生，投入这个角色。端木蕻良是一介书生，他当时决定去重庆，重庆也是抗日的，蒋介石政府当时也是抗日的。骆宾基就说，我看萧红的，萧红去哪儿，我就去哪儿。骆宾基比他们小，当时还是一个小青年。据说有这么一个情况，电影里没有表现。我要认识那个导演的话，我跟她讲讲，这场戏应该放进去。萧军一度自己出去，寻找革命的方向去了，离开了。离开以后，萧红当时就很寂寞，一大群男子追求萧红。萧红为什么这么大魅力，现在是个谜，真是一个谜，现在有她照片，那照片有多漂亮？没多漂亮，怎么那么多男子爱她，像电影里演的聂绀弩，也是她的追求者。当然萧红也很得意，那么多男子追求她。她说，现在我把一个拐杖藏起来，谁能找着，我就跟谁好。这些男子跟没头苍蝇一样，热血男儿要抗日，你们抗日啊，找拐杖！最后谁找着了，端木蕻良找着了，电影里面你注意没有，端木蕻良的道具是两个，有一个法兰西帽，他老戴着，一个是他有一个拐杖，拐杖是他的一个标志。端木蕻良是一个被那些男子最看不起的，觉得他最没有男子汉气概，文弱书生，那些男子最不看好他了，端木却居然找着拐杖，萧红居然跟他好。那些男子就奇怪了，就觉得萧红你怎么回事？我们都挺棒的，帅哥，或者很阳刚，男子汉，你不爱，你非去喜欢那么一个文弱书生，你干嘛呢你？喜欢小白脸！就说明那个时候萧红就喜欢小鲜肉。后来很多人就直接堵着端木蕻良问，你怎么回事你，你凭什么能找着？端木蕻良逼急了，说我告诉你吧，萧红偷偷告诉我的，那拐杖在哪儿。而这个时候就发现，萧红已经有孕了，是萧军的种。萧军从外面就回来了，萧军是一个很不守纪律的人，什么也约束不了他，野马似的人。回来以后，一进院子门，骆宾基就在那儿守着，萧军进来，骆宾基就告诉他：你走了以后，萧红她跟端木蕻良在一块，他们俩好了。萧军觉得不可能。怎么不可能？现在他们俩在一块呢。萧军就把骆宾基一推，就往屋里冲。当时西北那个炕，一看两人在炕上，肩膀靠肩膀，萧红正小鸟依人呢。这萧军一见，怒火冲天。就是你跟谁好也罢，怎么偏跟这么一个人好啊！萧军随身带着匕首的，他是这种男子汉，拔出匕首来，大叫，就立刻要杀这个端木蕻良，电影拍出来多精彩！萧军这个人大叫以后，他自己就昏过去了。这个时候端木蕻良什么表现呢？立刻去掐他人中，拍他背，立刻去救他。生死冤家，三个男人爱一个女人，就是这种爱。然后骆宾基就最伤心了，伤心得不得了。萧军回来宣布跟萧红分手，然后端木蕻良就向萧红求婚，萧红就答应正式嫁给端木蕻良,怀着萧军的孩子。后来端木蕻良和萧红在武汉举行了正式的婚礼,两个人就一起到了重庆。后来蒋介石抗战,越战越不行,大溃败,桂林大撤退什么的,最后两个人就流落到香港。没有想到日本当时好厉害,把香港也占了。

那个情况下,据端木蕻良跟我说,因为我跟他有交流,说当时萧红病得不行了,那手术不该动,动坏了,手术创口那儿老出血,他还老给她吸痰,吸血痰,这个电影里表现了。端木蕻良对她是很好的。但是当时已经没有钱了,不管怎么样,你得有钱,对不对?治病,没钱怎么治?他说我去找钱去了。他去找钱,他不是把萧红抛弃了。但这个时候另外一个东北流亡的一个男子,就是骆宾基,他到了萧红的榻前,据他说,萧红跟他说,端木抛弃她,自己一个人脚底抹油溜了。骆宾基就握着萧红的手,说我爱你。萧红就答应嫁给他。那么骆宾基的这个话为什么有人不信,但是又不能完全驳倒呢?因为后来确实拿出一张纸,纸上写的是萧红宣布今后她的《呼兰河传》这本书,如果再印的话,全部版税都归骆宾基。所以到新中国成立以后这本书出版,以及改革开放以后这本书再版,所有的版税确实都是骆宾基跟出版社要。萧红亲笔写的委托书,端木没话说,端木虽然是萧红正式举行过婚礼的丈夫,也没话说。

我在端木的家里面,他后来有一个太太,叫钟耀群,两人很相爱。怪了,端木家那个茶几玻璃板底下,好大的萧红照片,她也无所谓。有一次跟骆宾基交谈,我得罪他了,那老头儿不能得罪的。当时北京市文联专业作家开会分两组,得把骆宾基和端木他们俩分开,两人不能够在一个组开会的。我跟骆宾基分了一组,这骆宾基他老发言,学了什么文件,什么精神,那会儿不是经常学嘛。他老发言,发言当中老突然有一句,端木是个坏人,当时也拿个拐棍戳那地板。全组人目瞪口呆,大家伙劝他,也不好说什么。有一次我是讨好他,休息的时候,我说骆老,中国女作家里,我当时就忘了萧红了,我说中国女作家最出色的,排座次的话,因为我刚拜访过冰心,就说冰心排第一位,一下子他满脸溅朱,我就害怕了,这要一下心梗的话可坏了!骆宾基憋了半天,才戳着地板反驳我说:那萧红呢?原来在他心目中,冰心不能排第一,别的谁都不能排第一。我赶紧说对对对,萧红,萧红,是萧红。

作为一个女作家,她在生活当中得到了那么多男子的喜爱,而且三个男子最后成了死对头。萧军还潇洒点,对他们两个无所谓,那两个人是不能见面的,散会以后,比如说两个人在走廊里头,端木一见骆宾基出来了,赶紧上厕所,躲洗手间去。端木是一个懦弱书生,挺有意思的。但是呢,三个人都留下了好作品,而他们的作品都比不过萧红,比不过《呼兰河传》。这是第三个对我有很大影响的中国作家,萧红。

第四个中国作家就是孙犁,我不知道在座的是不是知道这个作家。这个作家他有些文章被选进中学课本,有些人可能是通过中学课本知道的。其实那不是他最好的作品,这个作家最好的作品是一部篇幅很短的中篇小说叫做《铁木前传》,你一定要找来看,发表在1956年,那个时候作家们都是要写歌颂农业合作化的作品,孙犁这个作品似乎也是这个题材,这不稀奇。孙犁不是一个不问政治的作家,更不是异见人士,绝对不是,他本身就是从革命老根据地过来的作家,他的作品里是有政治的,他的长篇小说

孙犁

《风云初记》写抗日战争,《铁木前传》涉及农业合作化,这是很自然的。后来浩然不就以歌颂农业合作化的《艳阳天》《金光大道》走红的吗?浩然的文本是高度政治化的,而孙犁写农业合作化背景下的农村和人物,却把政治稀释了,他写得非常别致,他绝不直奔主题,他娓娓道来,淡淡抒情,仿佛水中莲花在月光下缓缓绽放。

《铁木前传》写了一个铁匠跟一个木匠两家的故事。铁匠有个女儿叫九儿,这个木匠有好多个儿子,第六个叫做六儿,他写木匠所在村子的情况,合作化了。合作化初期,大家要准备农具,光有木匠不行,得木铁结合才能够打造出适用的农具,所以这个铁匠就带着九儿到那个村子安营扎寨,打铁。这个六儿和九儿,父亲是朋友,两人就两小无猜。一来二去难免就有一些青梅竹马那个情绪出来,他写得很优美。

但是这个小说里面忽然出现一个1949年以后的文学画廊当中空前绝后的人物形象，叫小满儿，她是村里面一个美丽魅惑的妇女，很风流，作者用中性笔触来写这个小满儿，不是把她当作一个荡妇来写，写出一个生命的神秘。他也写到当时有下乡来指导这个合作化的干部住在农民家里，小满儿忽然飘然而入，身上散发着一种当地很难闻到的那种雪花膏的气息，而且就跟干部有很奇特的诉苦，意思就是说难道我这样的人就不能让人懂吗？干部当时觉得，不知道怎么解释这样一个生命。这些笔触写得非常好。然后他很微妙地写出来这个六儿就在小满儿及其亲属一伙的诱导下，离社会的主流越来越远，越来越游手好闲。而这个九儿跟她父亲打铁，就始终希望六儿也能够跟他们一样，融入这个社会的主流当中。

《铁木前传》中的小满儿

孙犁教会我怎么在这个体制下写作。我从小是在红旗下长大的，受的是革命教育，戴红领巾，别过共青团的团徽，唱过很多革命歌曲。我能接受的我接受，不能接受的我沉默。但是呢，我还是要和这个社会亲和，和现实我要讲和。我要写作，我怎么写？孙犁就是一个标杆。孙犁还有一个短篇精彩极了，叫《秋千》，表面上写农村几个姑娘荡秋千，农村有时候会在树上设置很简陋的秋千，小姑娘就荡来荡去，有个小姑娘她每天和其他的姑娘一起荡，忽然有一天她就不太敢去荡了。为什么呀？因为土改以后正在定成分。成分这个概念不知道在座的人都懂不懂。年轻的不懂，什么叫成分？老爸填表说是出身贫农，一度有的小孩就急眼了，怎么贫农呀？同学该看不起我了，咱们家怎么也得是个富农吧？以贫为耻，以富为荣。要在改革开放之前就糟了，那时候“以阶级斗争为纲”，工人、贫农、下中农，属于革命阶级，地主、富农、反革命、坏分子、右派分子，属于敌对阶级，叫做“黑五类”，你父亲要是富农，那就要天天挨斗了。所以那时候成分很要紧，贫下中农出身光荣，地主富农出身狼狈。

那么《秋千》这篇小说其实是写土改时划成分的故事，你要划了中农还好，你要划了富农的话，就是专政对象，就糟糕了。孙犁他经历了土改运动，他也拥护和支持土改运动，因为土改运动在当时来说起到解放生产力的作用。为什么解放战争打得国民党部队落花流水？很多农民觉得我分到土地也是共产党给的，我把我自己的孩子送去前线打蒋匪，保住这分到的土地，多是这么想的。那个时候，很多作家就正面写农村的阶级斗争，写土改，写划阶级成分，他们是激昂的写法。孙犁却是另类的，非常独特的写法。他写一个小姑娘，他们家有可能划成富农，也有可能划成中农。后来又细分上中农、下中农，开始不那么细。这个小姑娘他们家的情况，骑在可划为富农也可划为中农的分界线上，如果划成富农，她就是一个敌人的孩子，如果划成中农，她就还是一个人民队伍中的后代。所以你看小说的题目叫《秋千》，人在这个社会当中，在社会运动的流变当中，人的命运要有时候取决于很多外在的力量，左右左右，秋千在摆荡。我们家究竟是富农，还是中农？后来小说是一个喜剧结尾，她们家没有划成富农，她就又欢快地跳上秋千，和其他那些划成贫农和中农的孩子一起荡秋千了。写得多好！好不好？在那个时代、那种情况下，他能这样写，他没有发出反对划成分的声音，实际上他要表达出什么呢？人性、人情、人道。你细琢磨嘛！所以他对我影响很大。当然后来他这种写法不能坚持下去了，“文革”当中也被批斗。

孙犁《铁木前传》写完以后就没有《铁木后传》了，他那《风云初记》，后来也没续上《风云后记》。因为以他这种柔软的心肠、柔曼的笔调写革命，在当时那种人文环境下，他再往下写很难了，写出来以后发表的可能性也不大。改革开放以后，他可以随心所欲地写了，却年迈体衰了，只能写短小的散文、小小说。可惜！孙犁是影响我至深的第四个中国作家。

林斤澜

第五个，是我在这儿搞过一次专题活动讲到的，就是林斤澜，林大哥。他前些年去世。林斤澜是后来我交往最深的一个老大哥的作家，他是一个被埋没的作家，好多人不清楚，不知道他的名字，不读他的作品，或者不知道他作品的好处。他对我的影响非常大。比如在 1956 年，他有过一篇短篇叫做《一瓢水》，我在这儿讲过。我再稍微地重复一下，他写两个司机，一个老师傅带一个学徒。在很艰苦的西南山路上盘旋，车坏了需要修车。新司机就看老司机趴在车底下修车，不言不语的。他就很气愤，说这个老司机思想不开放，不活跃吧。还有一个细节，发现这个老司机有一团揉皱的信。这个老司机的妻子提出要跟老司机离婚，他写出人心深处最沉重的东西，这个老司机是一个老模范，但谁知道他有他个人的生活，有他个人隐私，有他个人隐痛，有他不可告人的秘密。但是老司机坚持来修这个车，继续他们的行程。但老司机后来就病了，发高烧，病得很重。他们的车就到了一个叫一瓢水地名的地方停下来，这车如果再不弄好的话呢，就开不走了。车虽然修好了，老司机病不好，也开不走。写一个夜晚去找一个道士，道士带他们找了一个能治病的中医，写得非常奇怪，那样写法的人，1949 年以后很少见。他就告诉我们，新旧社会交替当中，有一些旧事物还一点变化都没有，比如说道士，比如说那种迷信的想法，比如说乡间那种完全依靠经验来治病的医生等。通过一个小青年的眼光，老觉得这个不对头，可生活真相就是如此。通过这样一番经历以后，这个老司机病居然就治好了。后来老司机就继续开这个车，年轻人坐在副驾驶座上，他向往自己今后能够取代老司机，成为一个好的驾驶员，车就开向远方。

他表面上写一个歌颂性题材，歌颂一个老司机，在那么艰苦的条件下，坚持完成运输任务，甚至自己家里还有窝心的事儿，沉默不语，不对人说，坚持在那样的盘旋山路上不出事故，安全运行。写这个新司机向往着怎么能够很快成长，成为一个能独立驾驶的驾驶员，为国出力。表面是一个歌颂性的小说，实际上写出了人心深处的问题，写出了人心深处的一些奥秘，也写出了时代交替中社会角落那些未开化的区域。他的小说在布局上、氛围上非常独特，给我很大的启发。

林斤澜作品书影

以上就说了五个影响我最大的中国作家和他们的作品。再说外国作家，刚才说了一个托马斯·哈代，是英国的。再说一个法国的作家，古典作家影响我最大的是哪位啊？巴尔扎克吗？雨果？莫泊桑？梅里美？或者后来才进入到中国读者视野的普鲁斯特？哪位呀？这些对我都有影响，但是我的少年时代对我影响最大的恰恰是另外一位，叫做罗曼·罗兰。罗曼·罗兰是十九世纪到二十世纪之间的一个作家，他在第一次世界大战之前就有一个作品，篇幅很长，叫做《约翰·克利斯朵夫》。我当时看是四大本，现在好像有上下册两本就把它全印了。这部长篇对我影响特别大。他写了一个德国音乐家的一生，其实影射贝多芬。我看的是傅雷翻译的，傅雷是我们那个时代翻译法国小说翻译得最多、也翻译得最好的一位，是一位非常了不起的翻译家。他翻译的第一部，小说第一句四个字：江声浩荡。马上就让我觉得这个小说不得了。然后就写到一间屋子，屋子外面，屋子下面，就是大江了，一个生命诞生了。然后他就写约翰·克利斯朵夫的成长过程：第一次有了同性的朋友，建立起了亲密的友谊；第一次有了性觉醒，有了女朋友；他第一次进入到社交场合，了解到社会复杂；后来进入到艺术界，了解到艺术界内部的杂驳；后来到了巴黎，巴黎是艺术之都，他就发现他所向往的巴黎不过是一个节场，就是一个类似过节的那种集市，净是搞杂耍的，他觉得太庸俗、太虚伪。于是他就完善自己的独立人格，个人奋斗，最后他成了一个大音乐家。这么一部书，当中有它很多复杂的情感生活的描述。这部书对我影响特别大，而且后来罗曼·罗兰有一句话，这句话不在这本书里，在他另外一部作品里面，影响了我一生。他那句话是这样的：累累的创伤便是生命给予我们的最好的东西，因为在每个创伤上面都标志着前进的一步。就说人不要怕挫折，不要怕在生命历程当中受到伤害，受到伤害以后，勇敢地再继续前行，养好你的伤。如果留下了伤痕，那么这是你的勋章，你不要后悔那所经历的苦难，留下的创伤，它其实记载了我们前进的历程。这话给我很大的激励。因为我后来一生也有很多的坎坷，很多的失利，很多的预想不到，很多让家长大失所望，让同龄人看不起、鄙视，让人翻白眼，这种

罗曼·罗兰

《约翰·克利斯朵夫》书影

经历我都有。罗曼·罗兰的《约翰·克利斯朵夫》这部著作，成为我的精神宝库。刚才引用的那句话，支撑我克服了很多人生的困难，迈过了很多人生的坎儿。所以我感谢罗曼·罗兰，感谢他的这部小说。虽然现在他已经不是时髦的作家，《约翰·克利斯朵夫》也不是热门读物了，但是对我来说，他是影响我最大的一位法国作家，《约翰·克利斯朵夫》是对我有启蒙意义的一部作品。

第三个是丹麦的安徒生。有人说安徒生很熟悉，咱俩聊聊，你是要聊哪一篇？《海的女儿》？《丑小鸭》？最该聊的是小学课本里的《卖火柴小女孩》，对不对？我还不跟你聊这些。我觉得他最打动我的一篇，是有一天让我一下午发愣的一篇，不知道你读过没有，读过以后记得不记得，叫做《柳树下的梦》。其实这不是一个童话，没有任何幻想成分，是很写实的一个短篇小说。他写丹麦农村的两家人，一家相对富裕，一家相对贫穷，但当时差距还不是特别大，一家有个男孩，一家有个女孩。小男孩小女孩两人在

安徒生

《柳树下的梦》书影

一起玩，快活极了。后来小女孩一家就搬到丹麦首都哥本哈根了。这个小男孩这家就比原来更穷了，小男孩最后成了一个鞋匠，给人修鞋的一个鞋匠，跟一个老师傅学修鞋。这个小女孩到了哥本哈根，发展得很好，他们家比原来更富裕了，把她送进了皇家音乐学院，学声乐，就成了一个女歌唱家了，而且就在歌剧院成了台柱，能唱主角了。后来两个人就都长大了，长大以后都懂得了情爱，这个小男孩就不断思念这个小女孩，而且他也不断得到信息，因为有的邻居还是来往于他们村庄和哥本哈根之间，带来信息。他就想去找这个小女孩。他自己成为一个小伙子，小女孩肯定成为一个少女了。他怀着憧憬，背着修鞋的箱子，一路走着给人修鞋，这样徒步从他的家乡走到了哥本哈根，他打听到女孩子一家的住址，他就去敲门。是一栋美丽的小楼，门开了，是这家人的一个女仆，就问他是谁，他说你告诉他们我是谁，我原来跟他们一个村的，我叫什么。那个女仆进去以后，没想到全家欢呼，家乡来人了。女孩子的父母和女孩子本人对他都特别欢迎，他们高兴极了。他们那个小楼里，卧房很多，立刻安排他一间单独的房子，请他吃很丰盛的晚餐，要他报告家乡情况。他就目不转睛地看，那个女孩子长得已经非常成熟了，非常美丽。女孩子说，哥哥，我是学唱歌的，我现在唱给你听，一唱，唱了以后屋子里的杯子都发生共鸣，因为她经过专业的训练，是大台柱。后来女孩子就说，在这儿唱，你听不过瘾，另外换一个地方听我唱吧，给他一张票，让他去听她的演唱，他就去了。他才知道原来世界这么大；原来哥本哈根这么漂亮；才懂得在乡村以外，还有一个地方叫做城市。城市里面有一种地方叫街道，街道两边很多房子叫楼房，楼房中有个最大的叫剧场，金碧辉煌。他拿着票进去了，是一个非常好的座位。音乐响起，幕拉开了，从来没有看过这么华美的场面，觉得像仙境一样。他惊讶地发现，出现了一个女子，就是他所爱的姑娘，这个女子受难了，经历苦难了，他想冲上台去解救，不用他去救，台上就有人救。结果这个女子一切苦难都渡过了，就嫁给了白马王子了，辉煌得不得了。最后幕关了，就听见人们叫好。幕又拉开了，很多人往上扔花束，那个女主角谢幕无数次，还有人给她献花。后来就听到很多人说，咱到后门等着，一会儿她会从后门出来。他就跟着这些人到了后门去了，全是人。等着这个剧场后门打开，卸妆的女孩子出现了。他回忆当年在村里面，在小溪边玩，一块看花，一块捉迷藏，一块听小鸟歌唱，他觉得这个女孩子是属于他的。但是人们等啊等啊，后门终于打开了，先出来的是一个绅士，一个年轻的绅士和舞台上的白马王子差不多，一个帅哥。然后这个帅哥出来以后，有一个人搭着他的手出来，就是那个女孩子，就是那个女主角。一辆豪华马车在那儿等着，这位绅士就把女孩子扶进那个马车了，人们就欢呼，叫那个女孩子的名字。这个时候那小伙子突然意识到，这个女孩子不属于他，竟然不属于他。人生多么悲苦，竟然不属于他。马车就开始走了，车轮滚滚，人们就散去了。小伙子猛地意识到眼前的都不属于他，这座剧院不属于他，这个街道不属于他，这个路灯不属于他，这些楼房不属于他，哥本哈根不属于他。他走回那个女孩子家里，家里人说抱歉，她因为唱歌很累，已经睡了。问他歌剧好不好看呢？就发现他沉默不语。他就说，我要回去了。你怎么现在就要走，你多住几天，你才来哥本哈根。他说我要回去，我要回去。他背起他修鞋的箱子，就从哥本哈根往回走，要离开不属于他的地方。他就回忆起他到她家，见到那个女孩子，女孩子从他眼睛里看出他的意思，女孩子在家里唱歌之前，就握着他的手说，你永远是我哥哥，我永远欢迎你来。我的家里永远有你一间房间，有你一张床。说我知道你想什么，但是我真做不到，真对不起，我真做不到。他想想女孩子的话，他就往家乡走，往属于他自己的那个地方走，很远，这个时候已经秋深了，树叶飘落，在鞋边打转。走啊走，半路上有一棵大柳树，他累了，就坐在柳树下，靠着柳树休息，在柳树下他就梦见了很多美好的情景。后来就下雪了。第二天过路人发现有一个修鞋匠靠在柳树下已经冻僵了，就是他。

读了《柳树下的梦》以后，我当时年龄还不大，我就流眼泪了。因为这个小说里没有坏人，过去我看一个故事，总判断谁是好人、谁是坏人。好人悲惨因为坏人害他，对不对？这里面有坏人吗？那家人对他好不好啊？那个女孩子对他好不好啊？都非常好，对不对？没有坏人。我才懂得什么是无奈的人生，人生有时候真是很无奈的，贫富的差距，事业成功者和底层劳动者的差距，属于你的空间和不属于你空间之间的间隔，一下子，那天读这个作品以后，我觉得我一下子人的成熟度就增加了。我再看别的人，再看生活，再看这个社会，我觉得我能理解得更多了。所以感谢安徒生，感谢《柳树下的梦》。为了纪念我自己的阅读和我对安徒生和《柳树下的梦》的感激，后来我把我的一本散文集就叫做《在柳树的臂弯里》，柳树好像也是一个生命，伸出它的胳膊，安慰一个失意的人。我就觉得我要学会这种情怀。这是又一个影响我的作家安徒生。你读过他很多的童话，我告诉你，他有几个极好的作品你可能没有读过，比如说《柳树下的梦》。

还有一个外国作家是俄罗斯的。俄罗斯在十九世纪末、二十世纪初，是全球人类文学艺术的巅峰。俄罗斯的文学、音乐、绘画、芭蕾舞、电影，各个艺术门类的成就，都是值得骄傲的。作家很多了，对你影响最大的俄罗斯古典作家是哪一位？列夫·托尔斯泰？陀思妥耶夫斯基？还是高尔基，那位革命作家？还有谁啊？刚才下面有一个人说出来了，跟我的想法一样，对我影响最大的，叫安东·契诃夫。他的剧本，根据他的剧本的舞台演出，这个我先不说。就小说而言，他有一篇小说非常好，哪篇？你也许知道《套中人》，中学课文里有过，我先不说那篇。《一个小公务员之死》课文里也有，我也不说这篇。哪篇呢？我告诉你，他的小说对我影响最大的一篇叫做《没意思的故事》。其实很有意思，他以第一人称写一个功成名就的老人，他已经成为院士了，已获得极大的名誉了，生活也很富裕了，该有的都有了。刚才我讲安徒生那个《柳树下的梦》，那这个鞋匠，他想有的全都没有。契诃夫这个小说里面的主人公相反，他已经是一个老头儿了，什么他都有，功成名就了，但是他忽然发现生活没有意思。在这种情况下他发现了，一切他原来认为很有意义的事物和人物都虚无缥缈，比如什么是妻子？妻子就是那个把我的拖鞋叫做我们的拖鞋的那个女人，这很深刻，一切他都悟透了。仅仅这样的话，小说也不稀奇。但是写了一个小姑娘，一个年轻的女性闯入他的生活。这个姑娘很懒散，老丢三落四的，也不好好学习，也没什么成就。但他忽然就以这样一个生命，像一面镜子照出了他作为一个生命应该去追求的一种意义。写得太好了。

我现在年龄越来越大了，我当然不如小说里面那个主人公，我虽然也算有点名，也有点钱，但实际上还是有很多不足的。从社会评价来说不算很高明的一个人，不像小说里写的那个院士那么不得了。但是我与小说里那个老头有共鸣。现在再重读的话，就感触更深了。安东·契诃夫的小说最后他都归结到一点上让你深思，就是生命意义究竟在哪里，如果说托尔斯泰他很痛苦地去反对恶，不以暴力抗恶，以一种柔和的方式去抗恶的话，那么安东·契诃夫的小说他连恶都不去专门描写。他告诉你往往吞噬我们生命的是什么，是庸俗。他全部作品的主题是反庸俗。他有一篇作品叫做《醋栗》，小说里面有一个人，这个人没什么追求，他就在自己的庭院里面种了一种浆果，类似樱桃这一类的浆果，叫醋栗。你种浆果也是挺好的事儿，并不反对你种浆果，但这个人最后他全部的幸福感只寄托在他所种植的醋栗上，来了客人就请人吃，其实这种菜很酸，很涩，很不好吃，但那个人每次吃自己种的醋栗，总是满脸幸福感，自己赞叹：多好吃呀！契诃夫就批判这

契诃夫

契诃夫小说插图

种庸俗。就是你对生命价值的追求应该比这个层次要高一点。再比如说他有一个剧叫做《三姐妹》,他写外省的三个姐妹总向往到莫斯科去,她们嫂子却安于现状,是一个很庸俗的人。有一个台词很简单,嫂子也很爱打扮自己,经常浓妆。她们就跟嫂子提一个小意见,说你那个腰带不应该是绿的。因为服装的颜色搭配是很要紧的,是吧?不是说绿腰带完全不可以用,绿腰带应该专配一些特殊的颜色或者是其他样式的服装。这个嫂子在审美上是很俗气的,不能够雅致打扮自己。这个嫂子反应是什么呢?她说,是吗,这不吉利吗?她根本不懂得审美,她以为提醒她是因为绿腰带不吉利,很小的台词就反映了契诃夫他的用心。人家提醒你,你要建立高明的审美观,她听不懂,只关心吉利不吉利。

我现在背后批评一个人有点不太厚道，但是我想也能说明问题。就是我有一个小时工，一个阿姨，每天来给我打扫卫生，她工作很好的，我这里先表扬她，隔着空间我感谢她对我的帮助。但她每次把我这个台面上打扫完了以后，我老得自己整理一遍，她有时候就以为我对她有意见，说难道我打扫得不干净吗？不好吗？我就没法跟她细说，我就说你挺好的，这是我自己的臭毛病。她完全没有审美观念。比如说我屋里的摆设，有的地方我要求放置对称，她不懂什么是对称。有些地方我不要对称，北京话叫花插着，就是要错落有致，她不懂怎么花插着。有些地方比如我摆我家里的照片，我有一定的角度，你擦完钢琴以后，你得摆回，她老是弄得乱七八糟，她擦那个灰擦得很好，但不懂得那些照片摆放时要角度优美。她清扫过以后，所有地方的东西她都摆不对头，我都得重新弄一遍，我很愿意弄一遍。因为我一个退休老头儿，我没事。她没有审美训练，这不能怪她。我有时候想给她开一个课，告诉她什么叫平行，什么叫对称，什么叫花插，什么叫高低得宜，什么叫做颜色搭配……她很积极，她工作很好。比如说她把我们钢琴上的盖布脏了拿去洗。我家里的东西她随便动。她拿另外一块原来洗过的盖布就盖上，但这和我这一轮，这个季节，我的钢琴盖布上所摆放的摆设的颜色是不搭配的，不能用这块盖布。我就要换下来，她就非常不理解，恨不得跟我吵架，我怎么不对了？我就没有办法。我觉得要从 ABC 说起，钢琴什么颜色，盖布什么颜色，我上面摆设什么颜色，什么叫暖色，什么叫冷色，什么叫中间过渡色……这没法马上说清楚。有一次我试图跟她说这个,她说不行,我还有下一家呢。我说你那么辛苦干嘛?她说你不知道,我在老家买房,我还还着房贷,没有空听你说这个。这位小时工不能从俗气进入高雅,当然不算什么问题,但是有的人并没有她那样的艰辛生活,甚至既有钱又有闲,却俗不可耐,就有问题了。

契诃夫就教会我做人。他有一句名言,人的一切都该是美丽的:心灵、思想、面貌、衣裳。这话看来很普通,其实它很深刻,我们要么对心灵重视而轻视衣裳,要么只顾衣裳而罔顾心灵,契诃夫却希望我们全面高尚、优雅,教会我们远离庸俗。不得了的一个作家。他对我的影响也很大。我有的作品里面也以反庸俗为内核。

还有一位对我影响至深的外国作家,就是海明威,美国作家。海明威在座的马上就可以脱口而出:《老人与海》!《老人与海》非常好,后来也因为这部作品,他得了诺贝尔文学奖。但是他对我启发最大的小说是他早期的第一部长篇小说《永别了,武器》。下面有位女士跟我一起说出了这个书名。那么《永别了,武器》结尾的那些文字你记得吗?记不太清楚了?我们一起来回忆吧。

《永别了,武器》以第一次世界大战为背景,写一对年轻人的故事。最后男主人公的爱人在医院里面难产,好不容易生出一个孩子,脐带绕脖子,窒息而死。他很痛苦。他怎么跟他的难产死去的爱人告别,怎么走出医院,这段文字,我曾经拿着翻译的书来回读了很多遍。我那时候也开始写作了。我就懂得写作当中很重要的一条是驾驭文字,你能够写得花里胡哨不算功夫,你能够懂

海明威

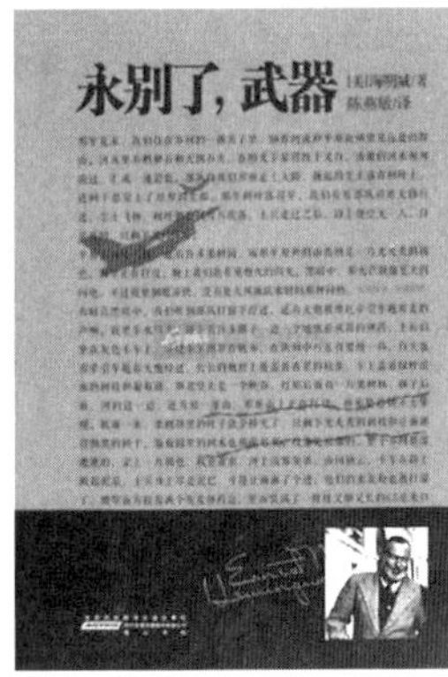

《永别了，武器》书影

得克制，懂得冷静，懂得简约，你才不得了。海明威就是这样一个小说作家，从他的第一部长篇《永别了，武器》，他就有这个特点。最后那一段，就是短句子，一句一句的，他不展开描写，不浪费词汇。第一人称小说，我不是背书，也背不下来，但是记忆深刻。大概是：我走进房间，护士说你别进来。我说，你出去。她出去了。我走到床前……最后，我走出了房间，走出了医院，下着雨，我在雨中走。

如此克制，如此简捷，毫不煽情，却令人感动不已。

那个时候我开始写小说，我就懂得写成这样不容易，要我的话，起码得两三千字，细致地去组织文字。后来发现他的每部小说都是这么厉害，到《老人与海》更炉火纯青。海明威教我学会了驾驭文字。

总结起来说，这十位中外作家和他们的主要作品对我的影响，是他们滋润了我的心灵，同时教会了我写作。我就懂得了写作起码有以下几点是我必须要随时注意的。

第一,就是一定要有对社会生活的熟悉度,要会观察。所有这些作品多数都是写实的,就是作家本身有生活积累,你作为有心人和一般人看生活就不一样。一般人逛一个商场,通常直奔主题,要买什么,去挑选就罢了。但一个写作者,你可能就不太一样。忽然发现有一个女子背对着别人、脸朝着墙,好像在那儿微微抽泣。当然你不要惊动她,不要去问她。那么你就意识到有故事了,立刻就有很多情绪产生。人的生存真不容易,她一定遇到难处了。她怎么会在这儿?她跟谁一块来的?她家在哪儿?你一定会有很多种联想派生出去。观察、积累加想象、虚构,灵感就会产生了。写作者首先对社会要有观察,要懂得世道,看透人生,懂得人性。

还有一个要点,当然有的小说不讲故事了,现在这种小说也是一派。我却还是比较喜欢讲故事的小说。你要会讲故事。像刚才讲到的托马斯·哈代,他就会讲故事。那故事如果换一个讲法就索然无味,对不对?你看他,哪一个地方该事先让你明白,吊你胃口,哪些地方作者隐蔽起来,他知道你不知道,先不让你知道。比如说一开头我们都觉得一个母亲带着十八岁女儿回来,当然就是十八年前怀抱中的那个女婴了,对吧?但是到后面出现那样一个情节,居然海员才是她亲爹,意料之外,情理之中。他会讲故事,会编排故事。所以会讲述,用文字来叙述,你会编排,这很要紧,这对写作非常要紧。

还有一个要点,就是写作还需要驾驭文字的功力。像海明威,刚才我特别讲他的语言简捷利落。

最后就是我前面多次提到，你如果具有大悲悯情怀，你写作的段位一定高，凡是中外古今的优秀作家，凡是称为经典的作品，都一定有大悲悯情怀。没有大悲悯情怀只是好玩、有趣，只能够红极一时，不可能长久流传。这就是我今天在这里向大家汇报的全部内容。感谢大家耐心听我讲这么多。

（2017 年 4 月 29 日在北京金融街购物中心刘心武书屋）

读书的四种方式：狼、蟒、牛、猫

很高兴有机会到天津跟这么多的天津朋友一块儿聊一聊读书的事，我今天跟大家聊一聊我个人读书的四种方式，仅供参考。

第一种方式就叫做狼读。有人一听可能就皱眉头了，因为咱们打小大人就跟咱们说，吃东西细嚼慢咽，不能够狼吞虎咽，你要是接触大夫的话，更得这么跟你说了，因为狼吞虎咽你会消化不良，会产生各种不良的后果。但是那是说吃东西，读书跟吃东西有相同之处，也有区别，像咱们天津图书馆有多少藏书呀？你说你爱读书，你要读书，你能把它都读完吗？所以面对着这么多的书，咱们每一个读书人首先得懂得放弃一部分书，有的书恐怕你一辈子都不必读，也读不了，也没工夫读；还有一部分书可以狼读，狼吞虎咽，浏览，大体知道怎么回事就齐了，这是一种读书方式。我在自己的读书记忆当中有一部分书我就是狼读，一般过去是在什么情况下呢？一种情况就是说这个书很难得借到，那个时候哪有像天津图书馆这么好的借阅和阅读条件，当时的条件比较困难，比如问一个朋友借，这个书借给你了，人家跟你说好了，借多少天你得还我，在有限的时间之内你要读一部篇幅比较大的书，没有办法只能是狼读，要赖到时候不还，那可不行，叫做有借有还，再借不难，一次你赖掉了的话以后就不能再借了。所以有的书我就是狼读，狼读也有收获，反正读那个书不是我自己从事专业的范畴，我大体知道一下就行了。比如说当时有一本叫做《第三帝国的兴亡》，它是讲希特勒上台，后来纳粹德国崩溃的这样一个历史书，它篇幅挺浩大的，人家借给我就借一周，我还有工作，不能光看这本书，我就是狼读，狼读到现在，我觉得它对我还是有用的。

底下为了讲起来内容连贯，也比较有趣，我举例我读的书就都举《红楼梦》和有关《红楼梦》的书了。

关于狼读我个人有这样的经历，就是我上初中的时候，我发现我父亲的枕头底下压着书，父亲上班了，我放学了，我放学当然比他下班要早，我就从枕头底下拽出书来，我一看是什么呢？叫做《增评补图石头记》，是一本很老的印本，分上下册，每一册都很厚，我就很好奇。其实它就是《红楼梦》，那时候分不清《红楼梦》版本，没有版本学的常识，反正就是觉得挺有趣，为什么有趣？因为它不但增评，而且它补图，它有好多绣像，什么叫绣像？过去中国的线装书前面有插图，或者是当中有插图，它都是木板雕刻的，木工在雕刻之前先用画工在木板上用线条画出这个图像，然后把它雕出来以后再印刷，因为这种图像好像绣花绣出来似的，它构图比较丰满，画得比较细致，所以叫做绣像。

我就先翻这个绣像觉得很有趣，因为我是一个当代的少年，里面的绣像都是一些古代的人物，差距感就产生了好奇心，我就来读。我的母亲对我比较溺爱,她可能也知道我从父亲枕头底下翻出这本书来了,但是她不吱声,因为她要操持家务,做很多事情,她对我读书带有一个朴素的心愿,孩子读书总是好事,她就没有阻拦。可是我怕父亲回来以后找我算账,他压在枕头底下可见他不愿意别人掏出来了解他看的什么书,属于他的隐私,所以每到他快下班的时候我就非常紧张,我就狼读,翻得很快,哗哗翻过去。那个时候我只有十几岁,我就通读了《红楼梦》,当然是一个程高本,现在叫通行本。一百二十回的本子,这个一百二十回的《红楼梦》这样读了以后,实际上为我打了一个童子功,虽然有的我也没看明白,有的我也记不住,但是呢,这样一狼读对我来说确确实实还是有好处。

所以如果问起来你读没读过《红楼梦》? 那会儿到高中,后来成年人了,我说我读过,你什么时候开始读? 我说我十三岁就开始读了,就是从父亲枕头底下拽出来的,就读了它。所以我跟《红楼梦》结缘应该是很早,那么这一部叫做《增评补图石头记》的一百二十回的本子是我读到的最早的一部《红楼梦》的书。

又过了一段时间以后,有一天我到我们家住的胡同外头去逛书店。我从小就喜欢逛书店,我一直住在北京嘛,我们家的胡同外头就有一家小书店,规模很小,但是他进书品种还比较丰富。有一天看见一本书,这个书跟天津关系太大了,是天津出来的学者周汝昌先生,就是他的书《红楼梦新证》,我一看那个书很厚,我就拿起来在那儿翻,这个书店的老板经营的是一个私营书店,当时他就来干涉我,他说这不是小孩书,他觉得我太小,不适合看这本书,可是我一翻我就觉得很好,为什么呢? 因为我原来狼读过

《石头记》，也就是《红楼梦》，我对这个书有印象，所以一看这个书跟《红楼梦》有关系，跟我看过的那部书有关系，我就特别感兴趣，特别吸引我的就是里面它有一幅图，叫做《红楼梦人物想像图》，这个想像图跟我看到的那个《增评补图石头记》里面的绣像图完全不是一回事，风格不一样，我就说怎么可以这么想像呢？我当年看的书里面人物不这样呀？我就好奇，所以我就跟老板说，我说这个书我买，他说你少年要买书？但是他能卖出一本书也挺高兴，他说你有那么多钱吗？我当时还有点钱，我妈比较宠我，我爱吃北京小吃，因为北京小吃不亚于天津，比如说有一种叫炒肝，知道吗？天津应该也有，其实就是烩肥肠，里面哪里有什么肝呀？第一它不是炒的，第二它里面没有几片肝，它是烩肥肠，到现在这个东西也叫炒肝，第一没炒，第二它里面没有几片肝，但是我爱吃那个。

北京还有一种叫灌肠的小吃知道吗？当年灌肠北京他们卖得很讲究，包括小摊，他都是用金属的，说是银叉子，也可能是锡做的，但是给你感觉挺讲究，还有他那个灌肠都是粉红色的，不像现在有的灌肠白颜色的。我好那一口，我妈就惯着我，上学放学让我存点钱吃零食，我就经常攒起来，攒起来以后那天我就恰好能把这本书买下来，我就把这本书拿到了，这本书的读法就是蟒读。

这是本学术著作，周汝昌先生这本《红楼梦新证》你现在如果拿来看的话，就会感觉到它是一部高端学术著作，确实不是少年读物，甚至青年读物都不是，不是一个通俗读物，可是我当时是一个狂妄的少年人、一个狂妄的文学青年，我开始尝试写作，所以我

2006 年 6 月周汝昌听刘心武报告在美讲红情况

觉得我能读、我就要读，我既然已经看了《红楼梦》，又有一本关于《红楼梦》的书为什么不读呢？而且这本书是我自己买的，不是我父亲枕头里拽出来的，对不对？我大摇大摆在家读，所以这个我没有狼读，我还真是把它从头到尾读了一遍，有的字我不认识就跳过去，有的字不太懂，我就也读过去再说。后来有电视了，看那个蟒吃东西，看它没有四肢，它吃东西应该很困难，结果发现它的口腔一张开以后，它的喉咙特别粗，它能把整只的羊、小　点的牛都能吞进去，我就读这个《红楼梦新证》就是蟒读，我就愣把它吞下去再说。

那么蟒吞了一个东西以后可以很久不吃东西了，他就可以类似冬眠似的歇下来，慢慢消化，通过很长时间消化以后，他把消化不了的东西再排泄出来，最后这个蟒就变粗了，变长了。

所以我在十几岁的时候,我就读了周先生的《红楼梦新证》,这本书对我后来从事红学研究,它是一个重要的启蒙。后来我跟周先生有了交往,夸张点说我是他的弟子,我后来搞《红楼梦》研究走的路子就是咱们天津周汝昌先生他的那个路子,我就是蟒读了《红楼梦新证》。

那么什么叫牛读?牛有四个胃,咱们不从身体解剖学细说,但是都知道牛有反刍的饮食习惯,它吃饲料以后可以在胃里面储存很久,它四个胃可以分别储存,然后时不时把其中一部分拿出来重新消化一遍,甚至有时候还不止重复消化一遍,它还可以消化数遍,然后这样它就可以把饲料当中所有的营养充分吸收,然后再排泄。牛的反刍这种功能启发了我,你真的要进入一个喜欢的阅读的领域就不能狼读,也不能满足于蟒读了,你就要牛读,后来对《红楼梦》我就进行了牛读。在牛读过程当中,我狼读时期的阅读印象和蟒读吞下去的那个《红楼梦新证》那些成果,最后就都充分地进一步消化掉了,对我有特别大的滋养。

比如说牛读再读《红楼梦》,《红楼梦》有很多版本了,后来我也读古本的《红楼梦》,《红楼梦》按我的观点来说它是有两个体系,一个是一百二十回的《红楼梦》,一百二十回《红楼梦》现在是最流行的,学界叫通行本,这是一个完全可以终身阅读的一个本子。

虽然我和周先生一样,我们认为后四十回是续作,和前八十回的原作是两回事,但是一百二十回的《红楼梦》流传很久了,它也是一部古书了,它也是一个有头有尾的故事,而且续作也有一些优点和长处,所以它流传到今天不是偶然的,那么一百二十回的《红楼梦》是《红楼梦》当中的一种读本。

但是我和周先生一样，我追随他，就是我们更重视的是另外一个体系的《红楼梦》。就是曹雪芹他创作的《红楼梦》，我们都认为曹雪芹是写完了《红楼梦》的，不是写了八十回他就没有往下写，就没写完，不是这样的，他写完了，只不过曹雪芹的《红楼梦》八十回后的内容遗失了，到现在找不到了。虽然找不到但是可以探佚，可以通过考据的方法研究出来他八十回后还有多少回，都是什么内容，我们认为他八十回后不是四十回，是二十八回，而且他八十回后的很多内容跟高鹗续的是不一样的。高鹗和曹雪芹并不认识，这两个人生命轨迹没有交集，不相干的两个人，高鹗出生也比曹雪芹晚很多，他和一个书商叫程伟元，他们两个人合作，最后出现了一个一百二十回的《红楼梦》，那么他们做这个事的时候，曹雪芹已经去世差不多有二三十年了，就是说它是一个后来产生的读物。曹雪芹的《红楼梦》叫做《古本红楼梦》，《古本红楼梦》最早是手抄的一种方式来流传，所以它里面还有很多的批语，所以是这样一个体系。

那么后来我就读这个《古本红楼梦》，像读一百二十回的《红楼梦》，前面八十回很多内容跟古本是基本一致的，书商程伟元和高鹗他们完成一百二十回的这样一个《红楼梦》的时候，他们不但续了后四十回，前八十回他们也做了很多改动，但是有的改动不是很大，基本还是原来曹雪芹的原笔的原貌，比如说第三回。我现在说牛读，原来第三回我就是狼读过，很快就读过去了，或者说也蟒读过，我一句一句把它读了，我就存在我肚子里，没有去仔细的反刍，没有消化。

那么后来我牛读，我再翻第三回就很有意思了，现在跟大家共同回忆一下，第三回写的什么？写的林黛玉进贾府，到荣国府去，林黛玉她父亲是在扬州，那么她母亲去世以后，她父亲就说不再娶了，因此就委托贾雨村、她的家庭教师，你把她带到京城，送到她的外祖母那儿，书里面就是贾母，就到那儿去了。

那么这个第三回就写林黛玉进府，很热闹，很多细节大家都记得，我就不重复了，但是呢，有些描写不知道你仔细考虑过没有？这个狼读你读不出来的，你蟒读存在你的胃里面，你也不一定是有收获的，但是牛读味道就出来了。

这个林黛玉呀进了贾府以后有点怪，怪在哪儿呢？她先去看她的外祖母这是合理的，因为她的母亲是这个老太太的亲女儿，她去先见她的外祖母，她们在血缘上非常亲，那么这一点《红楼梦》写得很明白了。荣国府的中轴线的主建筑群是府里面最重要的建筑空间，贾母不住在这儿，贾母住在中轴线主建筑群西边的一个豪华的院落里面。这个院落非常的华丽，有垂花门、穿山走廊，有大的正房，后来还盖了花厅，贾母住的还是相当舒服的，但是她不在府的中轴线当中，她是西边的一个院子。

那么她到了荣国府以后先去见她的外祖母，到了这个院子，这个写得非常合理，然后书里头说了，这贾母有两个儿子，书里这么说得吧？大儿子叫贾赦，二儿子叫贾政，对不对？那么这个荣国府根据书里面的描写，他跟宁国府一样，他们祖上对这个书里面所写的皇帝来说，那个王朝来说的话是有功的，他们是开国功臣，因此就是封的爵位，宁国公，荣国公，对吧？那么书里故事开始的时候，贾母的丈夫已经去世了，贾母是个寡妇，对不对？那么她丈夫是有爵位的，可能荣国公这个头衔一度就是由她的丈夫来继承，那么他死了以后呢？他的爵位就要由他的，根据那个时代贵族爵位的游戏规则，有两种游戏规则都是同时实行，一种就是说你特别有功，你封一个爵位，因此就永远可以继承下去，比如说你是个王爷，叫铁帽子王，你死了，你的长子仍然是王爷，你的长子死了，如果这个新的皇帝没有认为你有毛病、没有把你废掉的话，那么你的后代世世代代的长子都是世袭同样的爵位，这是一种游戏规则。

还有一个规则，你虽然也有功，也给你一个贵族头衔，但是你死了以后，你的长子也还袭这个贵族头衔，但是就要递减，爵位的规格就往下减。那么宁国府、荣国府属于第二种情况，书里面交代得很清楚。贾母的丈夫死了以后，他的大儿子贾赦就袭爵，就递减了，是不是国公级？不是了，叫一等将军，所以贾母的大儿子是一个有贵族头衔的地位很高的人物。那么书里面你再仔细读的话，牛读就是不断反刍，就是除了这一回以外，还拿别的回来做参考，那么现在问问大家，书里面写的荣国府分家了吗？他明确地写贾政和贾赦分家了吗？没分家，书里面后来还有明确的叙述文字，说他们并没有分家，没分家的话大家想一想，这个荣国府是贾母的丈夫袭了这个爵位以后住的一个府第，对不对？他死了，他大儿子又袭了一个爵位，大儿子是应该住在荣国府里面，荣国府主建筑群的中轴线的正房是不是应该贾赦和他的老婆，书里写当时的一个老婆是邢夫人，是不是应该由他来住呀？对不对？可是第三回怎么写的？好奇怪哟，你要是狼读就发现不了这个怪，蟒读的话，存在心里的话老不想这个事你也不觉得怪，你一牛读，太怪了！

书里就写了，说林黛玉虽然当时进府时很小，她很懂事，我见了我的北方叫姥姥、南方叫外婆的外祖母以后，我就应该去拜见我的大舅、二舅，她的母亲是贾政和贾赦的妹妹，对不对？我得拜见我大舅、二舅呀，那么书里就写了，就是说邢夫人说好，我带你去见你大舅吧，怎么写的？邢夫人带着林黛玉出了贾府的院，这不稀奇，贾母住在荣国府中轴线的西边嘛，那是不是往当中走呀？你大舅应该住在荣国府里面的正房里呀？不是！无论是一百二十回的本子，还是古本的《红楼梦》的本子，在这一点写的都是一致的，就是邢夫人把林黛玉带出了贾府院，又带出了荣国府，还坐了车！车在街上走了一段，停在一个宅院门前，进了这个院子才是贾赦和邢夫人的住宅，有人说小说反正可以虚构，就算曹雪芹虚构，你虚构成这个样子？不要说那个社会一个贵族的家庭，就是农村一个农户家庭，父亲死了，老母亲还活着，有大儿子，有二儿子，又没分家，这个大儿子是不是应该跟老母亲住在一起呀？这个大儿媳妇应该就近照顾你的婆婆呀，对不对？哪儿有说另立门户去住的呀？你小说虚构成这样子呀？按现代小说学的批评术语这叫做情节设置不合理，《红楼梦》第三回就是这么写，各种版本都这么写，你狼读、蟒读都读不出来，你牛读发现这是个问题，一反刍，这个值得推敲，这是怎么回事？不带这么写的，是不是？写得好怪哟，然后又写到了这个大院里面，才知道这个院子跟那个荣国府虽然挨着，但是当中没有门相通的，是完全隔绝的，而且大舅舅贾赦当时在家。他是一等将军，是一个头衔，你不要误会，有人读了往往说他会打仗，他是将军，这是个头衔，贾赦不要说打仗了，没有任何的技能技巧，也没有任何的能耐，他也不在朝廷做官，不是每个贵族有了头衔都去另外担任实职的，他就是享受贵族待遇的一个老爷。贾赦说彼此见了伤心，不见也罢。他对林黛玉一点感情也没有，如果是你的亲妹妹的女儿，怎么着你在家也得出来见一面吧？没什么感情，就不见，大舅不见你怎么办？就算了。

那么这个时候林黛玉说我还要去见二舅，她见二舅怎么见的呀？书里写得也很清楚了，邢夫人把她送出这个黑油大门的院子，再进入荣国府，她二舅住在哪儿？二舅住在这个荣国府的中轴线主建筑群的最重要的空间，正房是老二住，是贾政住。贾政有没有贵族头衔？书里交代特别清楚，而且根据过去封建王朝的有关的游戏规则，传贵族头衔只能传给老大，老大死了，那当然可以传给老二，老大又在，老二是不可能再有贵族头衔的。书里写得特别清楚，说当时的皇帝听说贾母的丈夫死了，就问有没有儿子？有儿子，有大儿子，就给大儿子了，贾赦就给他一个贵族头衔就是一等将军，说还有一个儿子，皇帝很高兴，因为这是开国功臣的后代嘛，于是就给贾政额外赏了一个可以安排官职的身份，后来给他安排了一个官职在工部，工部员外郎，就是贾政并没有贵族头衔，没有承袭他父亲的贵族世袭的荣誉，但是他人摇人摆住在荣国府的正房里，王夫人是老二的夫人，王夫人觉得自己应该住在这儿，你看书里的描写，一点没有任何惭愧感，也没有任何觉得不合适的地方，觉得住那儿名正言顺。林黛玉一进正房一看不得了，挂着匾，皇帝给题写的匾额。这个在各种版本都写的是一样的，电视连续剧也好，电影也好，都会有这样一幕。林黛玉抬头看见一个金匾，上面写着“荣禧堂”三个大字。我当时就觉得我这个牛读太有必要了，我得翻来覆去琢磨这是怎么回事。

我在北京没接触过荣国府、宁国府那么豪华府第的那些府主，我是新中国的少年，但是我也接触一些大宅门里面的人呀，对不对？哪有说没分家，老大跟老大媳妇在外头住，老二跟老二媳妇名正言顺住在正堂？曹雪芹写《红楼梦》写成这个样子？一开始我就有点失望，都说这是世界名著，四大名著，曹雪芹不得了，情节设置不合理呀，让我写，我也写不成这样，不带这么写的是不是？

这时候周先生的《红楼梦新证》对我来说就起到了关键性的作用，周先生的《红楼梦新证》就告诉我们，《红楼梦》这部书它是有家族史的成分在里面的，他为什么写成这个样子？他是有道理的！他是把他们曹家的一些情况，通过巧妙的方式记录在了这部书里面，他创造了一种全球绝对是空前、到目前为止应该也是绝后的写法，没有第二个人能够像他这样敢写，叫做“真事隐，假语存”，这是一个不得了的写作方法呀！

“真事隐”咱们都好懂，小说不是报告文学嘛，对不对？小说不是家史嘛，是不是？所以你真实的一些事情要把它隐藏起来，便于虚构，这个咱们好理解，但是曹雪芹这个人太古怪了，他的写作好古怪，他“真事隐”了之后，他还要“假语存”，“假语”就是一个小说文本，虚构的文本，在虚构的文本里，他故意把他家族里面的真实情况保存下来，这是一种很辛苦的写法，所以他叫做“字字看来皆是血，十年辛苦不寻常”，一种很特殊的写作方法。

周先生通过《红楼梦新证》把曹家的家史给捋了一遍，所以那会儿我蟒读以后存在胃里面很多年我都没有消化，应该过了一二十年之后再读这个《红楼梦新证》，我才把吞进去的整只羊消化掉，我就觉得豁然开朗，就全明白了！怎么回事呀？就牵扯到清朝，康、雍、乾三朝的情况。

清朝进关以后的第一代皇帝是顺治，顺治死了以后接班的皇帝就是康熙。当然康熙生出来以后他有他的名字，我现在说康熙，从小就叫他康熙，是借用他当了皇帝以后的号，这个一定要理解，咱们就把他叫做康熙。

康熙生出来以后他不是由他母亲把他抚养大，当时清朝那些宫里面皇帝身边的女人，生了孩子以后，孩子都不是由这个女子来抚养成人，这个女子的任务是随时准备皇帝再一次临幸她，你的任务是好好待着，等着皇帝下一次来找你，没有说你生了孩子就有养孩子的任务，你没这个任务，孩子拿到宫外去养。康熙也不例外，康熙是搁在哪儿养的？大家去过北京逛过故宫，紫禁城，紫禁城西边有一个南长街，南长街有一个庙，叫福佑寺，康熙当时拿到福佑寺去养。内务府派了很多人来伺候他，首先有一个奶妈，他小时候要吃奶，然后再大一点断奶以后就有一个教养妈妈，叫做保母的。这个保母呀，你看下面年轻人觉得保姆我知道，家政公司打电话可以约请的，不是那个保姆，这个母没有女字边，是一种代替母亲的角色，因为这个小孩是皇帝的儿子，皇族血统，他的母亲不抚养他的，谁来把他带大，就是有一种叫做保母的角色，可能这个保母不止一个，但是有为首的，康熙为首的保母姓孙，孙氏，从小他被孙氏带大。保母干嘛的？从小教育你，你要站如松，坐如钟，卧如弓，你见人要有礼貌，你要作揖，该磕头跪下要磕头，你吃的饭粒怎么办？粒粒皆辛苦，你要捡起来放在嘴里把它吃掉。保母干这个，就是教养妈妈，从小把他教养大。

所以像康熙这种皇帝的后代，他跟他亲生母亲之间见面的机会都很少，谈不上有什么感情，就是在大型的祭祀活动、宫廷活动的时候，他会和他的母亲见一下，有时候还只是远远地见一下，他生命当中的大部分时间，儿童和少年时代他是和他的保母在一起，这样度过每一天，感情深得不得了。

那么到后来他又再大一点，需要读书识字了，当然皇家就派一些大儒、一些学问高的人来教他，那么就得有陪读，对不对？谁来给他做陪读？孙氏的儿子当然是最佳的陪读的人才，孙氏的儿子，孙氏嫁给了曹家，孙氏的儿子曹寅就是曹雪芹的祖父，曹寅就是这个康熙皇帝小时候的陪读。你想两个小孩一块儿读书，一块儿玩耍，而那个时候儿童嘛，模模糊糊知道那个是贵族皇家的后代，可能今后要当皇帝，这是一个奴才，是内务府派来伺候我的，但是这个意识是淡漠的，儿童也叫发小，他们俩一块儿读完一段书以后，在福佑寺院子里跑动，追跑打闹，可能保母还得说几声，蹲在树底下看蚂蚁爬，感情非常好。

后来顺治死了，康熙继位当皇帝了，他当皇帝以后当然他需要有人来保卫他，要近侍，禁卫军，那么曹寅理所当然成为他最可靠的保卫者，对不对？你想这个搭档多好呀，从小一块儿长大的。

那么曹寅后来就当了江宁织造，曹寅他们这个曹氏家族是汉人，是汉族，但是在满军八旗兵打进山海关之前，在东北地区他们很早就被八旗军俘虏了，当时一开始俘虏的人数比较少，没有专门把汉人编为汉八旗，汉军八旗是很晚的事情了，那么最早最早被他们俘虏的这些汉人，就直接编入他们的满洲八旗了，曹家就编入了正白旗，后来八旗又形成了所谓上三旗、下五旗，上三旗就是正黄旗，然后镶黄旗，然后正白旗，那么曹家正好编在正白旗里面了，虽然他身份是包衣，就是奴才，但是他属于八旗的那一旗是上三旗之一，地位还是蛮高的。

所以满族后来在进关统治全中国以后，对汉人的使用，首先信任的就是最早投降他们的这些汉人，派他们去担任重要的职务，但由于种族歧视，对满族的人可以给予很高的官职，汉人给予的官职不会特别高，但是有一些重要的岗位会让信得过的汉人去担当，就像江宁织造这样的岗位，当时江南有三大织造，江宁就是南京了，有江宁织造，有苏州织造，有杭州织造，这个织造听起来觉得好像官不大，你一个织造官管什么呀？管给皇室提供纺织品，江南出丝绸、出蚕丝，当时那些皇族的那些纺织品使用的主要的原料还不是棉花，是丝，所以织造就设在江南，那么这个江宁织造是三个织造里面最大的一个织造，曹寅后来被康熙委派为江宁织造。

看起来这个官不大，但是当地的住在江宁的一些总督、巡抚都害怕曹寅，为什么呀？都知道他从小跟皇上一块儿长大的，这不是秘密，全知道，而且实际上也都知道他表面上为皇室提供纺织品，他实际上是康熙的特派员，是一个大特务。

现在故宫档案里面可以找到很多曹寅写给康熙的密折，他向康熙提供各种康熙所需要的情报，比如说当时明朝灭亡没多久，还有属于明朝的遗老遗少，就是明朝的遗民，这些人有没有谋反之心，动向如何。

还有一些官员从北京朝廷退休了，回到江南原籍，是不是老老实实在那儿颐养天年？有没有什么不轨行为？这些都由曹寅向他密报，包括当年的气候状况，气候变化，天灾人祸，粮食收成，曹寅都要跟他进行秘密的汇报，当然地方官员也给他报，这是官样文章，他要看他发小的秘密情报。

所以曹寅在江宁织造任上是很不得了的一个状态，大家知道康熙几次南巡，后来乾隆皇帝学他，他们俩都几次下江南，派生出好多的传说，好多的故事，拍成电视剧，可以编出好多的情节，特别好玩嘛。

康熙皇帝确实是五次下江南，那么皇帝比如到了南京，当地的地方官会给他准备行宫的，老早就要做准备，临时布置来不及，甚至要重新建造，或者改造一个美丽的园林，给他准备得可以说面面俱到。

康熙五次下江南，四次是你们给我准备行宫不是吗？不住，告诉我曹寅住哪儿，他四次住在曹家，三次是曹寅亲自接驾，废话别跟我说，我发小在哪儿，我找他去！所以康熙几次是住在江宁织造署的。

有一次他去的时候，那个季节萱花盛开。萱花就是现在咱们吃的比如说那个炒木须肉的黄花，萱花就是要晾干，彻底晾干。我现在稍微普及一下饮食知识，这个黄花如果要是没有彻底干，半新鲜就吃了要中毒的，搞不好要死亡的，所以吃黄花要小心，但是这个黄花开放的时候就是萱花，就是宣传的宣加一个草字头。萱花在中国的古典文化当中有一个特殊的含义知道吗？代表对母亲的孝顺，种萱花的家庭一般都是母亲还在世，可能父亲没有了，但是母亲在世，种萱花表示孝敬母亲。

那么那一年康熙又下江南就看到这个萱花盛开，很高兴，他为什么高兴？因为他知道他发小的母亲孙氏还活着，孙氏也很高兴，皇帝下江南住我们家。孙氏是一个奴才，颤颤巍巍就要来跪下给皇帝磕头，这时候就发生了一幕，这个不是野史，这个是被正式记录下来的，康熙就赶紧让周围的人给她搀住，而且康熙这时候说了一句很不得体的话，这句很不得体的话就被记录下来了，现在成为一个历史文献，他情不自禁说了句话，他告诉周围的人，他指着孙氏，说此吾家老人也！什么意思呀？这可是我们家的老辈子人，这是咱们家的老人呀！

康熙说这个话，从人性角度完全能够理解，他打小见不着他的母亲，他母亲给他的母爱几乎为零，谁给了他母爱？就是孙氏，情不自禁。当时他下江南还带着他的太子，这个太子很悲催，两立两废，这还有一个故事就不展开，所以他这个话等于说给太子听，就是你对她也得尊重知道吗？你可态度放尊重些，这是咱们家的老人。当时就很兴奋，说您还活着太好了，现在我要给你们家写匾，于是叫曹家人铺开纸，就提起笔来御笔写匾，写了三个字叫“萱瑞堂”。

那么大家想想曹雪芹写小说，他“真事隐，假语存”，他假语存没存这个萱瑞堂呀？他是存了，刚才我说了他写的林黛玉到了荣国府，到了荣国府的中轴线的主建筑群，进了那个正房，她一抬头就看见了一个皇帝御赐的大匾，写了三个字什么字？荣禧堂。这两个匾有没有亲缘关系呀？荣字怎么写？草字头；萱字怎么写？草字头；瑞是吉祥字，祥瑞；禧也是吉祥字，跟祥瑞的意思接近，所以荣国府所挂的这个荣禧堂这个匾，它的生活原形就是当年康熙在江宁织造府给这个曹家题写的那个萱瑞堂的那个匾。

《红楼梦》多有意思呀，你不牛读行吗？还有一副对联，我不展开了，就是说他为什么写成这个样子？听我往下说。

曹寅在这个任上就很得康熙信任，他有很多织造以外的任务，像咱们天津图书馆肯定有《全唐诗》，肯定有吧？《全唐诗》谁编纂的？是康熙朝康熙指令曹寅带着一些文人编纂的，编修官就是曹寅，在扬州完成这个任务，所以这个曹寅是康熙的一个铁哥们，而且是文武全才，又能够殿前侍卫保卫他，又能够帮他编纂《全唐诗》。

但是曹寅很不幸，后来就得病了，得了什么病？疟疾。那时候要是屠呦呦早点活，早发明青蒿素，江南青蒿又很多，提炼一点不就治愈了吗？可惜那个时候没有青蒿素，但是那个时候世界上有一种治疟疾的药叫金鸡纳霜，外国有，中国有没有？有的，很少，谁有？康熙有，康熙为什么有？康熙这个人不得了，康熙是一个好学的人，当时有一些外国来的传教士，康熙主动结识他们，把他们迎进宫里面，传教士可以在宫里面活动的。

康熙跟传教士学过画法几何，现在高中都还学不到这个程度，高中的代数几何到不了这个程度，微积分，康熙对这个感兴趣，传教士送给他比如说天文望远镜、显微镜，他都用了，所以他就知道西洋有一种专治疟疾的金鸡纳霜，他有，一听说曹寅得这个病，就立刻派驿马，一站一站的，这个马都累死了，再换一匹，给我送去，那个时候有高铁就好办了，要是有飞机就更好办了，但是都没有，就得靠驿马一站一站这么送，这个曹寅应该说很没有运气，最后一匹驿马，满身都是汗，送药的人也满身都是汗，跳下马的时候，云板三声，他咽气了，他死掉了，这个药没能救他，曹寅就死掉了。

那么曹寅死掉了对朝廷来说应该不算件大事，朝廷多少官员呀？江宁织造算什么呀？他归内务府管，内务府又是一个为皇家服务的服务机构，那就另外派一个人当江宁织造不就行了吗？康熙不这么做。其实在顺治的时候，进了北京，定都北京以后就立了好多规矩，像内务府这些官员的职务是不能够世袭的，内务府说老实话就是服务机构，就是奴才机构，派出的人都是奴才，你是给皇家提供纺织品的是不是？你死了怎么由你们家继承？没这个道理，另外派一个人来。

因为康熙跟曹寅的关系太密切了，他是皇帝，他可以破规矩，他不听这套，你们既然给我下谏言，我就让提意见的人都靠边去，照顾曹寅的儿子。他其实也知道曹寅的儿子叫曹颙，他对曹颙有很高的评价，他看着曹颙长大的，江宁织造不要派别人当了，就由这个曹颙当，这是很破格的呀。

所以曹寅死了以后，他的亲儿子又当了这个江宁织造，这个曹颙也很没有运气，这个人当不了几年他又病了，又病死了，像曹寅一样死掉了。曹寅就这么一个亲儿子，又死了，那就算了吧，可康熙是一个长寿皇帝，康熙生育能力也很强，他生下三十多个儿子，二十多个公主，他是一个很健康的、很强势的皇帝，康熙还不罢休，说他儿子死了，我还要曹家当这个织造。他就叫来苏州织造李煦，说你给我去调查，曹寅儿子没有了，有侄子没有？在侄子里面给我找一个合适的，把这个侄子过继给曹寅，曹寅死掉了就过继给曹寅的妻子李氏，这个李氏就是这个李煦的妹妹，过继给她，再给我当江宁织造。这样李煦就从曹寅的侄子当中又选了一个叫曹頫，这个曹頫就又当了江宁织造，这在清朝成为一个很怪异的现象，但是这就是曹家本身的家史。

那么这个曹頫当时已经结婚了，就带着他的妻子大摇大摆地到了这个江宁织造署，这个李氏就成了他们的母亲，其实就是过继的，不是他亲生的母亲，是他的过继过来的一个母亲，当然在过去就得认做母亲，他得认曹寅为父亲了，虽然这个父亲死了，但还是父亲。

他们两个就到了江宁织造署，当然大摇大摆地住进了江宁织造署挂着那个萱瑞堂大匾的那个空间。

那么曹雪芹写《红楼梦》第三回，他实际上把他们家族里面这样一个情况巧妙地“假语存”了。他这个故事的空间已经变化，所以他的小说不是在写家史，因为生活的真实是曹頫进了江宁织造署，在南京，但是书里面写林黛玉是从江宁地区，即金陵地区到了京都，就是北京，宁国府、荣国府假设是在北京，小说确实在空间上虚构了，而且这个荣国府也比现实生活当中的江宁织造的那个织造署要大很多，后来修了大观园，很夸张的，但是他是把那样的一个历史空间和历史事实挪到小说这样的空间里面来。所以你细读小说会发现，贾母和贾政的关系是很古怪的，贾政带着王夫人住在挂着荣禧堂的皇帝金匾的这样一个空间里面，但是贾母对贾政和王夫人淡淡的，她只对他们的儿子宝玉视如珍宝，应该就是这样。我有一个亲戚就是，就是她过继了一个儿子或者是一个上门女婿给她生了一个孩子，她就宝贝得要命，但是对过继的那个儿子本身，她的感情就差一截，这是中国伦理上认同的一个规律。

她之所以过继就是为了生孙子嘛，你给我生了就很高兴，就是亲孙子，但是对那个儿子她就很冷淡，你看书里描写过灯节，贾政说我也来凑热闹，我也备了礼物来了，贾母跟孙儿孙女们在一块儿娱乐，最后等于就是贾母把他轰走了，有没有这样的情节？是有的。特别是后来他打这个宝玉，贾母是撕心裂肺地来干预，贾母说了这样的话，意思是说我没有生一个好儿子，说出这样的话来，就说明书里面把他们家族的这层过继关系写进去了。但是呢，他构思一本长篇小说，他从书中取材，他觉得这个曹頫的亲哥哥那家的故事也很精彩，特别是亲哥哥有一个媳妇就是王熙凤的原型，家族叫二奶奶，非写不可，于是他就把生活当中的情况合并同类项，就是曹頫是有亲哥哥的，当然不住在江宁织造署，过继就过继了曹頫一个，没说把你哥哥一块儿过继过来，没这个必要，过去也没那么过继的。

所以他在小说里面“假语存”怎么存呢？他就是这么来存的，他就把这个曹頫的哥哥在小说里面写成了贾政的亲哥哥，也是贾母的大儿子，贾母的原形就是李氏，就是曹寅的那个未亡人，我这样一捋听明白了吗？

所以《红楼梦》的文本是不是很有意思？你不懂这些的话，你就看不懂书里是怎么回事，所以一看就明白了，人家曹雪芹为什么要这么写？他故意要这么写，他为的是“真事隐，假语存”，我又不是写家史，我不是把我祖父曹寅，然后曹颙、曹頫这些事一五一十给你写成一个流水账，我是写小说，但是在我的小说里面呢，我跟别的小说又不一样，我还故意要把我家族的一些情况巧妙地保存下来。你狼读、蟒读都读不出来，你只有牛读，一下子就发现，哟，可不是嘛！他是这么一种手法，所以我觉得牛读花时间最多，为什么？因为这是一个最好的一个阅读方法，就是你可以对你读过的，你喜欢这个书，多次的把它反复地来体味，反刍，你会有很大的收获。

设计叫猫读？大家看猫吃东西叫猫食，吃得少。但是这一点有人跟我争执过，说我养的猫可贪吃了，说我买的猫粮一次一盆子给我吃光，现在的猫可能都变化了，过去这个猫没有那么好的生活条件，哪有什么猫粮公司生产猫粮，都是家里喂。那么这个猫吃东西一般叫做吃猫儿食，每次量很小，不贪多。后来我读《红楼梦》我也是这样，不贪多，《红楼梦》我觉得我已经很熟悉了，每次我即使反刍，我只读一回，就是吃猫儿食，控制量，吃得少而精，很有收获。

比如说我读五十七回，五十七回的故事大家也很熟，这个在通行本和古本里面差异很小，文字基本是一样的，主要就是写林黛玉的那个丫头紫鹃，她骗宝玉，她说林家要来人把林黛玉接走了，宝玉急得要死，宝玉痴病发作，就不答应，就闹起来了。这一回书重点写宝玉和黛玉的爱情故事。

我过去读书即便我不狼读、不蟒读了，我也没有能够一段一段地精读，就忽略了其中很重要的一段，就几百个字，这几百个字后来我精读以后，眼泪快出来了，写的既不是林黛玉，也不是贾宝玉，也不是紫鹃，里面有紫鹃，重点不是紫鹃，写谁？写雪雁。雪雁大家知道，林黛玉的丫头，这个雪雁是很悲惨的一个小生命，大家知道荣国府丫头的来源基本是两大类：一类是家生家养的，那种贵族家庭他的奴隶是一窝一窝的，生了孩子以后还是给他们家当奴隶，比如像被贾赦看上想占有的鸳鸯就是家生家养的丫头，她们家在小说里面贾家当奴才的时间非常久了，她的父母还都在南京，书里有交代，都没跟着，因为这个家族后来从南京迁到北京，都没跟着来，在南京看着老房子，鸳鸯就是一种家生家养的丫头，世代的奴隶；还有一种就是拿银子买的，像袭人，袭人她家里穷，穷得没饭吃了就把她卖了，后来袭人自己也说这个话。

那么这个雪雁是哪种来源呢？她两种都不是，她怎么来的呀？她是林黛玉进京的时候跟着来的，跟着来了一个王妈妈，老态龙钟，还来了一个小丫头，书里面第三回写了，贾母看她一团孩子气，林黛玉就很小，她就更小，完全是一个小姑娘、小孩，这样一个小生命就在荣国府里面，她默默地度过她的日日夜夜。你想她是一个无根的浮萍，像书里面写鸳鸯，鸳鸯因为贾赦要占有她，鸳鸯抗婚，她拥有很多同伴支持她，书里面有一回写大观园里面好几个丫头都出现了，都站她的一边，都骂那个贾赦，起码她是横向能获得情感支持、道义支撑的，是不是？这个雪雁是一个浮萍，她跟这些人没有那种关系，就默默地成长。

那么五十七回这段写的一个什么事呢？雪雁从潇湘馆走出大观园，进入荣国府中轴线的主建筑群的正房，她到王夫人那儿取人参，因为林黛玉经常需要吃人参，取了人参出来之后，她就看见旁边厢房有人向她招手，谁呀？赵姨娘，贾政的一个妾，一个小老婆，招手叫她干嘛呀？过去见到这些文字我都一扫而过，不注意的，读猫儿食就专读这一段。赵姨娘找她干嘛？赵姨娘兄弟死了，这一段前面书里有交代，死了以后她要参与丧事，参与丧事就要带丫头，有一个丫头叫小吉祥。小吉祥儿，北京话儿字的尾音就是小吉祥儿。

那么参加这个丧葬活动穿衣服就有讲究，就要穿白绫袄的，穿白衣服。这个赵姨娘就跟雪雁说，你把你的白绫袄拿出来，借给小吉祥儿穿。这就是柿子捡软的捏，府里面所有的这些人，仆役包括丫头，因为他是一个贵族的大家族嘛，也很讲礼仪的，都配置了这个白绫袄子，但是小吉祥儿跟赵姨娘穿过去以后，因为参加丧葬活动容易把衣服弄脏，不愿意穿自己的，就要求这个雪雁拿出她的，“你拿出你的给我们穿”。一个弱小的生命在这样一个府第里面生存，她是很弱势的一个生命存在，赵姨娘就已经很弱势了，但是赵姨娘这个人性很不好，她自己其实就是一个被侮辱、被损害的人，她还要来损害雪雁。雪雁回来就跟紫鹃说这个事，紫鹃就问她了，说她们问你借白绫袄子，你怎么说的呀？雪雁就是一番话，就说明这个很小的生命在这个府里面经过几年以后心智成熟了，从一个一团孩子气的小姑娘，懂得了处世的艰辛、人际的险恶，她懂得保护自己了。她跟紫鹃这么说，她说我知道她们怎么回事，她们就是怕把她们自己的衣服弄脏了，她们也都有，所以她们非要跟我借，我就说了，我的衣服都是紫鹃姐姐给我收着，紫鹃姐姐又不敢专断，还得去回姑娘，这个姑娘就是林姑娘，就是林黛玉，还得回姑娘，姑娘现在又正病着，所以就是说怪麻烦的，所以你们是不是问别人借吧？紫鹃就说你还真会说话，你把这个事都推到我跟姑娘身上了。她就学会了，她学会保卫自己了。

所以觉得曹雪芹这支笔真不得了，一个咱们读来读去都容易读丢的小人物，他在五十七回里面就用几百个字，一下子把这个人物的命运立体化了，就让我联想很多。所以吃猫儿食让我收获很大，后来我专门把这段文字又读了几遍，觉得真是写得好，小生命，一团孩子气，人家这么欺负她，她后来想想，她想出来保卫自己，想出一个辙来，最后对方还真没辙，障碍这么多，特别是越过林姑娘这一层，姑娘现在又正病着，对不对？所以我觉得读书乐趣无穷，方法也多种多样，那么我个人有狼读，有蟒读，有牛读，有猫读。今天时间有限，就只能说这么多。底下有一点时间看看稍微互动一下，凡是我能回答的问题我都愿意回答一下。

主持人王振良：尊敬的各位听众和读者，我们感谢刘心武先生刚才精彩的报告。刘先生结合自己的心得，谈了读书的问题，四种方式，刘先生是用了四种动物来做比喻。我想大家听了以后应该至少都有所收获，我也不敢说我都听懂了，但是我以为我懂了。

下面还有一点点的时间，因为刘先生已经买好了回北京的车票，那么五点之前必须得离开，所以在这个很短的时间里，大家如果有什么关于刘先生创作方面的问题，大家可以提出来，然后交给我们的志愿者。

这是刚才接到的第一个问题：刘先生您好，一直很喜欢您的著作，请问您近来有什么新的创作计划？能不能提前给我们透露一下？

刘心武：感谢读者对我的厚爱，关心我的写作，我现在是一个退休的人，岁数也一天天大了，没有最新的计划。关于我的写作，我觉得自己的收获是种了四棵树，一棵是小说树，我写小说，长篇也写，中篇也写，短篇也写，小小说也写，像给《今晚报》的专栏《多味煎饼》就是小小说，写生活故事。小说我还得继续写，我 2014 年出了一本新的长篇小说叫做《飘窗》，我想这个图书馆应该是有的。那么新的长篇计划现在目前还没有，因为写一个长篇不是件简单的事，但是继续写一些短篇和小小说没有问题，有了灵感我会写。

我第二棵树就是散文随笔树，我写散文随笔，像我有一篇散文我发现在网络上有很多音频，很多人把它录成声音，不止一个人，有专业的也有业余的，叫《心里难过》这样一篇散文，说明有人喜欢它才把它变成声音挂在网上，不但可以读，还可以听。那么这样的一些散文随笔我还在继续写，这是散文随笔树。

另外我还搞建筑评论，我写了一些建筑评论文章，这方面最近写得少，但是这方面的写作热情还有，所以偶尔也还会有。

然后第四块是《红楼梦》研究，《红楼梦》研究我在中央电视台《百家讲坛》有讲座，后来把这个讲座内容整理成书出版了。那么我对曹雪芹的《红楼梦》的八十回后是什么情况，我有自己在周先生的指导下的探佚，而且我用续红楼梦的方式，来呈现了我的探佚成果，所以我这几个方面的事情还都在做。

最近我在重读《金瓶梅》，我在 2012 年出版了《刘心武评点金瓶梅》，漓江出版社出版的，现在我也打算再写一部向普通读者介绍《金瓶梅》的书，就是零起步的，就是你对《金瓶梅》就知道一个名字，其实什么都不知道；或者觉得这不是一本坏书、一本黄书嘛？不是不能看的嘛？我就写给这种人看的，就是你不要对《金瓶梅》有什么事先的学术上的或者是知识上的储备，你现在看我的书可能对《金瓶梅》有一个大概的了解，供你参考，但是这个事现在做得很慢，正在做。

王振良：刚才刘先生谈了他接下来可能会对《金瓶梅》有所研究，我们特别期待能在我们的《今晚报》上看到刘先生的作品。下面是一个读者的问题：刘先生，您创作的《钟鼓楼》中有许多意识流的表现，请问有没有受到外国作品的影响？

刘心武：这个问题问得也挺好的，咱们国家经历过十年浩劫，后来又进入改革开放时期，改革开放以后这个门窗大开，这样的话，外来文化大量涌入，文学也是一样，所以在八十年代曾兴起一股外国文化热，作家们和读者们纷纷阅读翻译过来的外国的过去看不到的一些作品，比如卡夫卡、博尔赫斯、马尔克斯、乔伊斯这些人的作品。

那么翻译外国文学里面有魔幻，有变形，有时空交错，有意识流，有各种各样的新奇的手法，所以那个时候文学上一个很大的浪潮就是这种新潮文学大行其道，传统的、写实的有时候会被认为保守，反而成为边缘的一种写作了。

那么我个人是比较喜欢写实的这个流派的，我是一个始终坚持写实的作家。但是在当今浪潮的影响下，我也吸取一些非写实的文学流派的营养，不是所有的文学都是写实的。比如说我们说文学源自生活，比如说我研究《红楼梦》，《红楼梦》写作有原型，不是所有的作家和作品都是这样的，有的作家和作品是没有生活的，也没有原型的，比如说阿根廷作家博尔赫斯，他跟咱们天津图书馆应该有缘，他是一个图书馆馆长，是同行，他的全部创作灵感来自阅读，不来自他接触的活人活事，这也是一种写作，也可以出现一些很好的文本。

所以那个时候《钟鼓楼》应该是一个坚持写实主义的作品，但是其中吸收了一些意识流的写法和其他西方一些文学的写作技巧，但是吸收并不多，所以《钟鼓楼》出来以后当时并不是非常受欢迎，更受欢迎的是那些受到西方影响的一些先锋文学。但是《钟鼓楼》我觉得它有生命力，到现在我发现一些“90后”的，包括“00后”的一些小孩、年轻人，他们开始阅读《钟鼓楼》，觉得也还好看，所以我觉得挺高兴的。

王振良：谢谢刘先生，又是一位读者提问：刘老师，有的作家比较擅长转换创作风格来迎合文学热潮，有的作家风格则比较固定，您如何看待这种现象？

刘心武：我觉得都挺好的，写作这个东西应该没有什么国际王法限制你。不断变换自己的写作风格，这在世界中外古今文学史上也很多见，固守一种写作风格在文学史上更多，都可以产生出不错的作品。

王振良：这个其实有点像贺信或者是祝词：我是看刘先生在央视百家讲坛的《刘心武揭秘红楼梦》而喜欢上《红楼梦》的，真心感谢刘先生把我带进《红楼梦》的殿堂。他这个是感谢，有一个问题跟这个就直接相关了：刘先生，今年据您出版《刘心武续红楼梦》已经有五年的时间了，这五年来，您对《红楼梦》有没有新的见解？您的《续红楼梦》有没有修改再版的计划？

刘心武：很感谢他对我的鼓励，其实我的讲座也好、书也好都是一家之言，你完全可以全盘反对，或者局部反对，或者不搭理我，其实我的初衷不是说要让我的观点成为主流观点，或者让大家信服，我的目的是引起大家阅读《红楼梦》原著的兴趣，特别是年轻一代。有人说我死活读不下去，你死活读不下去，那我就娓娓道来，告诉你我自己怎么读的，激发出你的阅读兴趣，你读了以后可能跟我的观点完全不一样，但是你读了我就很高兴。那么关于《续红楼梦》，有人说《续红楼梦》特别多，好几百种，这个说法不准确，因为一般的像清末民国《续红楼梦》，他都是从通行本一百二十回之后往下续，他不是从八十回往下续，从八十回往下续的当然也有很多种，但是没有这么多。那么我个人的续书不是为了追求个人的文学价值，我是太喜欢《红楼梦》了，我觉得曹雪芹《红楼梦》八十回以后的遗失是一个很大的文化损失，我们虽然还没有把这个遗失的文稿找出来，但是呢，我们可以通过探佚的办法了解他后面写的究竟是什么，确实跟我们现在看到的高鹗的续四十回是不一样的，所以我是以续书形式来呈现我个人对曹雪芹的《红楼梦》八十回后的故事的一些见解和成果。刚才这个读者让我很感动，他能够给我算出来从最早出版这个续书到现在已经五年了。其实这个书我已经修订了，现在最新的版本是人民文学出版社，他们有一个叫做《刘心武长篇系列》的一个套书，红色封皮的，收了我几部长篇，所谓三楼系列，有《钟鼓楼》《四牌楼》《栖凤楼》，还有《风过耳》，然后把《续红楼》也当作一个长篇小说，这五部作为一个系列加以出版。

那么这个系列里边《续红楼梦》是修订版，封面上写着修订版，我对原来的五年前那个，进行了大概一千多处的修订，有的是比较大的修订，有的就是一个字一个词的改动，我是很仔细的，那么我还要继续修订，只要我还能做这个事。

王振良：下面这个读者的问题，不知道刘先生是不是看现在的电视剧了？跟这个有点关系：请问刘先生，您对当下流行的网络文学及其衍生作品如电视剧《芈月传》《琅琊榜》等作品如何看待？

刘心武：我觉得可以友善地跟他们相处，但是确实属于两个不同的领域。这个领域的人对我也很客气，像前些时候百度成立了一个板块叫百度文学，成立大会邀请的基本全是网络写手，他们的网络小说我没怎么看过，试着看了一些以后我也喜欢不了。但是我觉得这个就是文化多元嘛，那么他们形成一个创作和阅读的一个领域，我作为传统的文学写作者，也有一些传统文学的阅读者的领域，大家友好相处还是挺好，而且双方能够有一些互动、互相学习呀，吸收一些对方的营养也是可能的。

王振良：这个有意思，这个是跟刘先生叙旧来的：我是北京十三中67届毕业生，虽然您没教过我，但是我当时就知道您是位年轻老师。当时的校长，校支部书记是曹立珊，校长是王校长，一晃五十年过去了，看到您依然年轻，祝您一切顺心，健康长寿！

刘心武：谢谢这位校友！

王振良：谢谢这位读者，下面一个，这个是一个很大的问题：刘先生，请问现代主义风格的作品还能复兴吗？

刘心武：这是一个太专门的学术问题，因为在场有人恐怕听不懂这个问题，现代主义在西方已经没落了，后来有后现代，后现代的概念就是同一空间中不同时间的并列，很多学术上的术语，讨论起来就提到苏珊·桑塔格，什么法国的米歇尔·福柯，那就太复杂了，咱们这个场合讨论不了。

王振良：这个问题确实太大了。

刘心武：太专业。

王振良：也不是一句话、两句话能说清的。这个问题是，我觉得我来回答吧，八十回＋二十八回的原版《红楼梦》，这个我挺奇怪的，因为《红楼梦》一般是八十回本和一百二十回本，能买到吗？这个都能买到，这位读者想买哪个版本的？我建议如果是个人的欣赏，就买人民文学出版社的就可以，因为如果做学术研究那就太多了，如果您进入那个领域，我想自己就能鉴别了，就自己选，如果是欣赏，我觉得人民文学的还是比较好的，因为《红楼梦》的版本问题太多了！能写一百部书都不止，谢谢这位读者。

这一个问题：请问刘老师，像《易经》和《黄帝内经》这些比较深专的书怎么读？我不知道刘老师能不能够懂。

刘心武：这个我觉得你一开头可以狼读和蟒读，一开始，如果你想读，先把它读了再说，包括《山海经》这些都是可以这么读的。

王振良：古籍经典还是可以多读一些的，至少没有坏处，可能读不懂，我觉得读了比不读要好，可能没有办法去量化，多看书、多看经典没有坏处。我们今天的讲座就到这里，感谢各位听众的光临，让我们以热烈的掌声再次感谢刘心武先生！

（此文系2016年2月在天津图书馆的演讲记录）

与书共生,是幸福,也是宿命

前不久,“金瓶梅文化高端论坛与版本文献展览”在吉林大学举行,会前,王汝梅教授提醒我,“作家刘心武也出席会议”,还慷慨支招儿,“你参会时可结合他的会议发言、讲座等整理出访谈,以飨读者”。

一群人进会场,一眼就认出心武先生,说实话,较前几年,他显得憔悴。但轮到他发言时,声音仍很精神,仿佛回到了《百家讲坛》的演播厅。会议间隙,我拿出《刘心武谈〈红楼梦〉》,递上名片,请他签名。看到“全民阅读协会”字样,他特意问我相关情况,由此可见其对全民阅读的关注。

闭会后,心武先生给吉大学生做专题讲座,下午三点开始,一点就爆满,连报告厅的台阶和报告厅外都挤满学生。傍晚,我和几位老师给他送酬金,才得知因气候(长春供暖首日,雾霾严重)和连日劳累,心武先生身体不太舒服,我们陪他去医院做简易护理,他连说“耽误大家休息,不好意思”。其实,他克服种种困难坚持做一个多小时的讲座,更让我们不好意思,亦让我们心生敬意。

“我早就不是专业作家了,没有写作任务,也不用报计划,更不用自己驱赶自己，就是赋闲、退休，自己过活。”很喜欢他晚年的生活态度，更可贵的是，他在宁静和散淡中，丰富了很多人的精神生活。

稿子发表后，我自己掏腰包买了十本杂志，直接飞车回家，非常高兴

天下书香：每每提到您，很多人都会将您和《班主任》《刘心武揭秘〈红楼梦〉》“捆绑”在一起，而您本人希望读者能更多地关注自己的其他作品。但《班主任》作为“伤痕文学”的代表作，亦被视作新时期文学的发轫之作，又是谈论当代文学绕不开的，能否回忆一下这个短篇的创作过程？

刘心武：1977 年夏，我开始构思和写作《班主任》，因为此前长期在中学任教、任过班主任，所以写这个题材得心应手。该作品从我熟悉的生活、人物出发，以中学生和书的关系，来形成小说的主线，质疑“文革”乃至导致“文革”恶果的极“左”路线，从而控诉“四人帮”文化专制与愚民政策对青年一代的戕害，发出“救救孩子”的呐喊，以期引起社会的关注。它不是教育小说，只是巧妙地借用了教育这个题材，它的要害并非告诉大家如何教育小流氓，而是指出文中的团支部书记的问题比小流氓还要严重。

那时，我是北京出版社文学编辑室的编辑，性格内向，不善公关，不好意思将稿子直接送到《人民文学》杂志社，只好选择邮寄。稿子发表后，我自己掏腰包买了十本杂志，直接飞车回家，非常高兴。

通过《飘窗》，我能看见自己的生命和思想还在流动

天下书香：2014年，《飘窗》出版，这是您的第八部长篇小说，但其距第七部有近二十年，您将《飘窗》的问世视为自己在写实主义上的回归。有人说它不像老头写的，有人看出其与《红楼梦》的联系，请您谈谈自己现实生活中的“飘窗”以及《飘窗》这部作品。

刘心武：关于生活中的“飘窗”，我曾在《飘窗台上看风景》写到，“从2008年起有了一个新书房，我仍叫它温榆斋。它有一个L形的朝东朝南的大飘窗，窗台朝东的部分长达两米，宽七十五公分，完全可以当床睡。我在飘窗台上铺褥子、设大靠枕，常倚卧在那里读书，更常常朝窗外凝望——那是更生动活泼的社会书页”，“书房飘窗台是我接地气的处所。从我的飘窗台望出去，是一幅当代的‘清明上河图’。当然，我有时会走出书房，下楼到飘窗外的空间，使自己也成为‘图’中一分子。我已经或少或多或浅或深接触过若干‘画中人’，其中有几位已经成为我的市井朋友，我的活动轨迹已经延伸到他们租住的居所。不消说，我新的长篇小说，其素材、灵感，将从中产生”。“飘窗”促成了《飘窗》的诞生。

在我看来，“不像老头写的”是褒奖。我深入生活，努力和年轻人沟通，不避开当下的热点和时髦，根据情节使用很当下、很新、很潮的元素。

至于《飘窗》和《红楼梦》的联系，可以这么讲，我从《红楼梦》学到悲天悯人的情怀，学到对社会边缘人的关注，学到“世法平等”的眼光。此外，从技巧上学到的东西更多，在整体叙事上，我学曹雪芹，“朝代纪年地域邦国皆失落无考”，“人旨谈情”，小说写

的是当代，但究竟是哪几年？写的是大都会，究竟是哪个城市？使用了烟云模糊法，也就是说，这部小说讲了一个大悬念套着小悬念的故事，作者不先设定主题，向读者灌输，读者只要觉得抓人，读来顺畅有趣，读完他自己去体味，我的目的就达到了。《飘窗》里有底层人物，也有中产阶级和富人，是群像小说，这也是受到《红楼梦》影响。我对《红楼梦》的研究心得，浸润在了《飘窗》的文本中；而我研究《红楼梦》，正是为了向母语经典汲取写作营养，以便更好地写小说。

市井人物是城市的珍珠，是城市文化的烟火。作家也许未必能给他们提供解决困境的方法，但不能因此而不去关注现实。我就是要通过这些被称作“社会填充物”的血肉人生，展现社会底层的生存万象以及人性百态。

就我个人而言，六十五岁以后，各种症状哗地一下冒出来了，失落、抱怨、自怨自艾……幸运的是，我的写作没有中断，写作使得我和现实讲和，且以平静的心洞察生活，思考人生。通过《飘窗》，我能看见自己的生命和思想还在流动。

“续红”，是做了一件自己喜欢做的事，毁誉由人

天下书香：从事红学研究二十多年；在《百家讲坛》普及红学，引发民间红学热；续写《红楼梦》。外界对您的评价褒贬不一，“续红”更是引起了争议，但您仍然执著。您和《红楼梦》是如何结缘的？为何要“续红”？您最近在接受采访、讲座中常提及雪雁，请谈谈这个“小角色”。

刘心武：母亲对《红楼梦》如数家珍，受她影响，我很小就对

《红楼梦》感兴趣。我读小学时，父亲枕下常压着些东西。有一次，趁他外出，我发现了枕下的《红楼梦》和《绿野仙踪》（传统章回式小说），印象最深的是“顽童大闹书房”一回，从此，我坚定了通读《红楼梦》的决心。

我常说，我的写作生涯种着四棵树——红学研究之树、小说之树、散文随笔之树和建筑评论之树。除了研究、揭秘《红楼梦》，早前，我就用白话文写过《秦可卿之死》《贾元春之死》《妙玉之死》，通过小说的形式，表达出自己对前八十回内容的一些感悟和探索，后来感觉有些不过瘾，索性试以曹雪芹的语言、思维续写《红楼梦》后二十八回，也就有了《刘心武续红楼梦》（2011 年出版）。“续红”，凝聚着我的苦心，说白了，就是做了一件自己喜欢做的事，毁誉由人。我仍将细心修订这部书，使之能形成一个基本稳定的面貌，可以流传下去。

晚年再读《红楼梦》，我开始关注书中的一些小角色，雪雁是其中一位。荣国府里的丫鬟一般有两个来历，一种是家生家养世代为奴，比如鸳鸯；另一种是花钱买的，比如贾宝玉的丫鬟袭人。雪雁很特殊，她两种来历都不是，她是林黛玉从扬州带过来的丫鬟，《红楼梦》第三回中，贾母曾评价说“雪雁一团孩子气”。说明当时的雪雁是单纯的、幼稚的、不成熟的。

有些段落，过去未曾留意，再读时却感触颇深，比如《红楼梦》第五十七回中的一小段。雪雁说：“丧服人人都有，他们去参加丧事怕弄脏了管我借，我就心想，他们能有什么好处到咱们眼前。”雪雁从荣国府的上房回到大观园的潇湘馆，她和紫鹃如此说起在上房办事时赵姨娘向她借丧服的事。你看，一个曾经单纯、弱小的生命经过短短几年的生活磨炼，就懂得了人情世故，懂得了人情关系的利益交换。

雪雁跟赵姨娘回复道："我的丧服是紫鹃姐姐帮我收着，我跟紫鹃姐姐说，她就要和林姑娘说，林姑娘现在正病着，我就怕误了你们的事，还是找别人去借吧。"她的回绝更绝，不光是不借，还能编出一段如此精彩的话来保护自己。短短一段对话就让雪雁这个小角色跳出来了。

《红楼梦》的作者深受《金瓶梅》的影响。就文学成就而言，它们都具有罕见的高度

天下书香：有很多人误以为您黔驴技穷，"整完《红楼梦》整《金瓶梅》"。其实早在二十多年前，您就在研究《金瓶梅》。您如何看待《红楼梦》与《金瓶梅》的关系？如何评价《金瓶梅》？

刘心武：是的，1994 年，我评点《金瓶梅》的工作就完成了。彼时漓江出版社举办一个古典文学评点系列，让不同的名家评点《红楼梦》《三国演义》《金瓶梅》等名著，其他作家的评点作品早就发表了，但因为评点《金瓶梅》没拿到准生证，所以才被搁置了，直到 2012 年，漓江出版社才出版。2014 年，我的《金瓶梅》研究收尾了，因为漓江出的评点本是删节本，所以我与另外一家出版社合作，出版了《刘心武评点全本金瓶梅词话》(线装本，四函二十册)，对原著一字不删，我的评点也有所增加。

《红楼梦》的作者深受《金瓶梅》的影响。就文学成就而言，它们都具有罕见的高度。《金》的作者营造了一个冷静到极点的文本，《红》的作者却创造出了一个充满终极追问的浪漫文本，二者

的美学取向是不同的。我们可能更乐于公开地表达对《红楼梦》的激赏，而吝于表达阅读《金瓶梅》时所获得的审美愉悦，这可能与我们所处的时代和大人文环境有关。其实，抛开其他方面不论，《金瓶梅》在驾驭人物对话的语言功力上，往往是居《红楼梦》之上的，我们所津津乐道的“红语”，如“舍得一身剐，敢把皇帝拉下马”、“千里搭长棚，没有个不散的筵席”、“前人撒土迷了后人的眼”等等，其实都是《金瓶梅》里娴熟而精当地运用过的。《红楼梦》在二十世纪后半叶的中国大陆，已经获得了可以说是几无异议的至高评价，但是《金瓶梅》却直到二十世纪末，才终于能被一般成年读者正常阅读，学界也才有可能更加开放地进行研究。

《金瓶梅》并非一部“唯性”的小说，它有大量的篇幅，展现着西门庆家门外广泛而杂驳的社会生活，这部托言宋朝的故事其实是表现明代社会生活的小说。它也是一部不仅属于我们民族，也更属于全人类的文学巨著，我们可能会越来越深刻地意识到这一点。

我的《文存》可以不成功，但不能不诚实，因此我没有隐匿这些失败之作

天下书香：某些作家会藏匿自己的部分作品，而您却出版《刘心武文存》完整呈现自己，有些篇什并不成功，为什么仍要“捧出来”？

刘心武：《刘心武文存》共四十卷，收录了我自 1958 年十六岁至 2010 年六十八岁公开发表的文字约九百万字，可以说这是对

我过往写作的一次总结、检阅与巡视。第三十九卷《懵懂集》里收录了我1958年至1976年的作品，其中大多数不忍卒读，但那是我发表过的，我的《文存》可以不成功，但不能不诚实，因此我没有隐匿这些失败之作。

年纪大了，比起新书，我觉得老书读起来更有感觉

天下书香：前不久，北京举办了第五届书香中国·北京阅读季活动，作为北京阅读季名家讲师团代表，您做了题为《不可一日无书与四种读书方法》的讲座，请简要分享这四种方法，讲讲您的阅读情况，您怎样看待当下的阅读生态？

刘心武：简言之，读书可从四种动物获得启发，即：有的书可以“狼吞”地读，了解其大概内容就可以了；有的书则可以学蟒蛇，先整个吞下去再说，然后用很长的时间将其完全消化；有的书则可以像牛那样，不断反刍，反复深入领会；有的书则可以像吃“猫儿食”那样，每次读一点儿。

年纪大了，比起新书，我觉得老书读起来更有感觉。我重读了当年汝龙翻译的繁体字竖排版的《契诃夫短篇小说选》，是根据英文底本翻译的。重读了叶君健翻译的《安徒生童话》，该书的一些篇章是写给成人的，比如“柳树下的梦”。此外，我还读史学、建筑、歌剧等书籍。

过去几十年，属于城市微末的人开始崛起，比如早期的“黄牛”“倒爷”，他们开始创造一种自己的文化，而且影响力越来越大。对他们来说，文字阅读是次要的，他们要的是直接诉诸感官的，于是洗浴中心、卡拉OK、餐厅、会所、购物中心之类，成为他们

文化消费的首选。这种不注重内在修养，只追求感官享受的情况，甚至成为市民文化的主流。

有人将不读书的罪责全推给电子阅读，我并不认同，那不过是阅读方式的变化。静不下心的原因不在文本呈现方式（横排简体、竖排繁体、平装、精装、袖珍装、线装、手机屏显、电子阅读器……），而是读书人没有确立好的读书态度。只要真想通过阅读获得收益，怎么读、读什么方式呈现的文本，都会读下去的，进入文本，心自静。

天下书香：谢谢刘老师，请您给《天下书香》的读者送段寄语。

刘心武：苔花如米小，也学牡丹开。

（此系接受吉林大学《天下书香》杂志采访的记录）

谈自己的《文集》《文存》《文粹》

记者：很多人拜读您的第一部作品都是《班主任》，这是您的处女作吗？

刘心武：我算是一个贯穿型的写作者，一个马拉松长跑式的写作者。之前我到河北师范大学做了一次演讲，谈关于我的写作，有人就提出了这样的问题，说刘老师您是不是能谈一谈你的处女作《班主任》的写作发表过程。

首先这个问题有误，《班主任》这篇小说并不是我的处女作，我的处女作是 1958 年发表在《读书杂志》上的一篇文章，《班主任》是发表于 1977 年，间隔很久了。而在《班主任》之前，我已经有整本书出版过。所以《班主任》算是我的成名作，而非处女作，这也说明我的写作史是很长的。

记者：刘老师在文坛的地位不言自明，在场的肯定都是您的粉丝。您的粉丝中大部分是有人生阅历、年纪偏大的读者，对于读者的年龄偏向您怎么看？

刘心武：在《班主任》发表之后，我又经历过很多的写作阶段，一直延续到今天。那时和我一起写作的人，有的因为种种原因，退出了文坛，或者淡出了写作的行当，可是我一直坚持下来了。所以这样说来，我的读者群还是比较大的，而且囊括的年代群也比较多。

举几个例子。一个是大概在八十年代末，那个时候人民文学出版社有自己的专卖店，在新街口。因为人民出版社出版过我的一些书，所以我进去看了看。店里有一位年龄比我略小的妇女，看到我很兴奋，立刻就来招呼我，我就知道她是我的一个读者。她买了好几本书要我签名，还叫过来一个上中学的姑娘，她说："这是我的女儿，我读了你的书之后，我很喜欢。现在虽然很多文化潮流风起云涌，出现了新的作家，但是我还是推荐我的女儿来读你的书。"对此我很感动。

因为那个时候我已经开始边缘化了，读者群不是囊括所有年龄段的。我的同龄人中有一部分是我的读者。后来的"60后"、"70后"的朋友要读新锐作家的作品，他们不一定都热衷于我的作品，这其中我的读者不算很多。这个例子说明有一些老的读者，开始把我的作品推荐给他的下一代，这给我的印象很深，我很欣慰。一位母亲读了我的作品，她很喜欢，她觉得自己的女儿也应该继续读，所以我还得继续产生新的作品。

记者：您刚才谈到的边缘化具体是指什么？是如何应对的？

刘心武：在八十年代的时候，打开门户以后，西方现代派、后现代派，大量文学潮流的涌入，也带来了很多新的写作技法，比如说荒诞的写法、变形的写法、时空交错的写法、意识流的写法等。

在这种情况下，像我一样写实主义的作家处境并不是非常好，因为显得有点落伍。所以我想是否该给自己重新定位，于是我努力去阅读一些西方现代、后现代的作品，也尝试用这些手法写过一些作品——在我的《刘心武文粹》里，有一些这方面的成功的尝试，比如《无尽的长廊》，就是一个很有趣的小长篇。

还有一些短篇比如像《贼》和《洗手》也都是在魔幻、荒诞、变形这方面去揣摩，利用这些手法来完成自己的写作心愿。但是绕了一圈以后，我给自己的定位还是我最得心应手的写实的手法。

在我给自己定位的过程中间，还有一个有趣的经历。1998年我去美国，在纽约唐人街有一个比较大的中文书店。店主很热情地接待我，说店里在卖我的书。我问销量怎么样？他说你的书卖得不是最好的，最好的是五十年代出来的作家。这很正常。

我告诉他我在考虑怎么调整自己的写作，考虑是不是要像他们那样去写。正在我们讨论这个问题的时候，店里进来了一位女士，大概比我要小个十几岁。起先她没有注意到我，后来和我面对面的时候问我，是你吗？我就知道她是我的一个老读者。我说，对，是我，尽在不言中。我突然很惭愧地说，你可能只记得我的《班主任》，还有一些很浅陋的，比如《爱情的位置》《醒来吧，弟弟》这样的作品。我说现在我也觉得这些作品是一些很笨拙的文字，可能只是在当时起到了一定的开拓作用，我在调整自己的写作方略，想写出更好的作品。

这时她突然瞪着我生气了，而且双眼蓄满了泪水，然后难为情地扭过头去。我觉得很奇怪，店主也很惊讶，那个时候我太太也在，问这位女士怎么了。她忍住眼泪，转过头来说：“你不要这样说，你那些作品就是我的青春。”说完她就扭头离开了书店。我没来得及留下她的姓名。

这给了我很大的鼓舞。如果沿着自己的写作路数继续往下走，我应该吸纳各种各样的文化营养，包括现代主义和后现代主义的文化营养。那个时候我对西方一些新的文论很重视，比如结构主义、解构主义、女权批评和新批评等。这些营养我都要吸收，但是到头来，我应该还是我，我最拿手的应该还是写实主义。

这些老读者给我的鼓舞，令我永远难忘。我很后悔那时没追出去。

记者：她认为您否定自己的写作风格就等同于否定她的青春。

刘心武：她说你别把这段阅读史给否定掉，这对我来说很珍贵的。另外我很欣慰的是，在后来有一段比较边缘化的情况下，我将写作坚持下来了。

记者：您所坚持的写实主义得到了您所期望的社会回应吗？

刘心武：在八十年代的时候，一些作家尝试魔幻、变形、荒诞、现代派的写作风格，我尝试超级现实主义，比写实还写实，写纪实小说，引起了轰动。其中《5·19长镜头》写的是1985年在工体中国队和香港队的比赛，所有人都觉得中国队会赢，没想到中国队输了，出局了，引发中国足球史上第一次球迷闹事事件，引得《人民日报》都发表了评论员文章。

怎么解读球迷闹事的现象？我带着这个问题采访了被拘留

的闹事者、体委官员和新闻记者，写成纪实小说《5·19长镜头》。

当时我的解读和官方有一些差别，官方当时对我也很包容，认为我的解释是对社会心理进行了梳理，所以也纷纷转载这篇作品。但悲催的是，中国足球不争气，一到国际重要赛事老输，所以《5·19长镜头》老有人重新提出来，包括中央电视台的体育频道，一些很年轻的评论员或者主持人，他们在交谈时也经常提到，使这个作品一直流传到今天。有些年轻人想一探究竟，可以到《刘心武文粹》里找这篇作品。这也是我认为值得纪念的、有英文版的、流传比较广的一个作品。

记者：据我所知您写的《公共汽车咏叹调》也是一个纪实小说，和《王府井万花筒》《5·19长镜头》构成三部曲，都十分轰动。但最著名的当属《钟鼓楼》，听说这部小说您采取了比较独特的写作结构？

刘心武：我的第一篇长篇小说就是《钟鼓楼》，得了茅盾文学奖。《钟鼓楼》写的是北京的世俗生活，牵扯到很多的人物以及他们的前史，即在故事发生阶段之前这个人的命运。这部作品巧妙在结构上，整个故事开始是在1982年的12月12号早上七点，故事结尾是在这一天的晚上七点，十二个小时里一个钟鼓楼下的小杂院，浓缩了很多人生百态。

这个结构到目前为止，我觉得还是具有独创性的，叫做橘瓣式。一般的长篇小说都是线性叙述，根据时间叙述；或者串珠式，每一个重要的情节都是一个珠子，用一根主线串起来；还有阶梯式，不断递进引向高潮，文本策略上让你越看越过瘾；另有屏风式，完全靠悬念抓人。大家知道从结构主义学说来说，所有的破案小说无非是两个模式，一个是谁是凶手不告诉你，结果你觉得每一个人都像凶手，到最后揭晓的就是你最没怀疑的那个人，他反而是凶手，你所怀疑的人最后都不是凶手。另外一种，一开始就告诉你谁是凶手，但他总是逃脱，总是揭露不了，到最后才能把他抓住，这也是屏风式的一种结构。《钟鼓楼》就抛弃了所有的这些结构，做成了一个橘子，把橘子皮剥开之后，里面是抱团的橘子瓣，每一瓣是独立的，有滋有味，这一瓣里有他的人生，他的故事，他的前史，他当下的状况。但这只是一瓣，又有一瓣，又有一瓣，最后这些瓣合起来，又很紧凑，构成一个小说。

所以《班主任》之后，《钟鼓楼》应该是我的文学创作一个真正的成果，因为在《班主任》中，我只是用小说的形式来抒发自己内心对社会的一些看法，起到一些振聋发聩的作用，在文本上没有新策略，甚至“四人帮”时期的文本策略也还在沿用，所以《班主任》只是一个内容革新的觉醒，《钟鼓楼》是文本策略的觉醒。

文学要回归文学本身，这个过程也是要过渡的，比如说短篇小说《我爱每一片绿叶》，就开始完全从社会学的角度，转到人性探索；中篇小说《如意》在 1982 年拍成一部彩色电影，现在从网上可以找出来看，是 个文艺片，手法是比较小众化，如果没有一定的文艺滋养的话，可能看起来觉得比较闷，但实际上影片是很抒情的，弘扬了人道主义。

这个电影最早被台湾人重视。侯孝贤看了以后很吃惊——大陆作家也能把人道主义表现得如此充分，大陆导演黄健中也能把这样的题材诠释得那么好。那是八十年代初，后来台湾出了一部《世界电影经典》,很多大陆的东西都没有收录,偏偏收了《如意》,这是一个很有趣的文艺现象。

记者:所以您的新书中也收录了一些自己满意的中短篇。

刘心武:从《班主任》到《我爱每一片绿叶》,到《如意》,一直到《钟鼓楼》,还有中篇《立体交叉桥》,这些精华都存在于凤凰壹力通过译林出版社出版的这套《刘心武文粹》里。

记者:您之前出版过文集、文存,这次的《刘心武文粹》有什么特别的亮点?这三者有何不同?

刘心武:文集就是一个作家作品多了以后,集中展示一下,没有什么历史方面和作者整体评价方面的考虑,比如1993年我在华艺出版社出版的《刘心武文集》八卷。

2012年江苏人民出版社出版了《刘心武文存》,文存就是有文必录,只要是公开发表过的作品,不论是失败的、幼稚的、糟糕的还是难为情的作品,既然公开发表了,就不能回避。像我这样的马拉松长跑型作家,我认为自己没有很高的文学价值,但是从1958年直到2016年依旧在发表作品,是有历史的价值的。

而文粹就是只选好的,我自己觉得失败的、幼稚的、糟糕的,不值得向读者推荐去读。这其中收入的都有可读性,除了小说以外,还有我的《红楼梦》研究。

记者:那这部文粹中收录了您2016年的新作吗?

刘心武:2016年《书屋》杂志的第一期,刊登了我最新的文章

《〈金瓶梅〉中的男体描写》。我就把这篇文章补充到了《刘心武文粹》中，在《从〈金瓶梅〉说开去》这一卷。

作为一个文学长跑者，有时候需要把自己作为一个个案，提供给文学史的研究者研究——在中国现代文学的发展过程中，他是怎么过来的，这个人当初多么幼稚可笑，写的东西多么糟糕，但是他又引起了轰动，作品又很有争议。有些作品现在看来还有一定的比较久远的审美价值，虽然很杂驳，但是要做一个罗列，这就是《文存》的意义。

记者：很多作家都十分推崇多读外国的文学作品，您认为是国内的还是国外的文学作品对您的写作更有所助益？

刘心武：我在文坛这么多年，也有酸辛的一面。社会上确认一个作家或者作品的价值，也需要看社会坐标，这是不可避免的，比如是否获奖？是不是有名？正是因为《钟鼓楼》得了茅盾文学奖，所以大学里面讲当代文学，会讲到这个作品，因为是一个得奖的作品，被一个社会评价坐标肯定过。

我始终认为到目前为止，我最好的长篇是《四牌楼》，我非常珍爱这部作品。法国汉学家跟我商量要翻译这部作品，但是《四牌楼》篇幅很宏大，中文翻译成法文要增加很多篇幅，所以他们选择了中间《蓝夜叉》这部分翻译成法文，效果很好，所以还是有知音。

2014 年出版了最新的长篇小说《飘窗》。我在后来的长篇小说写作过程当中，不断地从各方面吸取营养，主要是通过翻译来领略外国作品的风采，除了西方的，也包括日文小说。我外文水平还不能直接阅读外文的原版，那么还是从自己的民族经典当中汲取营养，所以当时重点读两部，一部是《红楼梦》，一部是《金瓶梅》。

记者：很多年轻的朋友熟悉您都是通过《百家讲坛》，当时出于什么考虑想参与这档节目？

刘心武：我解读的红楼梦通过《百家讲坛》的系列讲座，引起了轰动。吸引了“80后”、“90后”这一批年轻的读者，这个有人很惊讶。有人说这个人怎么回事，他能够在七十年代末、八十年代引起轰动，后来又在二十一世纪初引起轰动，这是很不容易的，因为这是两个审美趣味、阅读趣味完全不同的历史时期，人也不一样了。我就不细说怎么引起轰动，引起轰动的原因是什么。但是总而言之，一些“80后”、“90后”通过看我《红楼梦》讲座以后，说这人值得注意。什么“人就是想出名，所以来讲《红梦楼》”，后来一查资料，因为从百度很容易百度出我的资料，这个人早就出名了，他用不着靠这个出名，1977年他就出名了，从1977年到2007年你想过了多少年？我《百家讲坛》引起轰动的节点，应该是2005年—2007年—2010年，老早就出名了，他凭什么出名？原来他还有《班主任》，还有《钟鼓楼》，找找看看怎么样。结果我就发现像你说的，一些很年轻的人觉得读起来很有趣。我感觉到很欣慰，但是他们不明白我并不是为了通过讲《红楼梦》来营造自己新的价值，我当时就是为了读《红楼梦》，向《红楼梦》取经，看看我们的前人用方块字怎么写好小说的，我能从中得到什么营养，我怎么写好我的小说，我是从这个角度切入来研究《红楼梦》的。

记者：其实在您后续的写作中，也能发现一些细节是有《红楼梦》和《金瓶梅》的影子，所以也是对传统文学有所借鉴对吗？

刘心武：像我说我自己最喜欢的小说是《四牌楼》，《四牌楼》里面浸润了《红楼梦》的营养汁液。如果知道我为什么讲《红楼梦》，再读《四牌楼》就能感觉到。当然《四牌楼》也有很多新的手法，比如用了三种人称交错叙述的手法。

但是《红楼梦》的精髓在于让你懂得珍惜青春，珍惜生命。生命是短暂的，青春像花朵一样，很快会谢落。《红楼梦》的贾宝玉希望那些女孩子永远不要出嫁，永远像鲜花一样开放着。他以为女儿是水做的骨肉，男人是泥做的骨肉。《四牌楼》里面写的一系列上世纪的青春女性，用三种人称交叉叙述她们的命运，无限的悲悯和感慨，希望这些花朵不要陨落，写了一个世纪的动荡和对个体生命的影响，这就是受《红楼梦》的影响。

《金瓶梅》基本是冷叙述，硬心肠。它写人的命运很冷，死者自死，活者自活，死了就死了，活着继续活，有点没心没肺，而且看起来无是无非，写人性恶写到刻骨铭心的地步，但是它没有批判。《金瓶梅》的这种叙述在《飘窗》里有所体现，写人与人之间的冷酷、无情，不动声色，是受《金瓶梅》的影响。我从中国的方块字的小说里面，汲取了很多营养，运用在我的小说当中。

记者：《刘心武文粹》中有哪些内容是最令您印象深刻的，可以简单和大家讲讲吗？

刘心武：我在 1958 年发了第一篇稿子，那个时候我才十六岁，当时的政治风浪卷不到我，另外我也不是知青下乡的那一代人，留在了城里。“文化大革命”后期，要求恢复一些文艺的生产，就开始恢复《人民文学》杂志和诗刊，当时知青还没回城，王蒙他们还没有改正，我当时却能够投稿，能够写作。

在“四人帮”当政时期，要按照“四人帮”的文艺技法来写作，比如“三突出”，就是在所有的人物当中要突出正面人物，在正面人物当中要突出英雄人物，在英雄人物当中要突出主要英雄人物。“样板戏”都是这么来制作的，像汪曾祺执笔的《沙家浜》，就是成功运用“三突出”的例子，但是越写越窄，最后大家都写“三突出”。

当时丁玲来到北京，想要平反。我那时候在北京出版社文学编辑室做编辑，去找她约稿。我记得很清楚，这个老太太有棱角，斜眼看我。我说读者们期待你的文章出现，我们出版社现在组建一个双月刊叫做《十月》，先以丛书名义出，可以给你发表。她拉开桌子旁的一个抽屉，只拉了一半，问我说你能发表？我说能发表。因为那个时候，我因为《班主任》已经有点名气了，出版社很看重我，我是《十月》领导小组成员之一，有一定的决定权。

她彻底把抽屉拉开，拿出一沓稿子给我，说你拿去看看，这可是退稿。我当时很高兴，觉得老太太不一般。当时我和妻子儿子住在一个十一平方米的小平房里。连夜看了丁玲的稿子以后，觉得这个人真的很不容易。

临走的时候她告诉我退稿是因为编辑让她改结尾部分。我看了以后觉得稿子一气呵成不能改，就给她写了一封信，说我认为结尾很好，不用改，我们完全可以发表，她很高兴。我就排进了《十月》里的一期。

没过多久，有一天家门口听到喧闹，出去一看，车上下来当时刚刚恢复了作家协会书记身份的葛洛，问我说丁玲是不是有一篇文章在你这儿？我说是，在我这儿。他说中央下了文，给丁玲平反，她需要在《人民文学》杂志亮相。葛洛当时负责《人民文学》杂志，这个文章应该由《人民文学》发表。我说不行，已经在《十月》排了，马上要下厂。但他一本正经地说，中国的文学和政治联系得很紧密，平反以后她在哪儿亮相很关键，中央让她在《人民文学》杂志亮相。我很为难，说《十月》杂志也不是我一个人负责的，我们还有领导。他说这些你不用负责，我们来搞定，现在把文章交给我就好。

然后我们就准备回编辑室，车刚开到出版社门口，又来了一辆小汽车。当时坐小轿车的人都是干部。车上下来的是严文井，严老说丁玲平反了，她的文章在《人民文学》杂志发表的同时，要立即收进我们人民文学出版社给丁玲出的集子，剩下的你别担心，第二天我们跟北京市委联系。我经历了类似这样的事情，都收录在《刘心武文粹》里，非常独家有趣。

而且大家知道，丁玲后来和中国作家协会的关系是很紧张的，并不和谐。当时中国作家协会有一些人对我很好，我又是中国作家协会一些人培养出来的，觉得很为难。丁玲有一次公开讲话抨击作协的时候，忽然把我摘出来，说刘心武不错，跟我写过信。他们退我的稿，可是刘心武给我写信，他支持我的这篇文章。丁玲的家属在她去世以后，找到了我写给她的那两封信，公布在杂志上。正好我也收录到了《刘心武文粹》里面，大家可以看一看，当时文坛上的新老作家是怎么交往的。

记者：之前您说自己种了四棵树，还说要把树上结出的果子给读者尝尝鲜，我们很好奇这其中的含义，您能为我们解释一下吗？

刘心武：我种的四棵树，第一棵是小说树；第二棵是散文随笔树，我写的散文随笔出了很多集子，在《刘心武文粹》收录了好几本，有一些还比较流行，比如有篇《心里难过》，从网络上可以找好几种音频，由不同的人士朗读，反响比较强烈，再如写我自己家族的，写我接触到文化名人的，都很值得一读。

另外我搞建筑评论，在《刘心武文粹》的最后一卷《刘心武建筑评论大观》中，大家可以看到，也得到了建筑界一些老权威的认可。我评论的是公众共享建筑，和对建筑美学的探讨。比如探讨世界各大城市的步行街，在步行街上人的感觉，街道的宽窄和店铺的配置，以及它如何唤起人的内心的欲望，这些之间怎么协调。还有城市夜光的利用，现在很多城市乱亮，大量利用冷光，蓝光和绿光，但是不知道为什么这样用，没有美学依据，也不讲究冷光、暖光怎么搭配。

比如巴黎在城市夜光的使用上非常讲究，基本上强调两个，冷光突出美感，白光打在古典风的建筑上，一目了然。另外用暖光点缀——店铺的商标和名称，用猩红色的红灯来燃亮。除了这些，在我的建筑评论里面，也涉及普通老百姓的生活。比如谈室内望点，就是家里装修的时候有没有设计望点，是室内居住空间里最长视线的目光点。

记者：很多朋友对您的绘画功底也有所耳闻，会在这部《刘心武文粹》中有所展示吗?

刘心武：我的绘画多数是水彩画,个别的是综合材料画和油性笔画。水彩写生画完成的那个阶段是我生命当中很宝贵的一个时段,看我的水彩画可以理解到我内心的一些隐秘,和《刘心武文粹》的文字中的互相契合。

记者：我注意到《刘心武文粹》的封面是您的个人肖像,据说是电脑油画,很有质感,也十分亲切。

刘心武：现在新型的电脑上的绘画很流行,特别是在网络小说和动漫中的使用。这本书特别选用了电脑油画作为封面。这幅画并不是架上画,用传统的画笔和油画颜料在画布上画出来,再翻拍的效果,而是不依靠传统的油画制作的工具,完全在电脑上完成的。

在此之前没有听说过这样来使用肖像画的作家,这也体现了我的个人风格。我在多种审美区域里选择了以写实作为创作核心,但是并不排斥其他的写法。我在《人民文学》杂志担任主编时容纳各种各样新的文学、文本方略、品类手法,所以这种做派也延续到《刘心武文粹》的编辑出版过程中,容纳度很大,也希望大家喜欢这套书。

记者：这种绘画方式叫CG,就是电脑绘画。封面画家和平先生在国际CG界也是享有盛誉的。

刘心武：我很感谢他在电脑上完成这幅画,而且他同意使用在我们这套书的封面上。另外凤凰壹力还出版了《刘心武文粹》

的定制版，封面使用了皮革和我的自画像。自画像没有脸庞的轮廓线，突出我的大鼻子和我的小眼睛，抓住了我的相貌的几个特点，又留给读者一些想象的空间。

记者：其实文坛很多年纪稍长的作家到后期作品产量就会下降，您说自己是一个马拉松型的作家，那您一直在长跑的秘诀是什么？

刘心武：我觉得秘诀就是坚持。我早期的时候退稿也特别多，那个时候的编辑部不像现在，不采用你的稿子只是留着不发，别人也不会知道。他们总是要把你的稿子退回来，同学嘲笑我，家里大人也烦。但是他们经常不手写退稿信，都是油印的，把稿子名字填进去，说感谢您给我们来稿，但是不合用，先退还给您，希望您继续支持。

时间久了，当初一起投稿的很多人，后来就打退堂鼓了，只有我坚持。帝王将相，宁有种乎？别人的东西能登出来，我的凭什么不能？所以我觉得坚持、不怕失败、不怕挫折是很重要的。我的第一篇稿子投给《读书》杂志，是一个学术性的高端文化杂志，稿子评论的是苏联的拉夫列尼约夫的小说《第四十一》，一般的学生读不懂，更不用说去评论。稿子登了以后，他们以为我是一个学者，或者起码是在大学教外国文学（苏联文学）的，就用墨笔在很高级的宣纸上给我写亲笔信，希望我多多赐稿。后来他们一调查，发现我高中没毕业，还是未成年人，让人失笑，就把后来的稿子退了。之后我就思考该如何继续投稿。

所以第一是坚持，第二个是调整，在坚持的过程中要不断调整自己的写作步伐。被退稿之后，家里大人说你还太小，起点就是拉夫列尼约夫，在苏联也是非主流的文化里一个很古怪的部分。

之后我就开始看一些报纸的副刊，写一些小的散文、随笔、诗歌，符合一个少年的状态。我喜欢写儿童诗和儿童题材的作品。后来的文章在《北京晚报》副刊发表的最多，还有《人民日报》《中国青年报》《光明日报》副刊等，逐步打开了局面。

第三就是一定要坚持自己的独创，要有绝活。我早期的作品都是顺应当时意识形态的主流的，但是在关键的时间节点上依然有独创的作品。1961 年我写了一篇文章叫《水仙成灾之类》，这篇文章举某国为例，由于它的港口缺少花卉，就引进了风信子来装饰。但风信子极易繁殖，后来在水里长疯了，堵塞了海港，政府不得不花很多资金去消灭它。文章就是告诉大家，好事不能做过头，否则可能好事会变成坏事。

这篇文章很尖锐独特，并不迎合当时主流的观点。我把它寄给了《中国青年报》，刊登在 1962 年元旦那一期副刊的头条。三十年以后的 1992 年我已经成名了，我到温州楠溪江去旅游。那时候楠溪江有很多老作家、老艺术家和书法家去旅游，当时我在那里发现一个白发老头在江边老对着我笑，我就走过去对他点头。他说你是刘心武吧。我说我是。他说 1977 年我读《班主任》的时候发现署名刘心武，我就觉得这个人一定就是 1962 年发表《水仙成灾之类》的刘心武，在历史关键点能发出新的想法而且能被发表。原来他就是当时《中国青年报》的总编辑，我那篇文章就是他签发的。

我们两个聊了以后感慨万端。他说那时候你那么小，就能写出这样的文章。我说那个时候你居然能把它签发出来。旁边和他同行的人说，你可不知道，“文革”时期他为这篇文章受苦受大了，他就坚持说这是一个自发来稿，也确实是自发来稿，那一年我还不满二十岁。

这位老者当时是《中国青年报》的总编辑，叫孙铁青，孙老已经过世了，在报上看到他过世的消息我心里很难过，但能走到今天也说明我不断在遇到伯乐。

记者：像这样观点比较尖锐的文章，发表过程肯定是比较坎坷的。

刘心武：《班主任》就很有争议，当时负责《人民文学》的是张光年，他召集编辑部开会，有的编辑说作品太尖锐，发出来会惹事。但也有人说它很真实，读者需要真实的作品。张光年说我发现你们两派争论当中有一点是共同的，就是觉得它写得真实。而现在是不怕尖锐，怕不真实，只要真实，越尖锐越好。所以《班主任》就发表了。发表之后很轰动，编辑部当时收到的读者来信每天有好几帆布口袋，多到需要发动所有编辑来参与拆阅。

以前《文艺报》的主编冯牧，也给了我很多扶持和关爱，没有他的支持我也不会走得这么顺利，所以有时候除了坚持、调整和原创之外，还得靠社会机遇和伯乐。

最近我写的一篇文章叫《诗画忆西行》，讲的是送给宗璞当作生日礼物的一幅画。宗璞在前几年搬家的时候不小心流失了很多书稿信件，包括她个人的手稿、冯友兰老先生的书信，以及我的那幅画。但这幅画的照片还在，收录在《刘心武文粹》里。从这幅画的丢失到回忆起一些人，我个人受到这些人的扶持，永远也不会忘。

记者：我们刚刚迎来了新的一年，对于喜欢和支持您的读者朋友，您有什么样的寄语和祝福吗？

刘心武：在当代作家中我不是最受欢迎的作家，而且是有争议的作家，有些人不喜欢我的作品，我也很清楚在文学的流变当中，也在逐步被边缘化。

但是后来因为《红楼梦》的讲座，我又回到公众状态，所以读者读我的作品、读《刘心武文粹》，等于是我们之间的重新谈心。我希望你们喜欢我，但是不强求。

希望你们从我的书里面可以得到一些启示，如果你读过之后有所批评，对我更有警示作用。我们的人生在匆匆地消逝，我们都有很悲催的一面，最后都会死去，人生很短暂，所以一生当中能够和我们交朋友的书和作者也是不多的，真的不多。

人生中都有阶段性的爱憎。一个阶段我们喜欢一个作者，喜欢他的一些作品，过一阶段可能就不喜欢他。但既然有缘相遇，你遇到了我，遇到了书，翻一翻还是要珍惜。各自珍惜我们的各自独特的生命，比什么都要紧。我想这应该是能引起我们共鸣的一句话。

（此系 2017 年接受记者采访的记录）

从照片墙说起

2016年7月，我和字里行间连锁书店签下协议，把其旗下的北京金融街店，冠名为“刘心武书屋”，书屋里布置了颇为醒目的照片墙，从1958年到2016年，每年一张照片，那既是我生命的轨迹，也是我写作的见证，在这些照片的最上面，是这样一行大字——刘心武：文学写作的马拉松长跑者。

2017年5月在刘心武书屋

为什么照片从1958年贴起?

总有人认为,《班主任》是我的处女作。不是。发表在1977年的《班主任》是我的成名作,而非处女作。所谓处女作,指的是写作者第一次刊发出来的文章,我从小就喜欢写作,十四岁就自己手工编辑了一本给自己看的杂志《斜坡》,里面是些幼稚的诗和小说,以及自绘的插图,十五岁开始给报纸杂志投稿,屡屡被退稿,但是到十六岁,也就是1958年夏天,我写的一篇书评被《读书》杂志刊登了出来,那才是我的处女作。《读书》在"文革"中停刊,改革开放后恢复出版,我还给它投稿,承蒙它多次采用,像《在"新、奇、怪"面前》《你只能面对》《大院的孩子们》等篇,都还反响不俗。

从1958年到1966年上半年,我在《北京晚报》《人民日报》《中国青年报》《大公报》《光明日报》等报纸的副刊和某些杂志上,刊发出的儿童诗、小小说、散文、寓言、随笔、杂文、书评、剧评、影评等大约有七十篇。到1973年,觉得又可以写作,就又投稿,写些符合当时政治要求和依照"样板戏""三突出"创作方法的东西,有儿童文学《睁大你的眼睛》单行本出版,在上海《朝霞》丛刊上还发表了电影文学剧本《清水湖的孩子们》,等等。

以上的写作就是为了发表,想出名,是非常懵懂的写作,也不是完全没有独立思考的文字,很少,发表出来很难,如1962年元旦,当时《中国青年报》总编辑孙铁青签发了我的随笔《水仙成灾之类》,还安排在副刊作为头题。2012年江苏人民出版社出了《刘心武文存》四十卷,其第三十九卷将我在《班主任》之前公开发表过的极其幼稚乃至误入歧途的文章全数收入,命名为《懵懂集》。跳开自己,就书论书,我以为《懵懂集》所呈现的个案,具有可供研究的资料价值。一个喜欢写作并且发表欲强烈的生命，在那样的时空中，书写出那样一些文字，他为什么懵懂？他如何才能清醒？

1977年写出并发表在当年11月《人民文学》那期的短篇小说《班主任》，是我从懵懂到清醒的转捩点。一旦清醒，我进步就很快。《班主任》不过是写真实、道真话。1978年发表的《我爱每一片绿叶》，就懂得文学归根结底要把个体生命从“群”中释放出来。1980年发表中篇小说《如意》，还只是呼唤人道，1981年发表的中篇小说《立体交叉桥》，就自觉地去探索幽微深邃的人性。1985年发表的第一部长篇小说《钟鼓楼》刻意在叙述结构上创新，采取“橘瓣式”，并且力图把1982年的北京胡同杂院的风情工笔呈现。《钟鼓楼》获得了第二届茅盾文学奖，但若问我自己最中意的长篇小说是哪部，到目前为止，我的回答不变，是1993年出版的《四牌楼》。《四牌楼》学习《红楼梦》“真事隐”又“假语存”的写法，有大悲悯的情怀。到1996年我又出版了长篇小说《栖凤楼》，形成了写都市生活的“三楼系列”。

自1977年以后我写得很多，发表得也很多，结果形成了自我遮蔽。上世纪八十年代，我的一个十万字的小说《无尽的长廊》，从内涵上说，可以算是一部小长篇，非常先锋，非常后现代，至今未获知音。我的将文字和照片交融形成独特文本的《私人照相簿》虽然有知音，但始终不热火。当然，我的纪实小说《5·19长镜头》《公共汽车咏叹调》还是蛮轰动的。

到了二十一世纪，我把自己的写作形容成种“四棵树”，即小说树、散文随笔树、《红楼梦》研究树、建筑评论树。不过“80后”、“90后”的年轻人知道我，多半是在2005年至2010年在CCTV-10《百家讲坛》看了我揭秘《红楼梦》系列讲座，他们首先把我定位于“讲

《红楼梦》的那个老头儿”,有的后来就发现,“耶,这老头原来还写小说呀!”找本《钟鼓楼》来看,“耶,还挺有趣的!”当然,我常常也会遇到这样的问题,包括采访我的某些媒体人也要这样问:“您为什么去研究《红楼梦》不写小说了?”我叹气:哪里停止写小说了呢?2014 年我就又出版了新的长篇小说《飘窗》,非常泼辣地来写当下。

我出版了几十本散文随笔集,目前还在写。有一篇《心里难过》在网上有多种朗诵音频出现,这也是我自己珍爱的一篇文章,有时我自己会再把它吟哦一遍。

我的建筑评论引起部分建筑界人士的重视,但在一般读者中影响有限。建筑评论也是文学?至少我所写出的,是文学。

这个集子,基本上是广东人民出版社的编辑选出来的。编辑自有其眼光。翻阅这些有的已经面世近四十年的文章,仿佛在老院落中,逢潇潇细雨,嗅着古旧建筑部件散发出的特殊气息,漫步庭院,淡淡哀愁,氤氲胸臆。在这片土地的空间里,在流逝的时间中,我这卑微的生命,算得什么?还是我为刘心武书屋照片墙拟定的那个概念最得当:文学写作的马拉松长跑者。

我还在跑。鼻息中渐渐增强了新的文学花阵的馨香。

我虽然已经边缘化,却毕竟还没有出局,还写,还发表,还出书,甚至还在尝试新的传播方式。得大自在。得大欢喜。

2017 年 3 月 23 日

(此文系广东人民出版社 2017 年 8 月第 1 版《刘心武文学回忆录》自序)

我的“散文随笔树”

我写的文字第一次被公开发表，是在 1958 年，那年 8 月，《读书》杂志刊发了我一篇书评《谈〈第四十一〉》。那一年我十六岁，还在读高中。有学者告诉我，从宽泛的意义上说，书评也属于散文。如今，散文随笔被归为一种文学体裁，究竟散文与随笔还有多严格的区别？此外，杂文、小品、札记、游记、日记、书信，包括如今网络上具有文学色彩的博客、微博，应该也都大体可以归到散文随笔的范畴吧？希望有专家从文体学的角度，能给予明晰的界定。

就我自己而言，觉得 1960 年投给《人民日报》副刊并蒙刊发的《丁香花开》，应该是典型的散文。而 1961 年底投给《中国青年报》副刊并蒙刊发的《水仙成灾之类》，应该是典型的随笔。

我成名，是小说《班主任》的发表，那是在 1977 年，距今四十年了。如今年纪大一点的读者，大约能记得《班主任》《5・19 长镜头》《公共汽车咏叹调》，还有获得了茅盾文学奖的长篇小说《钟鼓楼》。我的写作，自己比喻为种四棵树，第一棵树，不消说就是“小说树”。其实，我的第二棵树，即“散文随笔树”，栽种得更早，结出的果实，也更多。但把散文结集出版，出第一本《垂柳集》，是在1986年，有幸的是，冰心老前辈慨然为我作序，这当然是对我散文随笔写作的莫大鼓舞。

那以后我陆续结集出版了很不少的散文随笔集，如《巴黎郁金香》(1986)、《私人照相簿》(1988)、《一片绿叶对你说》(1989)、《有家可归》(1992)、《献给命运的紫罗兰》(1992)、《为你自己高兴》(1993)、《我是怎样的一个瓶子》(1993)、《沉默交流》(1993)、《富心有术》(1993)、《仰望苍天》(1994)、《男扮女妆与女扮男妆》(1994)、《为他人默默许愿》(1994)、《人生非梦总难醒》(1995)、《女性与城市》(1995)、《开发心大陆》(1996)、《你哼的什么歌》(1996)、《边缘有光》(1996)、《把嘴张圆》(1997)、《过隧道的心情》(1999)、《一切都还来得及》(2000)、《我爱吃苦瓜》(2000)、《亲近苍莽》(2001)、《在忧郁中升华》(2001)、《人在风中》(2001)、《深夜月当花》(2002)、《春梦随云散》(2002)、《藤萝花饼》(2002)、《眼角眉梢》(2003)、《在柳树臂弯里》(2004)、《心灵体操》(2005)、《用心去游》(2006)、《我是刘心武》(2006)、《一切都还来得及》(2007)、《长吻蜂》(2007)、《健康携梦人》(2008)、《人在胡同第几槐》(2009)、《人情似纸》(2010)、《命中相遇》(2010)、《人生有信》(2012)、《空间感》(2013)、《神圣的沉静》(2014)、《风筝点灯》(2014)、《人生，何以至此》(2015)、《宽阔的台阶》(2016)、《润》(2016)、《刺猬进村》(2017)等。

从上面开列的书单可以看出，我的"散文随笔树"上结出的果子是相当多的。有几年，我散文随笔集子的出版数量都达到三本。有几本，不是零散文章的合集，而是自成体系的大散文或者大随笔，如《献给命运的紫罗兰》《私人照相簿》《命中相遇》《人生有信》《空间感》，我是写得非常用心的。《私人照相簿》尝试把文字和旧照片交融在一起，试图构成一种新的文本，《命中相遇》《人生有信》《空间感》自绘插图，追求一种文图相映的审美趣味。

我写作的另两棵树，是"《红楼梦》研究树"和"建筑评论树"。年轻的读者知道我，大多是通过观看中央电视台科教频道的《百家讲坛》，我从2005年起到2010年，陆续在《百家讲坛》录制播出了六十一集关于《红楼梦》的讲座，这些讲座后来都整理成书，当然我也还有其他研究《红楼梦》的文章，这其中许多篇目，也可以归纳到散文随笔的范畴。我的建筑评论，也是以散文随笔的方式写出的。

我的散文随笔良莠不齐，有的幼稚，有的粗糙，但也有比较经得起时间考验、比较独特、比较有味的。这套《刘心武散文大观》，把我从1960年起到2017年公开发表的散文随笔类文章编为二十六册奉献给读者。这样做，也是因为作为一个文学写作的马拉松长跑者，我从1958年十六岁跑到现在，眼看就要跑进2018年，也就是说，尝试散文随笔的写作，竟达到一个甲子的长度了。因此，我的这些文字，无论好坏，是否也就具有了折射一个颇长的历史时期里，社会变迁、世道沧桑、文化嬗变和人性永恒的资料价值，可以作为一个"切片"，供社会学家、文化学家、文学史家，放到"显微镜"下仔细观察分析，或许能发现出某些深层次的东西，也未可知。

感谢山东人民出版社，能给我这样一个展示自己"散文随笔树"上累累果实的机会。感谢整体收藏者、分册购买者、批评指正者、研究分析者和散漫阅读者。这套《大观》里，有篇《心里难过》，结尾处我是这样写的：

> 把快乐渡给别人，算一种洒脱。
> 把难过宣示别人，则近乎冒险。

现在我就是既洒脱又冒险。我继续承受命运赐予我的一切。

2017年11月2日

（此文系山东人民出版社2018年第1版《刘心武散文大观》的总序）